四川大学"学术学位研究生教材建设"项目成果
（代码：1010304117004）

大变局
——新文学的世界体系

张叹凤 著

四川大学出版社

项目策划：袁　捷
责任编辑：袁　捷
责任校对：张伊伊
封面设计：墨创文化
责任印制：王　炜

图书在版编目（CIP）数据

大变局：新文学的世界体系 / 张叹凤著．— 成都：四川大学出版社，2020.8
ISBN 978-7-5690-3419-6

Ⅰ．①大… Ⅱ．①张… Ⅲ．①中国文学－文学史研究－20世纪②世界文学－文学史研究－20世纪 Ⅳ．① I209.5② I109.5

中国版本图书馆CIP数据核字（2020）第156051号

书名	大变局：新文学的世界体系
著者	张叹凤
出版	四川大学出版社
地址	成都市一环路南一段24号（610065）
发行	四川大学出版社
书号	ISBN 978-7-5690-3419-6
印前制作	四川胜翔数码印务设计有限公司
印刷	郫县犀浦印刷厂
成品尺寸	148mm×210mm
印张	9
字数	225千字
版次	2020年9月第1版
印次	2020年9月第1次印刷
定价	68.00元

版权所有　侵权必究

◆ 读者邮购本书，请与本社发行科联系。
　电话：(028)85408408/(028)85401670/
　(028)86408023　邮政编码：610065
◆ 本社图书如有印装质量问题，请寄回出版社调换。
◆ 网址：http://press.scu.edu.cn

四川大学出版社
微信公众号

内容提要

　　这是一部探讨新旧文学体系的学术著作。作者认为新文学也即现代文学是走向世界（具体说是西方世界）的文学，与古典文学不可同日而语，新旧文学可以并存，但不可兼容，走的不是一条道。新文学审美是一种现代性的、全球化的审美，是对传统"和乐"文化的破坏与突围，充分表现了果敢创新的动能。

　　早在19世纪中后叶，英国学者哈·麦金德宣读《历史的地理枢纽》论文，就曾论证并预言："世界是一个整体，它已经成为一个联系紧密的体系。"丹纳《艺术哲学》在论述文艺复兴以来的现代文艺时也指出："只因为有了这一片和声，艺术家才成其为伟大。"新文学正是现代世界"和声"的中国声部，其"伟大"被百年来的创作成果日渐证明。

　　现代文学不可能回归传统、开历史倒车，正如鲁迅锐评："正如我辈约了燧人氏以前的古人，拼开饭店一般，即使竭力调和，也只能煮个半熟；伙计们既不会同心，生意也自然不能兴旺——店铺总要倒闭。""要想进步，要想太平，总得连根的拔去了'二重思想'。因为世界虽然不小，但彷徨的人种，是终竟寻不出位置的。"本书通过对百年来新文学理论的探析与作品的鉴赏，旨在说明新文学的世界体系，代表着中华民族除旧布新卓越的现代精神风貌，即如鲁迅当年所展望"随喜赞美这炬火或太阳"！

"世界知识"与新文学研究

——代序

李 怡

  张放老师的新著就要出版了,他嘱咐我撰写序言一篇,说实在的,对于这个任务,我相当踌躇,虽然他现在和我同在一个教研室,但是平心而论,我们平时的学术方向并不一致,我侧重文学史的研究,他则是有名的才子——当年川大中文系有几大才子之说,张老师就是其中的一位。作为才子,他文思敏捷,率性而作,常有新鲜动人的议论,不像作史论的那么拘谨刻板,我很怕自己跟不上他才情纵横的思维,不能驾驭他的大作。但是,作为同事,却又不方便拒绝,至少按照中国人的常理,请你作序无疑是一份慎重的托付,我一时也想不出充足的理由来拒绝,真是为难啊!所幸的是,在翻阅了张老师的书稿之后,我觉得他提出的这个问题——新文学与世界意识的关系,也曾经是我关注的,这样也就勉为其难地说上几句吧,算是求教于张老师和其他关心这个问题的读者了。

  我想我主要还是说我对这个问题的观点,希望阅读了我如下观点的读者可以更好地进入张老师的论著,形成一个多角度的参照、呼应与对话。

  对于当代中国的文学研究而言,"世界"的知识框架是在新时期的改革开放中搭建起来的。"世界"被假定为一个合理的知识系统的表征，而"我们"中国固有的阐释方式是充满谬误的，不合理的。新时期当代中国文学的研究是以对"世界"知识的不断充实和完善为自己的基本依托的，这样的一个学术过程，在总体上可以说是"走向世界"的过程。"走向世界"代表的是刚刚结束十年动乱的中国急欲融入世界，对追赶西方"先进"潮流的渴望。在中国现当代文学研究界乃至中国学术界"走向世界"这一呼吁的背后，是整个中国社会对冲出自我封闭、迈进当代世界文明的诉求。在全中国"走向世界"的合奏声中，走向"世界文学"成了新时期中国现代文学研究的"第一推动力"。

在那时，当代中国文学研究是努力以中国之外"世界"的理论视野与方法为基础的。以国外引进的自然科学的研究方法——"三论"（系统论、信息论、控制论）为起点，经过1984年的反思、1985年的"方法论年"，西方文学理论与批评得到了最广泛的介绍和运用，最终从根本上引导了当代中国文学批评的主潮。

当代中国文学研究也是以中国之外的"世界"文学的情形为参照对象的，比较文学成为理所当然的最主要的研究方式，比较文学的领域汇集了当代中国文学研究实力强大的学者，中国学术界在此贡献出了自己最重要的成果。新时期中国学人重提"比较文学"首先是在外国文学研究界，然而却是在一大批中国现代文学研究者介入，或者说是在中国现代文学研究界将它作为一种"方法"加以引入之后，才得到长足的发展。正如王富仁先生所说："我们称之为'新时期'的文学研究，热热闹闹地搞了10多年，各种新理论、新观念、新方法都'红'过一阵子，'热'过一阵子，但'年终结账'，细细一核算，我认为在这十几年中扎根扎得最深，基础奠定得最牢固，发展得最坚实，取得的成就最大的，还是最初'红'过一阵而后来已被多数人习焉不察的比较

"世界知识"与新文学研究——代序

文学。"①

当代中国文学研究设立了以"世界"文学现有发展状态为自己未来目标的潜在意向,并由此建立着文学批评的价值取向。曾小逸主编《走向世界文学》一书不仅囊括了当时新近涌现、后来成为本学科主力的大多数学者,集中展示了那个时期的主力学者面对"走向世界"这一时代主题的精彩发言,而且还以整整四万五千余字的"导论"充分提炼和发挥了"走向世界文学"的历史与现实根据,更年轻一代的学人对于马克思、歌德"世界文学"著名预言的接受,对于"走向世界"这一诉求的认同都与曾小逸的这篇"导论"大有关系。一时间,仅仅局限于中国本身讨论问题已经变成了保守封闭的象征,而只有跨出中国,融入"世界"、追逐"世界"前进的步伐,我们才可能有新的未来。

1990年之后,我们重新质疑了这样将"中国"自绝于"世界"之外的思想方式,更质疑了以"西方"为"世界",迷信"世界"永远"进化"的观念。然而,无论我们后来的质疑具有多少的合理性,都不得不承认,一个或许充满认知谬误的"世界"概念与知识,恰恰最大限度地打破了我们思维的闭锁,让我们在一个全新的架构中来理解我们的生存环境与生命遭遇。这就如同100多年前,中国近代知识分子重启"世界"的概念,第一次获得新的"世界"的知识那样。"世界"一词,本源自佛经。《楞严经》云:"世为迁流,界为方位。"也就是说,"世"为时间,"界"为空间,在中国文化的漫长岁月里,除了参禅论道,"世界"一词并没有成为中国知识分子描述他们现实感受的普遍用语。不过,在近代日本,"世界"却已经成为知识分子描述其

---

① 王富仁:《关于中国的比较文学》,见王富仁:《说说我自己》,福州:福建人民出版社,2000年版,第125页。

地理空间感受的新语句,当时中国的知识分子在谈及其关于日本的见闻时,也便将"世界"引入文中,例如王韬的《扶桑游记》、黄遵宪的《日本国志》。20世纪初,留日中国知识分子掀起了日书中译的高潮,其中,地理学方面的著作占了相当的数量,"大部分地理学译著的原本也是来自日本"①。随着中国留学生陆续译出的《世界地理》《世界地理志》等著作的广泛传播,"世界"也才成为整个中国知识界的基本语汇。世界,这是一个没有中心的空间概念。

"世界"一词回传中国、成为近现代中国基本语汇的过程,也是中国知识分子认知现实的基本框架——地理空间观念发生巨大改变的过程:我们所生存的这个世界并非如我们想象的那样以中国为中心。是的,在100年前,在国人的观念中,正是中国中心的破灭,才诞生了一个更完整的"世界"空间的概念,才有了引进"非中国"的"世界"知识的必要,尽管"中国"与"世界"在概念与知识上被作了如此不尽合理的"分裂",但"分裂"的结果却是对盲目自大的终结,是对我们认识能力的极大的扩展。这,大概不能被我们轻易否定。

在今天看来,没有这个"世界"的知识框架,可能我们都还不会感到有什么变革的必要性,包括文学变革的必要性。张放老师在这里论述的"新文学"的产生,也就与这个"世界"意识紧密相关。但是,正如张老师论著中所提出的那样,是不是因为有了"新文学",我们的文学之路就只能不断抛弃旧的遗产,不断地在"走向世界"之中走到了国外呢?

显然,问题不是如此的简单。还是先让我们来看历史事实。

---

① 邹振环:《晚清西方地理学在中国》,上海:上海古籍出版社,2000年版,第244页。

其实,百余年前,"世界"知识进入中国知识界的过程已经告诉了我们一个重要事实:所谓外来的(西方的)"世界"知识的丰富过程同时伴随着自我意识的发展壮大过程,而就是在这样的时候,本土的、地方的知识恰恰也获得了生长的可能。

百余年前的留日中国学生在获得"世界"知识的同时,也升起了强烈的"乡土关怀"。本土经验的挖掘、"地方知识"的建构与"世界"知识的引入一样的令人瞩目。他们纷纷创办的反映其新思想的杂志,绝大多数均以各自的家乡命名,《湖北学生界》《直说》《浙江潮》《江苏》《洞庭波》《鹃声》《豫报》《云南》《晋乘》《关陇》《江西》《四川》《滇话》《河南》……这些本土的所在,似乎更能承载他们各自思想的运动。在这些以"地方性"命名的思想表达中,在这些收录了各种地域时政报告与故土忧思的杂志上,已经没有了传统士人的缠绵乡愁,倒是充满了重审乡土空间的冷峻、重估乡土价值的理性以及突破既有空间束缚的激情。当留日中国知识分子纷纷选择这些地域性的名目作为自己的文字空间之时,我们所看到的分明是一次次的精神的"还乡"。他们在精神上重返自己原初的生存世界,以新的目光审视它,以新的理性剖析它,又以新的热情激活它。

出于对普遍主义与本质主义的批判立场,美国著名的文化人类学家克利福德·格尔兹教授(Clifford Geertz)提出了"地方性知识"这一概念,在《地方性知识》一书中,他对此有过深刻的表述。"所谓的地方性知识,不是指任何特定的、具有地方特征的知识,而是一种新型的知识观念。而且地方性或者说局域性也不仅是在特定的地域意义上说的,它还涉及在知识的生成与辩护中所形成的特定的情境,包括由特定的历史条件所形成的文化与亚文化群体的价值观,由特定的利益关系所决定的立场、视域等。"它要求"我们对知识的考察与其关注普遍的准则,不如着眼于如何形成知识的具体的情境条件"①。作为后现代主义时代的思想家,克利福德·格尔兹强调的是那种有别于统一性、客观性和真理的绝对性的知识创造与知识批判。虽然我们没有必要用这样的论述来比附百年前中国知识分子的"地方意识"的萌发,但是,在对西方现代化的物质主义保持批判性立场中讨论中国"问题",这却是像鲁迅这样的知识分子的基本选择。当近现代中国知识分子提出诸多的地方"问题"之时,他们当然不是仅仅为了展示自己的地方"独特性",而是表达自己所领悟和思考着的一种由特定区域与"特定的历史条件"所决定的价值追求。而任何一个不带偏见地阅读了中国现代文学作品的人都可以发现,这些价值追求既不是西方文化的简单翻版,也不是地方历史的简单堆积,它们属于一种建构中的"新型的知识观念"。

所以我认为,近代中国知识分子这种依托地方生存感受与乡土时政经验的思想表达分明不能被我们简单视作"外来"知识的移植和模仿,更不属于所谓"文化殖民"的内容。

同样,在新时期的当代中国文学批评中,在重点展示西方文学批评方法的"方法热"之时,也出现了"文化寻根",虽然后来的我们对这样的"寻根"还有诸多的不满;以致20世纪90年代以降,文学与区域文化的关系更成了文学研究的重要走向。竭力倡导"走向世界"的现代学人同样没有忽视中国文学研究的地方资源问题,在"后现代主义"质疑"现代性"、后殖民主义批判理论质疑西方文化霸权的中国影响之前,他们就理所当然地发掘着"地方性"的独特价值,1989年的中国现代文学研究会苏州年会就以"中国现代作家与吴越文化"作为议题之一,在学者看来:"20世纪中国新文学是在西方近代文学的启迪下兴起的。

---

① 盛晓明:《地方性知识的构造》,载《哲学研究》,2000年第12期。

但就具体作家而言，往往同时也接受着包括区域文化在内的中国传统文化的影响——有时是潜移默化的濡染，有时则是相当自觉的追求。"① 在中国当代批评家的眼中，引入"地方性"视野既是一种"丰富"，也是一种"尊严"，正如学者樊星所概括的那样："在谈论'中国文化''中国民族性''中国文学的民族特色'这些话题时，我们便不会再迷失在空论的云雾中——因为绚丽多彩的地域文化给了我们无比丰富的启迪。""当现代化大潮正在冲刷着传统文化的记忆时，文学却捍卫着记忆的尊严。"②在这里，"地方性"背景已经成为中国学者自觉反思"现代化大潮"的参照。

我理解，张老师的著作也就是要为我们传达这样一种复杂性："世界"究竟是什么？走向世界的"中国新文学"，如何看待我们的古老传统？如何看待我们的旧体文学？在当前，这个问题越来越让我们困惑，逼迫我们要做出回答。张老师的著作也是在不断传递这种困惑感，提醒我们有新的结论。

那么，我们如何才能产生不同于既往的有建设性的结论呢？我以为从根本上看，它还是一个学者独立思考的问题。百年来，我们最根本的缺陷就是在不同的形势下被各种各样的力量所牵动，一会儿是外国先进的文化，一会儿又是中国古代的文化，一会儿是新名词的爆炸，一会儿又要拒绝思想，专注史料。总之，我们究竟需要什么，究竟如何努力才能有所发现有所创造，其实类似的思考并不多。在"世界知识"与"地方知识"相互支持的关系构架中，起关键性作用的是中国知识分子的自我意识的成

---

① 严家炎：《二十世纪中国文学与区域文化丛书·总序》，《二十世纪中国文学与区域文化丛书》，武汉：湖南教育出版社，1995年版。
② 樊星：《当代文学与地域文化》，武汉：华中师范大学出版社，1997年版，第21页。

长。对于文学批评而言，自我意识的饱满和发展是我们发现和提炼全新的艺术感受的基础，只有善于发现和提炼新的艺术感受的文学批评才能推动人类精神的总体成长，才能促进人生价值新的挖掘和发扬。在我们辨别种种"知识"的姓"西"姓"中"或者"外来"与"本土"之前，更重要的是考察这些中国知识分子是否将独立人格、自由意志与人的主体性作为自觉的追求。换句话说，在"知识"上将"世界"与"本土"暂时"割裂"并不要紧，引进某些"外来"的偏激"观念"也不要紧，重要的是在这样的一个过程当中，作为知识创造者的我们是否获得了自我精神的丰富与成长，或者说自我精神的成长是否成为一种更自觉的追求。如果这一切得以完成，那么未来新"知识"的创造便是尽可期待的，从"世界知识"的引入到"地方知识"的重新创造，也自然属于题中之义，而且这样的"地方知识"理所当然也就不是封闭的而是开放的。

自近代、现代到当代，中国文学现象的发生发展，不仅是与新"知识"的输入与传播有关，更与"知识"的流转与中国知识分子对"知识"的"理解"有关。我们今天考察这样一段历史，不仅仅需要清理这些客观"知识"的本身，更要分析和追踪这些"知识"的演化过程，挖掘作为"主体"的中国知识分子对这些"知识"的特殊感受、领悟与修改，换句话说，我们今天更需要的不是对影响中国文学的这些"中外知识"的知识论式的理解，而是厘清种种的"知识"与现代中国人特殊生存的复杂关系，以及中国知识分子作为创造主体的种种心态、体验与审美活动。而所谓的"知识"也不单是客观不变的，它本身也必须重新加以复述，加以"考古"的观察。这一切的背后，都一再提醒我们，应特别注意中国知识分子的自由感受、自我生成的精神世界，这正如康德对文艺活动中自由"精神"意义的描述那样："精神（灵魂）在审美的意义里就是那心意付予对象以生存的原理。而这原理所凭借来使心灵生动的，即它为此目的所运用的素材，把心意诸力合目的地推入跃动之中，这就是推入那样一种自由活动，这活动由自身持续着并加强着心意诸力。"①

也许，这是我们解读"新文学"与"世界"关系的一把钥匙。

愿与张放老师共勉。

2020 年 2 月于闭锁的初春

---

① ［德］康德：《判断力批判》上卷，宗白华译，北京：商务印书馆，1964 年版，第 159—160 页。

目　录

绪　论……………………………………………………（1）
第一章　新文学的概念与特性…………………………（9）
　第一节　"新"与"旧"…………………………………（11）
　第二节　新文学不单是白话文学……………………（17）
　第三节　现代性——生命体征………………………（22）
　第四节　现代性的理论………………………………（24）
　第五节　西方有关现代性的重要界说………………（29）
第二章　世界一员的意识………………………………（37）
　第一节　世界史………………………………………（39）
　第二节　"世界中"的文学……………………………（44）
第三章　不同的审美体系………………………………（53）
　第一节　身份识别……………………………………（55）
　第二节　时间与存在方式……………………………（61）
　第三节　审美举隅……………………………………（67）
第四章　新文学的创新领域与卓越建树………………（81）
　第一节　悲剧样式与鲁迅作品的"陌生化"…………（83）
　第二节　"生命哲学"与创造社的浪漫主义文学、"私
　　　　　小说"………………………………………（89）
　第三节　乡土文学的繁荣……………………………（98）
　第四节　女性文学的兴起与女作家的活跃…………（103）

附　录 ……………………………………………………… (109)
　　附录一　课堂实践·专题讨论 ………………………… (111)
　　附录二　王德威教授四川大学讲座纪要 ……………… (138)
　　附录三　"洪水"时代的感情与"薄冰"时代的幽情 ………
　　　　　　………………………………………………… (143)
　　附录四　早期创造社郭沫若、郁达夫等人的"泪浪" ………
　　　　　　………………………………………………… (150)
　　附录五　论郭沫若早期诗歌海洋特色书写中的文化地景
　　　　　　关系 …………………………………………… (168)
　　附录六　通过荒诞完成审美喜悦 ……………………… (192)
　　附录七　鲁迅文学创作中乡愁主题的承接与变异 …… (207)
　　附录八　论冰心文学书写中的西南地理文化呈现 …… (217)
　　附录九　欧美汉学家的冰心研究述略 ………………… (236)

后　记 ……………………………………………………… (270)

绪 论

写作这本书的本意是用作研究生教学的参考教材，原题"三千年未有之变局"，系引用晚清名人名言，后感觉标题稍嫌冗长，于是仅录后二字，冠以"大"字，作"大变局"，附题"新文学的世界体系"。实质为一部长篇论文。

早在19世纪中后叶，地理学科在西方高等学府与研究机关中创建，英国学者哈·麦金德在宣读《历史的地理枢纽》等论文时，就曾论证并预言："世界是一个整体，它已经成为一个联系紧密的体系。"[①] 进一步说："没有一个完整的地理区域小于或大于整个地球表面。"[②]我的理解，他意思是说从大航海时代、工业革命、启蒙运动开始，地球上即便任何一个小小的区域，都不可能脱离全世界的板块运动，不可能摆脱世界思想大潮的影响，也不可能孤立自闭，像卡夫卡的小说《城堡》描写那样难以进入了。这道理在今天看来兴许是些常识，甚至是"老生常谈"，但在世界大融合、大交汇、大变动之初，还是振聋发聩的。

"体系"（system 或 structure）这个词语显然是一个外来词汇，查查百度百科，就有如下的解释："泛指一定范围内或同类

---

① ［美］哈·麦金德：《历史的地理枢纽》，北京：商务印书馆，2017年版，第19页。
② ［美］哈·麦金德：《历史的地理枢纽》，北京：商务印书馆，2017年版，第19页。

的事物按照一定的秩序和内部联系组合而成的整体,是不同系统组成的系统。自然界的体系遵循自然的法则,而人类社会的体系则要复杂得多。影响这个体系的因素除人性的自然发展之外,还有人类社会对自身认识的发展。"① 讲得很简单明白,大致说明这是一个科学发展的整体。古代如《周易》中有:"天行健,君子以自强不息;地势坤,君子以厚德载物。""健"应通"乾","乾坤",也有体系的指意。《论语》中论述"小子何莫学夫诗",从而提出"兴观群怨"的观点,也有体系方面的概括,只不过那个体系是建立在"事君事父"这一人伦前提下的。现代汉语中的"体系"是一个近代词汇,应和民主、科学、哲学、生物、历史、经济、政治等词汇一样,多系东、西洋的"泊来品",属于汉语新词。日本明治维新时代以降的许多语词,有些是对中国汉语词的沿用、改造,例如"文学"(中国古代专指文献经典,包括文史哲等)、"数学"("数"为"六艺"之一)、"自由"(庄子有其意)等,有些就是"生造"。新旧汉语词汇的交融、变通、应用也代表和彰显了人类"联系紧密的体系"和"命运共同体"的时代特征与趋势,这无疑是世界知识交汇的产物与共振,也是世界思想知识资源共享的结果。正如丹纳在《艺术哲学》中论述文艺复兴以来的现代文艺时指出:"只因为有了这一片和声,艺术家才成其为伟大。"② 文学也由此成为世界文学,其"共性"的特征益发鲜明突出。

  本人执教现当代文学课程,同时也是古典文学的爱好者与研究者,也在学校参与开设"中华文化"(文学编)的公选课,自己不免有时沉浸在古典的诗意与文情中,如《文心雕龙》所形

---

① 参见百度百科"体系"词条,https://baike.baidu.com/item/。
② [法]丹纳:《艺术哲学》,合肥:安徽文艺出版社,1991年版,第45页。

容:"形在江海之上,心存魏阙之下。……登山则情满于山,观海则意溢于海。"(《神思》)但我们不得不慎思明辨并加以断定,新旧文学体系大不一样了,或者索性说古代文学与现代文学就是两个不同的板块体系。虽然都是用中文方块字写作,但从审美范畴、实际功用与接受美学等诸多方面来讲,路线不同,方法不同,风貌迥异,成就各有千秋,自然另当别论。沿用一句俗话来说,新旧文学就是两股道岔上跑的车,走的不是一条道。好比中药与西药,中国画与西洋画,唐装与西装一样,不能一概而论,风格迥异,要分门别类了。

你可以说到结合、变通,"古为今用""洋为中用",但毕竟体系建制不同,各有侧重,各有追求与建树。设如我们要从鲁迅、巴金抑或莫言、残雪等人的行文中去寻找"骈四俪六""雅正驯化""中庸和乐"等古腔古风,必然会大失所望,不啻"缘木求鱼"。而从中梳理西方近现代文学思潮影响,做横向比较,则如顺水行舟,自然得多。

古代优秀文学是宝库中的藏品,可以把玩摩挲,加以欣赏,甚至"推陈出新",回味无穷。现代新文学则是有着实际进步效用,是世界新潮的推动力,不进则退,甚至被淘汰出伍,所以必得"放下包袱,轻装前进"。一句话,新文学是现代中国的世界文学,简称现代文学。鲁迅1927年就曾宣告:"老调子已经唱完!"[①] 他指出:"没有冲破一切传统思想和手法的闯将,中国是不会有真的新文艺的。"[②] 百年新文学实践证明鲁迅的研判是正确的。

[①] 鲁迅:《老调子已经唱完》,载《鲁迅全集》(7),北京:人民文学出版社,1981年版,第307页。

[②] 鲁迅:《论睁了眼看》,载《鲁迅全集》(1),北京:人民文学出版社,1981年版,第241页。

古典旧体式文学写作也仍有空间甚至市场，但已不能引领潮流，更不能占据主流文化领域。一百年来的新文学创作，成就有目共睹。现代文学更加体现时代进步的内在需求与外在动力影响，她与世界各国人民"同呼吸，共命运"，是大文化的交响曲。新文学初创时期的各种刊名，如"新生""新潮""洪水""奔流""新月""萌芽""现代"等，都可顾名思义，其除旧布新、走向世界的用意旗帜鲜明。鲁迅倡导"拿来主义"，凡是别国先进的合理的，我们都可以学习，拿来加以利用，开发创新。如果想不中不西、不新不旧，实现所谓"调和"，其实是很难的，鲁迅对此的态度非常尖锐，他讽刺说："正如我辈约了燧人氏以前的古人，拼开饭店一般，即使竭力调和，也只能煮个半熟；伙计们既不会同心，生意也自然不能兴旺——店铺总要倒闭。"①"既说是应该革新，却又主张复古；四面八方几乎都是二三重以至多重的事物，每重又各各自相矛盾。一切人便都在这矛盾中间，互相抱怨着过活，谁也没有好处。/要想进步，要想太平，总得连根的拔去了'二重思想'。因为世界虽然不小，但仿徨的人种，是终竟寻不出位置的。"②鲁迅大量的新文艺论述，可称鞭辟入里，至今读来仍有新意。鲁迅对新文学建设始终坚定信心并充满深情："愿中国青年都摆脱冷气，只是向上走，不必听自暴自弃者流的话。能做事的做事，能发声的发声。有一分热，发一分光。就令萤火一般，也可以在黑暗里发一点光，不必等候炬火。/此后如竟没有炬火，我便是唯一的光。倘若有了炬火，出了太阳，我们自然心悦诚服的消失，不但毫无不平，而且还要随喜赞美这

---

① 鲁迅：《鲁迅全集》（1），北京：人民文学出版社，1982年版，第344页。
② 鲁迅：《鲁迅全集》（1），北京：人民文学出版社，1982年版，第345页。

炬火或太阳，因为他照了人类，连我都在内。"（《热风》四十一）①

对于新旧文学的不同取向、取法与体式，陈之展教授早在20世纪30年代的新文学讲义中即做有如下总结：

> 以前的中国文学是自成风气的文学，到了这个时期，就开始接受西洋的影响了。以前的中国文学，重在摹仿古人，摹仿古代，到了这个时期，就要求创建现代的现代人的文学了。……以前的文学，只算得是士大夫的干禄之具，或消遣之物的，换言之，只是特殊阶级极少数人利用和享乐的东西，到了这个时期，文字要怎样才得给大众容易使用，文学要怎样才得成平民的，就都成了问题。从今以后，文学成为替民众喊叫，民众替自己喊叫的一种东西，这样的时期，快要到来了。这种种的演变，虽极缤纷奇诡之至，却有一种共同的特色，便是反抗传统。②

"反抗传统"一句很是生猛，其实也是世界现代文学、现代派乃至后现代派文学的基本风貌指征。这个"传统"当然是着重指封建权威时代的正统。

虽然新文学革命初期对传统古典文学以及创作方式有较多偏颇的激烈的针砭之辞，今天来看，传统文学特别是优秀文学也不尽都是"干禄之具"，不尽是"利用和享乐的东西"，像屈原忧愤沉江的绝唱，陶渊明不合时宜的归田之赋，李白放浪形骸的佯狂浪漫，杜甫沉郁的写实，杜牧、李商隐等人的哀时及至曹雪芹的

---

① 鲁迅：《鲁迅全集》（1），北京：人民文学出版社，1982年版，第325页。
② 陈炳堃（陈子展）：《最近三十年中国文学史》，上海：太平洋书店，1937年版，第1—2页。

悲剧情怀等，也多少反映了时代进步与反抗的特征，其中也有相当多的人民性。但这是不多的个案，总体而言古典文学的体系是承上的、守旧的，是"致君""帮闲"的，多带有明显的功利诉求。这种自我内部循环的文学，代代相传，自成一统，两千多年来，一成不变，与外部世界的关联互动甚少。其间也有周边少数民族地区与近邻国家文化的交融影响，但主要在同化他者，始终居于"中国"，"教以效化"。正如《文心雕龙》开篇"原道""宗经""征圣""正纬"等目录一样，"道统至上"的思想坚如磐石。新文学发展到今天不过一百来年，相比古典文学还很年轻，但在世界文坛已产生广泛影响，部分作家的作品还先后摘取世界大奖，被翻译成许多他国文字印行。这足可充分证明鲁迅的名言："希望是本无所谓有，无所谓无的。这正如地上的路；其实地上本没有路，走的人多了，也便成了路。"[①]

中国现代新文学已经走向世界，成为世界现代文学领域的分支与不可或缺的组成部分。"体系"，顾名思义即体式相系、体运相关，新文学的世界体系特征，已经昭然若揭。这给我们新文学的学术研究，无疑提出了更多的要求，需要开掘更多更加深入的文本意义话语空间，从而促进新文学的巩固与发展。本书即从这个角度，进行学术试探，希望在课题进行中，良有所获。

在一百年新文学光辉历程纪念的关口，我们要"随喜赞美这炬火或太阳"！

---

① 鲁迅：《鲁迅全集》（1），北京：人民文学出版社，1982年版，第485页。

第一章

新文学的概念与特性

第一节 "新"与"旧"

我们寻常称谓的"新旧"文学，分别是指称中国现、当代文学体式与中国传统的古典文学体式。前者标"新"，后者示"旧"，不仅在于时间关系（一先一后）的区别，更在于艺术取法和思想体系的不相等同。新文学着重强调现代性、世界性与开创（实验）意义，而旧文学则强调继承性甚至是以复古、载道（正音）、守正为号召。前者重在横的移植与融合，后者重在纵的继承与贯通。

众所周知，20世纪初叶前后，我国文化经历了大的变动，改革乃至动荡的时代浪潮一浪高过一浪，学界比较通常的文体称呼、划分与归类，即以新旧文学来加以区分，从而形成理论认定，约定俗成。其实，新旧也并没有太严格的科学区分与完全的合法认同，甚至有着较大的意见分歧。只是当时大多数的文化人、学者比较认可这种指称和理念，久而久之，采用新旧的标签来区分古今文学体例，其习惯用法也就成了自然。往往一说到新文学，大家自然而然想到的就是比较"西化"的白话文——新诗、散文、小说、戏剧，现代派、新感觉派、心理分析、意识流等文学流派。而一说到旧文学,往往想到的就是传统的有宗派章法的古代旧样式文学,如骈赋、律诗、文言文等。实际上在高校中文系也是这样分设教研室的:从事中国古典文学研究与从事中国现当代文学教研的学者分别拥有各自的团体领域办公室,国家社会科学研究领域的课题指南,也是将古代文学与现当代文学分成两大块,分别进行研究招标与开题的。简称"新旧",并不等于孰轻孰重、孰贵孰贱,只是要加以学理区分,简明扼要而便于指称。

五四运动前后,以胡适之、陈独秀、李大钊、钱玄同、刘半农、鲁迅、郭沫若、郁达夫、冰心等许多文学家为代表的新文化、新文学运动倡导者通过实践,极力脱离千年窠臼,提倡世界新知与知识的整合,从而推陈出新,大胆尝试,新旧文学认知与理念,不胫而走,及至家喻户晓。到今天新样式的文学实践已经走过一百年了,当初比较激烈的反对派,早已偃旗息鼓甚至成为远去的历史,现当代文学的成就有目共睹,业已深入人心。新文学体式成为大众写作特别是学生习作的普遍样式与基础范例。旧的即传统的文学体例,爱好者、欣赏者依旧广泛,古典文学的研究成果依旧不断地发展,引人注目,甚至推陈出新。但尝试用旧的体例样式来进行写作并用于广大社会生活交流的,不可否认已限于极少数人,已经属于圈内比较小众化的文艺爱好者而已。如各地的多由中老年人构成的古代诗词学会等。作家协会基本上由尝试新样式进行写作的人员构成。

新旧文学的提法沿用至今,成为通例与习惯。如历年出版的关于现代文学研究类的著述、教材、普及读物,书名信手拈来,即有《中国新文学史稿》(王瑶主编)、《汉语新文学通史》(朱寿桐主编)、《中国新文学史》(丁帆主编)、《插图本中国新文学史》(许道明主编),等等,多以"新"字冠之,类似论文专著则不计其数。从学理上讲，"新"已取得合法地位与大众的认可。实际上早从20世纪30年代由赵家璧先生主编、上海良友图书公司出版的，囊括鲁迅、胡适、茅盾、周作人、郑振铎、朱自清、阿英、郁达夫、郑伯奇等名家名作的《新文学大系》十卷本（包括其理论性和总结性的序跋）开始，"新文学"的提法就勘成定论。以"现当代文学"名称作为别称的新文学研究著作，更是司空见惯、数不胜数。在我国高校院系及各独立的文学研究所，新文学即现当代文学作为中国文学大类一级学科下分野独立的二级学科，招收研究生，设立博士点，博士后基地，国家教育部授予学历学位证书，由来已久。在我国台、港、澳地区的高等院校，大致亦如此。迄今历经一百年的新文学与已有二千五百年悠久历史的传统旧文学，从学理上讲是平等的，旗鼓相当，彼此倚重，未可偏废。海外尤其是欧美高校汉学研究机构，对我国新旧文学同样器重，可称一视同仁，同样分别授予研究者学位与相应的荣誉。正如专家、教授们所论："其中新文学的研究经过近百年的建构、开拓与发展，亦以其不断扩大的规模与日益充实的内蕴，成为当今世界文学研究的学术格局中颇为活跃的部分以及颇具潜力的学科。"[①] 随着中国文学走向世界的步伐加快，尤其是摘取"诺贝尔文学奖"等多项世界级大奖桂冠，有关中国新文学即现当代文学创作的研究、整理、译介、出版等，于今也快要成为一门"显学"了。在世界汉学界中，研究中国新文学的名家辈出，硕果累累，可以说已经成为一道比较亮丽独特的风景线。

我们无意于梳理和重抄当年新旧文学争论的老调公案（不排除有所征引与列举），这也不是一册讲义、纲要所能容纳的内容。

[①] 朱寿桐：《汉语新文学》上卷，广州：广东人民出版社，2010年版，第1页。

这里只是从文学、文艺学、文艺美学等范畴的视阈，选择其有代表意义的专题，加以认识与讨论，从而进一步探讨新文学独具的现代性魅力与前沿价值，强化我们对学科、学理的自觉认知与建设，促进学习与研究能力的提高。

单就"新""旧"这一标签而言，如前文所述，其提法也不一定严谨，从事旧体传统文学研究的人也不一定都认同。当初新文学运动者的一些提法，实际上是有意偏颇，甚至带些武断，以期激发与引出更多的讨论，从而除旧布新，开创一个新的时代。革命之初，通常称为拓荒时期，往往如此，勇气是必然的。例如当时"打倒孔家店""死文学""桐城谬种，选学妖孽""把线装书统扔到茅厕里去""汉字不灭，中国必亡""吃人的历史"等号召和提法，今天来看显然不无偏颇，甚至研判有错，立论过激，如对汉字的看法等。但时代革命的勇气，尤其是破除旧势力的压制困扰，不激烈一些，真难以动摇两千多年的文学根基，而"别开生面""别求新声于异邦"（鲁迅《摩罗诗力说》），也不是那么一蹴而就的。从后人追述青年毛泽东受近代"文学革命"特别是五四新文化运动的激励，即可见当时革命风气的影响：

> 值得注意的是，这种全盘的反传统主义思潮对新一代中国人的思想文化与政治选择，均具有持续的影响力。在接受马克思主义以前，1917 年 9 月，青年毛泽东在对友人的谈话中就鲜明主张，"现在国民性惰，虚伪相从，奴隶性成，普成习性。安得有俄之托尔斯泰其人者，冲决一切现象之网罗，定展其理想之世界。行之以身，著之以书，以真理为归，真理所在，毫不旁顾。前之谭嗣同，今之陈独秀，其人者，魄力颇雄大，诚非今日俗学所可比拟"。他还主张，应"将唐宋以后之文集诗集，焚诸一炉。又主张家族革命，师

生革命。革命非兵戎相见之谓，乃除旧布新之谓"。①

"除旧布新"，即新文学革命动机所在。新文学革命至今已经过一百年，新文学创作已成定势。旧体文学仍然彰显着故国文明与表达着经典文学的魅力，但显然求知与布新、追求真理、传递信息等社会功能方面，多让位于新文学、新文体样式了。旧的不死，新的更新，新旧文学如今可以并行不悖、各司其职，达到互文通融、共生共荣的繁荣局面，兴许正是先贤、智者、勇者所希望看到的大好局面。但这正是通过初期新文学革命理论与实践所开辟出来的广阔天地，筚路蓝缕之功，不可不加以认真审视。

新旧样式的优秀文学其实都是中华文学的瑰宝，各有侧重与用场。如古典文学在幼儿发蒙教育与青少年对传统文化认知方面，有其优势。古典文学尤其是诗词类往往因意象单纯而丰富、言约意丰，深获群众喜爱，有永恒的魅力。中央电视台近年举办的古典诗词大赛，参与者众多，影响广泛，对于青少年认知与继承优秀传统文化尤有启迪之功。"国学""国粹""国剧""国宝"等在今天仍然有市场，"孔子学院"作为对外汉语教育机构名称风靡全球，这些都是历史文化持久繁荣的见证。语言文字是民族心灵智慧的结晶和民族成长史的载体，确实是不能偏废的，自有其强大的生命力，属于非物质文化遗产，也是"心灵鸡汤"。当年激烈的言论、"文化偏至"，正是矫枉必须过正。于今则不必拘泥于这些言论，也不必苛求前贤。如胡适当年提议的"八不主义"第一条"不用典"，实际上中国人说话，无论雅俗各阶层，都喜欢"出口成章"，大量引用成语、谚语、歇后语、警句、辞

---

① 萧功秦：《以一个保守主义者的视角看激进反传统主义》，《探索与争鸣》，2015年第12期。原注：《毛泽东早期文稿·张昆弟记毛泽东的两次谈话》，长沙：湖南人民出版社，2008年版，第575页。

章、故事等，都会"用典"，这已经是历史悠久的中国人的语言生态方式之一，也是中国文化的特点之一。胡适反对的是一味使用"僻典""冷典"，追求艰涩崛怪，蹈袭僵化的形式。这是没有问题的。封建时代的文人好以正统道学自封，动辄以"三坟五典""三纲五常"压制灵性、创造性，从而巩固封建专制统治的权威。从废除八股取士到推行新政新学，实行共和等历史进程，近代化对中国社会的影响至今已有定评见证，成为不争的事实。

新旧文学是否可以通融结合，写出一种既新亦旧的体例样式，清季与晚清开明人士已有探索尝试，二者无疑很难嫁接成功。当时那些半文半白的"新文体""诗界革命""新小说"，除了恰如其分的历史功绩外，现实效用几乎已被忽略。用传统旧体形式表达现当代人的经历情怀，虽有极个别十分成功乃至家喻户晓的事例，但不带普遍性，也很难复制。作为普通大众，如果今天要用文言骈赋律体等创作，表现现实生活情怀，一定是个人的自由爱好，有写得比较精致的，但极难产生普遍效应与社会反响，要以此走向世界，问鼎世界文坛文学大奖，显然也是不现实的。如同印度人用古梵文写作不能代替泰戈尔，日本人用能乐、徘句进行创作不能代替川端康成、大江健三郎、村上春树等作家一样。一是传统体系，一是世界体系，很难同日而语。

我们身边也有学者、师长倡议应将现代人创作的杰出的旧体诗词，写入通行的新文学史论教材，但很难实现操作，原因就在这里，在新旧文学两个体系中，很难"中行而不悖"。两者可以并存，可以各行其是，但很难两者兼顾、合为一家。就像西装革履不便配穿汉服唐装、长袍马褂一样，分别穿试才更协调、合体。

旧的可以常新，百读不厌，"温故而知新"，但新的则只能放下包袱，勇于创作。走向世界并融入世界的新文学包括所谓"西化"的话语方式,都有其自身的趋势、必然性,已形成合理体系。具有中国特色与中国气派的中国现当代文学,已是世界现代文学的组成部分与分支。"存在即合理"①,新文学已经存在了一百年,经历了时间验证,也经历了世界先进理念验证。世界文学已经成为一个大的人文科学系统,息息相通,便于译介,内容题材方面更着重反映人类共同的心声与普遍愿望。"人类命运共同体""地球村"事实与理念,都已深入人心。

新文学百年来创作的优质作品以及深入人心的艺术形象,印证了文学革命时期的愿景,即使当时尚不够成熟的理论,至今也得到正确理解。作品会说话,正如"语词破碎处,无物可存在"②一说,强调作品的唯一性和说服力,"语言是存在之家"③。新文学的"语言",虽然仍旧多用华(汉)语写作,但实质上已经可以视作一种充满生命活力的"世界语"。

第二节 新文学不单是白话文学

自晚清"洋务运动"、百日维新、戊戌变法以降,当时的政治人物与文化界人士多有相当的惊异和不习惯,感觉到时局的变动,认为这变化是"三千年未有之变局"(一说"数千年未有之

---

① 原文:"凡是合理的都是存在的,凡是存在的都是合理的。"参见黑格尔:*Grundlinien der Philosophie des Rechts*(《法哲学原理》)。转自[德]于尔根·哈贝马斯:《现代性的哲学话语》,曹卫东等译,南京:译林出版社,2004年版,第21页。
② [德]海德格尔:《在通向语言的途中》,孙周兴译,北京:商务印书馆,2004年版,第219页等处。
③ [德]海德格尔:《路标》,孙周兴译,北京:商务印书馆,2000年版,第392页。

大变局",始见于李鸿章1874年给同治皇帝的奏折)。

"变局",这一个近代出现的新词语,也许是泊来品或半封建半殖民地洋场的特产,源自海上搏术、牌局、赌局乃至风月场的专用术语,后经引申沿用亦指称政治风云和时局变化,以及经济、军事形势动态格局等。百度辞典显示文学作品较早使用此词的有李渔《慎鸾交·赠妓》:"[小生]我们的盟誓久矣就发下了。[生]那是月下私盟,当不得人前公誓。今日在我面前从新发誓,以后若有变局,待我好兴问罪之师。"吴趼人《二十年目睹之怪现状》:"述农道:'从行了票盐之后,却是倒了好几家盐商,盐法为之一变。此时为日已久,又不知经了多少变局了。'"稍晚如张孝若《辛亥革命前后·一》:"我现在又要说到我父的一个极重要时期,也是国家的一个非常变局,就是辛亥的一年。"

"变局"这个词语,本身打着时代鲜明的烙印,有着大动荡与急剧变化时代的符号意义。

新文艺、新文学的倡导即当时文化战线领域的"大变局"。这一变化决非单单实行了白话语文运动。白话文学并不直接等于新文学。二者有关联性,但不是必定关系与独一性。这是个有趣的话题,不妨多说几句。胡适先生早年为了给白话文学寻找合法性,寻章摘句,阐述白话文学原来自古就有,且由来已久,古今白话文学是自然而然地进化演绎与承接的关系。从而他进一步论述:"白话文学史就是中国文学史的中心部分。中国文学史若去掉了白话文学的进化史,就不成中国文学史了,只可叫做'古文传统史'罢了。"① 胡适为白话文学正名,摇旗呐喊,把他所谓的白话文学称为"活的文学",把艰深古奥的文学指称为"诘屈聱牙""死的文学"。他秉持这样平民化的进化论的观点,写出半

---

① 胡适:《白话文学史》,长沙:岳麓书社,1986年版,第12页。

部《白话文学史》,后来由于工作繁忙,也许更由于论点比较偏颇片面的原因,书稿最终没有完成。

白话文学肯定自古就有,如众所周知的上古民谣,诗三百篇"风""雅"中的好些作品以及敦煌曲子词,寒山、拾得、王梵志的诗,宋明理学如《朱子语录》等,乃至明清时代的章回体白话小说。但新文学并不等于白话文学,这是显而易见的。浅显的文言文、比较通畅的古体诗词与古代通俗小说都不尽是。否则我们就不能够称其为"大变局"。周作人的论说有同样的概念偏颇,他当时将新散文的源流追溯到晚明小品,著有一册讲义《中国新文学的源流》,也是想为白话文学正名,但事与愿违,古文守旧者不予认同,新文学运动人士则认为他保守消极退缩,当了"隐士"。实际上晚明小品肯定不是新文学。这有质的区别。

古代的"白话文学"不等于现代的新文学,甚至现代的白话文学也未必都是新文学。像胡适先生《尝试集·两只蝴蝶》:"两个黄蝴蝶,双双飞上天。/不知为什么,一个忽飞还。/剩下那一个,孤单怪可怜;也无心上天,天上太孤单。(五年八月二十三日。)"虽然有意做得很通俗,很有民间顺口溜味道,但也不够有新文学的境界,虽然《尝试集》的意义不可否认。与同时或稍晚的冰心的《繁星·春水》、郭沫若的《女神》乃至徐志摩的《志摩的诗》等相比,《尝试集》与其都有距离,原因就是胡适局限于古代白话文即新文学的同义概念。仅仅是通俗浅畅的讴谣体作品,古人作品中的确可以找到很多。例如众所周知的李白《静夜思》,还有《宣城见杜鹃花》,诗道:"蜀国曾闻子规鸟,宣城还见杜鹃花。一叫一回肠一断,三春三月忆三巴。"又如《山中与幽人对酌》:"两人对酌山花开,一杯一杯复一杯。我醉欲眠卿且去,明朝有意抱琴来。"杜甫绝句也脍炙人口,如:"两个黄鹂鸣翠柳,一行白鹭上青天""黄四娘家花满蹊,千朵万朵压枝低"

这些词句,都很通俗明了,琅琅上口,显然是口语。但不能说这些就是现代的新文学。文学的新旧不单以白话、文言相区分,主要在质地。这在胡适先生自己,其实也明白,他说:"我自己对于社会,只要求他们允许我尝试的自由。"(见《尝试集》四版自序)"我老着面孔,自己指出哪几首诗是旧诗的变相,哪几首诗是词曲的变相,哪几首是纯粹的白话新诗。"(见《尝试集》再版自序)

在变革的开拓与发轫时期,"尝试",不失为一种勇气,胡适《尝试集》价值已没人低估。周作人在五四时代倡导"人的文学""平民的文学",介绍"欧洲文学史",也都功不可没。历史自有其渐进的演变的一面,由初生到成熟到走向世界,有个现代化的过程。章太炎先生曾是周氏兄弟、钱玄同等人的老师,他当时不肯认同新文学,直到20世纪20年代,还以嘲笑的语气讽刺白话文。他提出的意见就很典型,不妨拿出来印证,其实代表了文学传统的守旧观念:

> 诗至清末,穷极矣。穷则变,变则通;我们在此若不向上努力,便要向下堕落。所谓向上努力就是直追汉、晋,所谓向下堕落就是近代的白话诗,诸君将何取何从?提倡白话诗人自以为从西洋传来,我以为中国古代也曾有过,他们如要访祖,我可请出来。唐代李思明(夷狄)的儿子史朝义,称怀王,有一天他高兴起来,也咏一首樱桃的诗:"樱桃一篮子,一半青,一半黄;一半与怀王,一半与周贽。"那时有人劝他,把末两句上下对掉,作为"一半与周贽,一半与怀王",便与"一半青,一半黄"押韵。他怫然道:"周贽是我的臣,怎能在怀王之上呢?"如在今日,照白话诗的主张,他也何妨说:"何必用韵呢?"这也可算是白话诗的始祖罢。

一笑！①

太炎先生依旧主张"向上努力"，其实就是"复古"。他认为白话文学属于"堕落"，并拿古代例子来调笑、开心、开涮。当时在太炎身畔做笔记的学人曹聚仁就不肯同意，下来写有一文《讨论白话诗》与太炎先生商榷，也很有趣，其中说道：

> 日昨先生论及白话诗一段，听者有掀髯而喜者，诚以先生之声望，益以先生之主张，附会周衲之，自易动人一时之听。彼是以欣欣然有喜色也。先生立论之初，恐于白话诗，未加详察，故误会之点甚多，敢以鄙意陈之，伏维昭察！——
>
> 先生不亦曾引"诗言志"一语乎？此"言志"即诗之精神所在也。尽文之为用，乃在敷陈事实，而诗则言志，即近人所谓"人生之表现"也。古诗表现人生，已成其为诗，语体诗表现人生较切且深，能不谓之为诗乎？先生摈语体诗于诗之外，以其无韵也，而不知语体诗之为诗，依乎自然之音节，其为韵也，纯任自然，不拘拘于韵之地位，句之长短，诚亦如先生所赞颂"诗歌本脱口而出，自有天然风韵"一语所云。②

这场师徒间的辩论，其实也代表着新旧派别的审美分歧。说到底"语体诗"并不是新文学的单项价值评判，世界性、现代性才是新文学的基本要件。曹聚仁当时的辩诘重在音韵方面，还不能十分得力地说明问题，但他后来坚持现代记者与学者、作家的

---

① 章太炎：《国学概论》，曹聚仁整理，上海：上海古籍出版社，1997年版，第66页。
② 章太炎：《国学概论》，曹聚仁整理，上海：上海古籍出版社，1997年版，第76页。

理想信念，从事新文学写作，身体力行了他对新文学的追求。

我们说，新旧文学是否是语体文即白话文，其实只是体式方面的一项价值评判标准，不是主要的价值评判标准与取舍条件。作者从新文学运动中所体现出来的拥抱世界新潮的勇气，追随人间真理与新知的科学精神态度，以及反映新时代新观念的澎湃激情、创新动能等，才是衡量新文学的重要条件与生命指征。

第三节　现代性——生命体征

古代的传统文学自身是在发展进化的，历朝历代的文体范式也有其循序渐变的改良之道与侧重点，但总体来说还是规制中的"变体""变调"，总体是"原道""宗经""征圣"即"文以载道"的以书写士大夫情怀为主基调的复线式发展。这只要做个小小试验——我们将几个朝代甚至彼此间隔千年以上的文人所写作的题材相近、体例相似的作品混淆在一起，让人从中断代并分出时间先后，指明作者，多数人不免就要坠入烟海，满头雾水。当然，所选的都是些不大为人熟知的作品。我多次在课堂做此试验，不乏有同学将明清作品推断为汉唐魏晋人的手笔。例如我曾将随手摘抄的阮籍《咏怀》、陈子昂《感遇》、吴伟业《有感》及至晚清民国时代的罗振玉、王国维，甚至晚至陈寅恪、吴宓等人的感遇旧诗搁在一起，请大家分辨，可以说是难倒了众人。

古代文学重视永恒性与经久不衰的价值体验，所谓"人生代代无穷已""古人不见今时月，今月曾经照古人"，"太阳之下无新事"，时空界限相当模糊，现实的感触与纪录更不具体，能朦胧就朦胧。杜甫是个例外，纪录了不少时代风云、民间疾苦，但晚年仍旧回到"即兴"、感触、朦胧格局当中去。其《秋兴八首》

等诗就遭到胡适的批评,认为"不知所云"。说到底,杜甫虽然落魄,但仍旧抱持着士大夫的情怀。说他"每饭不忘君"过分了,但感怀身世不遇、挽悼时光、流连轻愁旧恨,仍旧是历朝历代文学的熟路旧径。往往文学水平有高下之判,情怀、命运则无非代相重复。

而现代文学则有着鲜明标出的时代背景、人生际遇以及自我流露出的包括对悲剧命运、对社会黑暗压制的反抗。五四时期的作品、全面抗战时期的作品、解放区的作品与改革开放及至当下的作品,往往很难被混淆,不同时代的作品搁一起,其内容的时代烙印是很鲜明的,时间界线相当清楚,语词的时代性等,都是很容易判断,甚至一望即知的。这与传统古典文学形成强烈反差。

这足以说明问题。在浩若烟海、彼此时空界限模糊重叠的"感遇诗"、格律诗中,判断年代及时代背景,即使是专治古典文学的专家,也未必都能轻易甄别与断代。例如许多学者就为了研究大小李杜作品的先后顺序、时间段、真伪等,伤透脑筋,甚至产生很大争议。即使像有现代新思想的学者,一旦使用旧体,"雅驯""韵律""选学""西昆""桐城"之类教训就会成为他们的制式与审美惯性,现代的面目就不免着意模糊掉了。古人大凡认为人生是瞬息之间,恒河沙粒,不值得特别去关注现实与个体,而现实本身也有不少忌讳与禁区。所以感遇无非是"千古一叹",更重要的是"为往圣继绝学,为万世开太平"。以一贯之,最为重要。每个文学时代都是长链中的一环。

现代文学则是"大变局",是一场颠覆性的文学革命,它旨在另辟蹊径,推倒重来,"求古源尽者将求方来之泉,将求新源"(鲁迅《摩罗诗力说》题首)。新文学就是现代文学,不仅是在时间意义上的现代,更是意识形态方面的现代。总体而言,是取法世界先进理念与真知，运用世界新型体例样式进行创作的平民文学、大众文学与个性化文学，其生命体征即为显著而深刻的现代性（modernity）内容。

现代性鲜明的标志首在世界性。简而言之，新文学崇尚先进理念，突出真理与科学、民主时代的价值追求。其通适性与连带意义都十分突出，即不论任何一国，其文学创作都必然反映出时代大潮，反映出世界共通的心声以及彼此间的影响。

一句话，新文学是走向世界并融入世界力求创新开拓的现代中国文学。

第四节　现代性的理论

虽然新文学不失中国特色与中国气派，主要使用汉语文学样式进行创作，内容着重表现中国人的人生境遇与生活信仰，也会不时从传统的古典文学汲取养料与取其精华，古为今用，但总体而言，现代文学自成体系，别开生面，与传统守旧的正统的文学切割开来，走上一条创新探索的道路。这从五四新文化时代的大量文献以及百年来大量文学创作的实践中都可以得到印证。

对于"现代性"的理论问题，不妨深入讨论。著名学者李欧梵教授的一段论述能够说明问题，引述如下：

> 五四运动时期的这一代人及其先辈，是以何种方式界定他们与过去的区别，从而阐明被他们视为"现代"一系列新范畴的呢？
>
> 用五四时期的流行说法，"现代"首先就意味着"新"，意味着有意识地与"旧"对立。当时，以含有"新"这个字眼而命名的期刊和术语，犹如雨后春笋般地层出不穷。从梁

启超的《新民》和陈独秀的《新青年》，到诸如《新潮》，《新文艺》，《新生活》，《新社会》及《新时代》，不胜枚举。这一求新的思想立场本身并不表明任何新意，因为传统上，在学术书以及政府政策上，中国一直在反复争辩着"新"与"旧"，"现代"与"古代"这些问题。五四时期的"新"之所以与以往有着本质的不同，在于将"新"的含义暗示为一种从现在到将来的、新的时间统一体。换言之，"新"这个字眼的概念及其价值标准，是在单一线性的时间观及历史感的语境下而被定义的——单线发展的时间观和历史感，其特点则是非传统的，是来自西方的。"时代"观念的产生，便是这种新历史意识出现的最具说服力的证明——人们高度关注到如下境况：中国已经进入世界历史的一个"新时代"之中，这一境况导致他们的命运不再可能独立于全人类之外，而是成了与全人类密不可分的一个部分。我们在这一新的历史观里发现了对于"现在"这个片刻的强调，甚至可以说是对它的神秘崇拜，"现在"被尊奉为同过去决裂的转折点，成了朝着灿烂未来的继续前行的枢纽。①

以上对"全人类"与"现在"的强调，指出了"现代性"题义中"世界性"与现实关怀层面，注重这一生命体征。

现代新文学是走向世界、融入世界乃至引领世界进步的结果，现代社会的合理建构、自由美好平等、民主科学的价值理念，艺术上突出的浪漫、写实与充分的象征意义、创新追求，都包含着清醒的现代人的悲剧意识与批判锋芒，主体意识成为启蒙运动的人文常态和文学的主流，这都合力形成现代新文学的基本

---

① ［美］李欧梵：《二十世纪中国：历史与文学的现代性及其问题》，载《李欧梵论中国现代文学》，季进编，上海：上海三联书店，2009年版，第3页。

风貌形态。

在新文学的境地语境中,"复古""复礼""心存魏阙""直追汉唐"等失去了话语霸权力量,"文字狱"更是土崩瓦解,少有存在,虽然在不同时代或许还有死灰复燃,但肯定不能长久,且不能阻挡时代前进的步伐。鲁迅当年就剀切地指出:"老调子已经唱完!"——"凡老的,旧的,都已经完了!……在文学上,也一样,凡是老的和旧的,都已经唱完,或将要唱完。……我想,唯一的方法,首先是抛弃了老调子。旧文章,旧思想,都已经和现社会毫无关系了……现在也的确常常有人说,中国的文化好得很,应该保存。那证据,是外国人也常在赞美。这就是软刀子。用钢刀,我们也许还会觉得的,于是就改用软刀子。我想:叫我们用自己的老调子唱完我们自己的时候,是已经要到了。……中国的文化,都是侍奉主子的文化,是用很多的人的痛苦换来的。无论中国人,外国人,凡是称赞中国文化的,都只是以主子自居的一部份。"(《华盖集续编·无花的蔷薇之二》)。重温鲁迅,虽然感觉他的见地由于身处革命时期不免也有偏颇之处,但在当时,没有这样横扫千军如卷席的勇气则很难开出一条生路。毕竟正统的守旧的文学已经统治了两千年。鲁迅倡导"战士""过客",倡导勇往直前、走出仿徨与徘徊的孤独,歌颂有韧性的战斗,有义无反顾的对黑暗势力的反抗精神,以"野草""荆棘""地火"等词组形容和象征生生不息、战斗不止,这无疑代表了新文学创作本质的真实与追求。

"新文学"受到世界文学特别是"欧风美雨"的浸润、启发、影响,已是不争的事实。这同中国古代先秦朴素的民本思想哲学影响到欧洲启蒙运动一样,都表现了世界一体化、互相借镜推动的必然。民族自身有变革的需要,外部的进步思潮介入产生影响,从而推进了这一变革的实现。简而言之,我国现代的新文学与传统的古典文学具体讲来主要有着以下比较明显的区分：

其一，建制不同。几乎一成不变的建制与人事（以士子、官僚、隐士为主的文学队伍）反复重现的时代过去了，平民、大众生活的多样化，对现实社会的描绘，民间生活的新鲜气息洋溢在新文学园地。科举制度的废除标志着封建社会取士的终结。新的平民知识分子的群体与主体应运而生。

其二，审美基调的不同。古代文学倡导"和乐"，所谓"不亦乐乎""中庸和平""和乐且湛""其乐也融融""乐而不淫""中正和平"等，文学"大团圆"的结局与"十全十美"的粉饰，充斥与占据了许多版面。新文学着重表现真实的人生、民间关怀以及社会改造的理想心声，文学的悲剧精神尤其彰显，个性化的创作也得到很大的发展空间。

其三，消费对象与结构不同。传统的古典文学主要取悦上层，即统治阶级、贵族以及士大夫阶层，即便"市井文学"在民间的流传也相当受限，不能算是充分的正常的公共文化资源。新文学则产生于工业社会兴起，商品流通环节特征突出，出版印刷事业繁荣，传媒时代到来，这都标志着新文学更能充分反映时代强音，大众分享效应突出，是商品流通、文化传播时代的有力载体与途径，虽然新文学领域所谓纯文学与通俗文学还存在价值判别，各有侧重，但毫无疑问，民众也即受众自由选择的余地和空间更加广阔。

其四，语言形式有所不同。传统古典文学主体是文言、韵语、书面文体，语文有别，所谓"言之无文，行之不远"。新文学则采用现代语体文创作，力求语文一致，更加生态化，并吸收与糅合大量外来词语（包括欧化的语法）乃至发明新的语词，民间方言口语也得到调动发挥，生活气息更为浓郁，地理文化特色更加鲜明，作为"接地气"的文学，与世界他国文学一样，彰显充分的人民性、现代性。

其五，风貌不同。传统古代文学往往"定于一尊"，"君臣父子"，"纲常伦理"等，虽多有"怀才不遇"的抒发，但内容形式相对单一、重复。新文学走平民路线，鼓励多样化的创新写作，自由结社，写实的，浪漫的，唯美的，象征的，心理分析的，乃至现代派与后现代派等，都带有前沿阵地实验性质与先锋意义，创作更为活跃。

综上所述，我们有幸生活在新文化、新文学运动一百多年后的今天，看到先进的理论建树与前人的展望成为现实，虽然新文学创作相形之下兴许还不免稚嫩，有些领域的探索、成就尚存争议（如新诗），但其总的历史成就已不容抹杀。废除文言文，采用现代新体样式创作的文学作品，融入世界现代文坛，得到广泛认可，产生深远影响，也是中国新文学亮丽的风景线。这一趋势不可逆转。这正如高旭东教授行文论述："西宾格勒认为歌德和康德是西方文化成熟的标志，事实上，从启蒙运动开始，西方文化确实一步步走向成熟。但是，中国文化在先秦已经成熟，其标志是孔子和老子。然后，中国文化就进入漫长的守成阶段。早熟而又能够防止解体和衰亡，具有巨大的稳定性和连续性，是中国文化的特点。"[①]"尊崇典范、强调文学权威，在中国很少被彻底动摇过。人们尊从的，是孔子'述而不作，信而好古'的教训。所以，仿古之风，托伪之作，在中国很盛行。……中国文学虽然也可以用某种文体的发达来表明一个时代的文学特征，但是，新起的文体只是从旧有文体中演化而来，虽然在演化的过程中也有些变异。从《诗经》开始的中国诗歌的正统地位，从来没有动摇过，词、曲只有作为诗歌的变体，才能登上大雅之堂。因此，中

---

① 高旭东：《跨文化的文学对话》，北京：中华书局，2006年版，第61页。

国文学不是在批判性的否定中开辟生路，而是在继承性的扩充中求发展，所以文学发展的阶段性相当模糊。"① 新文学的成就已得到世界公认，茅盾先生当年树立这样的方向："我以为新文学就是进化的文学，进化的文学有三件要素：一是普遍的性质；二是有表现人生、指导人生的能力；三是为平民的非为一般特殊阶级的人的。唯其是要有普遍性的，所以我们要用语体来做；唯其是注重表现人生、指导人生的，所以我们要注重思想，不重格式；唯其是为平民的，所以要有人道主义的精神，光明活泼的气象。"②

这一"人道主义的精神，光明活泼的气象"在这一百年新文学革命实践中，可称已获得阶段性丰收，值得我们欢欣并为之深入研究。

第五节　西方有关现代性的重要界说

当代德国学者于尔根·哈贝马斯认为"黑格尔是第一位清楚地阐释现代概念的哲学家。"③在于尔根·哈贝马斯的《现代性的哲学话语》一书中，作者将近代西方对现代性的探索追溯到十八世纪中后叶的著名哲学家黑格尔。于尔根·哈贝马斯的分析与概述颇得要领，如——

---

① 高旭东：《跨文化的文学对话》，北京：中华书局，2006 年版，第 72、73 页。
② 沈雁冰：《新旧文学平议之平议》，《小说月报》第 11 卷第 1 期，1920 年 1 月 25 日版。
③ ［德］于尔根·哈贝马斯：《现代性的哲学话语》，曹卫东等译，上海：译林出版社，2004 年版。

黑格尔起初把现代当作一个历史概念加以使用，即把现代概念作为一个时代概念。在黑格尔看来，"新的时代"（neue Zeit）就是"现代"（moderne Zeit）。黑格尔的这种观念与同期英语"modern times"以及法语"temps modernes"这两个词的意思是一致的，所指的都是大约1800年之前的那三个世纪。1500年前后发生的三件大事，即新大陆的发现，文艺复兴和宗教改革，则构成了现代与中世纪之间的时代分水岭。①

以上比较重要，值得我们加以关注的是作者特别指出欧洲16—19世纪的变化与转向。于尔根·哈贝马斯特别指出"三件大事"，即：A. 新大陆的发现；B. 文艺复兴；C. 宗教改革。黑格尔认为这是判断现代与中世纪的分水岭。

这在世界历史特别是西方历史哲学方面有着比较系统、科学、合理的界说与划分。哈贝马斯基于此，指出是黑格尔提前了"现代"发端的理论，"综观整个十八世纪，1500年这个时代分水岭一直都被追溯为现代的源头"②。"'现代'赋予整个过去以一种世界史的肌质。"③

换言之，从"三大事件"开始，古典城堡时代结束了，国家、文化都不再是单一、孤立、静态的领域与封闭孤立的文化存在，而是"牵一发而动全身"，"你中有我，我中有你"，人类进入交际互动的时代，彼此影响、渗透、交融甚至是侵略、殖民，

---

① ［德］于尔根·哈贝马斯：《现代性的哲学话语》，曹卫东等译，南京：译林出版社，2004年版，第5~6页。
② ［德］于尔根·哈贝马斯：《现代性的哲学话语》，曹卫东等译，南京：译林出版社，2004年版，第6页。
③ ［德］于尔根·哈贝马斯：《现代性的哲学话语》，曹卫东等译，南京：译林出版社，2004年版，第7页。

世界进入共振联合的状态,所谓"一荣俱荣,一损俱损"。我国的现代化进程相对较晚,道路艰辛曲折,但不例外也不可能游离于世界变革大浪潮之外。从历史的角度探讨,一方面有被动改变的原因,另一方面也有主动求变的内在动能。当代美国汉学家为此产生意见分歧,即使师生之间也有争论。

费正清(John King Fairbank)持"西方中心论",认为中国的现代化是被动的,是被坚船利炮打开的被动的连锁的反应。而费正清的学生魏斐德(Fred Wakeman)等人则主张"中国中心观",认为中国的现代化进程主要是自身内部要求变革所致,矛盾积聚而成。因此,就有了类似的概括:

> "中国中心观"则是从中国内部寻找历史发展的因素,显示的是一种东方视角。即不再单纯把中国当作接受西方社会影响与改造的"客体",而致力于"在中国发现历史"。魏斐德认为,研究中国,就要"进入中国内部,了解中国人自己是怎样理解、感受他们最近的一段历史"。[①]

魏斐德有《中华帝制的衰落》《大门口的陌生人——1839—1861华南社会的暴乱》《控制与冲突》等著作,阐说他的看法。另如美国汉学家史景迁、孔飞力等,也有不少著述,观点都比较接近。如《叫魂:1768年中国妖术大恐慌》《中国现代国家的起源》《中华帝国晚期的叛乱及其敌人》等,我们都可将他们的观点以及援引的材料作为世界近代史与中国近现代史研究的重要参考。

我们认为,外部冲击与自身求变两种力量在近代中国是相互交集、纠缠、合力形成的。对此似乎已毋庸多议。我们仍旧回到

---

① 胡龙春:《美国汉学家魏斐德:在中国发现历史》,人民网,2011年4月11日。

现代性的起源这个问题上。于尔根·哈贝马斯指出是黑格尔最早强调现代的主体性。他引用黑格尔在《精神现象学》的"前言"中充满激情的一段原文：

> 我们不难看到，我们这个时代是一个新时期的降生和过渡的时代。人的精神已经跟他旧日的生活与观念世界决裂，正使旧日的一切葬入于过去着手进行他的自我改造。现存世界里充满了的那种粗率和无聊，以及对某种未知的东西的那种模模糊糊的若有所感，都在预示有什么别的东西正在到来。可是这种颓废败坏……突然为日出所中断，升起着的太阳犹如闪电般一下照亮了新世界的形相。①

像黑格尔这样激情澎湃的笔调我们似乎可从我国19世纪后期与20世纪前期那些思想界革命先锋笔下找到类似的文字。毫无疑问，他们受到欧洲文艺复兴以来的文艺变革、社会革命的文艺思想启迪与影响。

以黑格尔的意思推论，现代新文学毫无疑问赋予了中国文学一种"世界史的肌质"。

于尔根·哈贝马斯指出黑格尔首次从哲学概念定性"现代"这一词性，标注了现代性的资源。"现代首先是在审美批判领域力求明确自己的。"② 这也是鲁迅"超脱古范""别求新声于异邦"（《摩罗诗力说》）的"指归"与"动作"所强调的。哈贝马斯对黑格尔有关现代性的深入研究还可以援引作为我们参考、思索，如：

---

① ［德］于尔根·哈贝马斯：《现代性的哲学话语》，曹卫东等译，南京：译林出版社，2004年版，第7页。
② ［德］于尔根·哈贝马斯：《现代性的哲学话语》，曹卫东等译，南京：译林出版社，2004年版，第9页。

黑格尔认为，哲学面临着这样一项使命，即从思维的角度把握其时代，对黑格尔而言，这个时代即是现代。黑格尔深信，不依赖现代的哲学概念，就根本无法得到哲学自身的概念。①

黑格尔发现，主体性乃是现代的原则。根据这个原则，黑格尔同时阐明了现代世界的优越性及危机之所在，即这是一个进步与异化精神共存的世界。②

黑格尔用"自由"与"反思"来解释"主体性"：

事实上，我们时代的伟大之处就在于自由地承认，精神财富从本质上讲是自在的。

主体性主要包括以下四种内涵：

1. 个人（个体）主义：在现代世界中，所有独特不群的个体都自命不凡。

2. 批判的权力：现代世界的原则要求，每个人都应认可东西，应表明它自身是合理的。

3. 行为自由：在现代，我们才愿意对自己的所作所为负责。

4. 最后是唯心主义哲学自身：黑格尔认为，哲学把握自我意识的理念乃是现代的事业。③

于尔根·哈贝马斯这样概括黑格尔有关现代性的理论总结：

---

① ［德］于尔根·哈贝马斯：《现代性的哲学话语》，曹卫东等译，南京：译林出版社，2004年版，第19页。
② ［德］于尔根·哈贝马斯：《现代性的哲学话语》，曹卫东等译，南京：译林出版社，2004年版，第19—20页。
③ ［德］于尔根·哈贝马斯：《现代性的哲学话语》，曹卫东等译，南京：译林出版社，2004年版，第20—21页。

贯彻主体性原则的主要历史事件是宗教改革、启蒙运动和法国大革命。自马丁·路德开始，宗教信仰变成了一种反思，在孤独的主体性中，神的世界成了由我们所设定的东西。新教反对信仰福音和传统的权威，坚持认知主体的宰制："圣饼"不过是面粉所做，"圣骸"只是死人的骨头。①

这让我们想到后来尼采"上帝死了"的惊世骇俗言论，包括康德、歌德、叔本华、柏格森、弗洛姆、弗洛伊德、卢梭、波德莱尔、海德格尔等一批西方哲学家、文艺家，当然更有马克思、恩格斯等人的伟大学说，对我国20世纪新文艺思潮的深刻影响与启迪，都是方方面面，显而易见的。

黑格尔学说的阐释还如：现实"只是一种通过自我的显现"。"凡是存在的，即是合理的。""凡是合理的，将会成为存在的现实；凡是存在的，将会是合理的。"② 黑格尔肯定文艺创作的作用，将之提到"爱与生命"的高度，倡导以艺术的力量来反抗权威。认为艺术是作为面向未来的和解的力量。青年时代的黑格尔意识到，浪漫艺术与当时的时代精神是契合的，正是浪漫派的主观主义体现了现代性精神。黑格尔认为"诗歌"终将是人类的导师，引领时代。

高度重视文艺作用的西方文艺思潮，对我国新文学影响至关重要。这让我们终于走出了封建的"文以载道""十三经注疏"的老路子。正如有学者认为辛亥革命是"不可以常例论的五千年之大变"——

---

① ［德］于尔根·哈贝马斯：《现代性的哲学话语》，曹卫东等译，南京：译林出版社，2004年版，第21页。

② ［德］于尔根·哈贝马斯：《现代性的哲学话语》，曹卫东等译，南京：译林出版社，2004年版，第49页。

第一章　新文学的概念与特性

> 这是一个充满颠覆和根本性变革的全方位巨变,且仍处于进行之中。……复因为变化是根本性的,洋溢着革命的激情,这又是一个希望与风险并存的发展进程,很难以常例论。①

现代性与其哲学理论源起于西方,黑格尔等世界大师级的哲学家有相当的贡献。我国新文学受西方现代哲学与文艺思潮影响,自身作为主体性确立的变革与求索,也是前所未有的紧迫,是"颠覆和根本性的变革",是"巨变","洋溢着革命的激情",不可以"以常例论"。

及此,现代性是世界新文学的基本生命体征,是前所未有的非常突出的精神风貌与文艺特征,从理论上已经得到比较充分的揭示与展现。

---

① 罗志田:《五千年的大变,杜亚泉看辛亥革命》,《哈佛辛亥百年论坛演讲录——不确定的遗产》,北京:九洲出版社,2012年版,第62、63页。

第二章

世界一员的意识

第一节 世界史

创建新文学样式，实际是构建与世界相通的、联动的、彼此互动乃至一体化的文学。门户开放，我国成为与世界关系非常紧密的一员，神州大地，再也不是马可波罗笔下世人闻所未闻的神秘东方的"鞑靼"帝国，也不再是洛克探险旅程中神秘的"消失的地平线"。中国走向并融入现代世界，一举一动、潮起潮落、新陈代谢，都与外部世界紧密相关。先进的理念、世界观，以及人类发展共同追求的价值观、人道主义、社会主义，无不使包括中国人民在内的世界人民有不同程度的"同呼吸，共命运"的接受与认知度。新文学所呈现的文学样式，与世界文学尤其是现代欧洲文艺能够共振合拍，有互文与通感、同构的效应。

前述黑格尔关于现代性"新大陆的发现"这一要件，即指大航海时代到来后，世界不再各自为据、划地为狱，及至"老死不相往来"。康乾时代可以将整个东南沿海"锁海撤民禁商"，以求长达百年之久的闭关锁国，这都成了为人诟病的历史。《从世界看中国：李约瑟难题的另一种解答》一文，涉及世界史及大变局的内容，颇能生动简约、鞭辟入里，有一定的代表性，我们不妨摘录如下：

1405—1433年间，正值欧洲文艺复兴时期，明成祖朱棣的贴身宦官郑和，带领着当时技术最先进、规模最浩大的船队，多次环绕印度洋远洋航行，足迹遍布30多个国家，长度相当于地球圆周的三倍有余。

据著名历史学家黄仁宇测算，郑和七下西洋花费白银600万两，相当于两年的国库支出，而这还不包括造船费用。大明王朝为何如此不计成本和回报，倾全国之力航海？黄仁宇的答案是：中华帝国自古就有重农抑商的传统，立国的根本从来不是自由贸易，中央集权也从来不放心藏富于民，而是将海量的人口牢牢束缚在土地上。

因此，郑和航海更多是出于政治目的的国家行为：宣扬天朝上国的恩威；寻找失踪的建文帝，解决朱棣篡位的合法性问题。然而，如此代价昂贵的输血，于国民有害无益，结局自然只能是人亡政息。

郑和之后，中国再无大航海，相关资料被官员付之一炬，宝船和福船的技术就此失传。他的航海壮举，不过是一个农业帝国衰亡解体前的插曲。百年之后，俞大猷面对横行无阻的倭寇，因缺少大船唯有哀叹。清朝的统治者，更是多次宣布海禁，极力打压民间自由贸易。

郑和航海约70年后，迪亚士绕过非洲好望角，开辟了到达东方的"新航路"；80年后，哥伦布发现美洲大陆。轰轰烈烈的大航海时代从西方世界开启了。

欧洲人走出闭塞的部落时代，开始睁眼看世界。紧随其后的，是文艺复兴的鼎盛，文艺复兴三杰（达芬奇、拉斐尔、米开朗基罗）创作的艺术瑰宝，被誉为"人类审美最高峰"。宗教改革带来了良知和思想的自由，启蒙运动使人文

第二章 世界一员的意识

科学开始繁盛,科技革命也顺应市场的需要而产生……

为什么欧洲的航海家,技术和规模都无法与郑和船队匹敌,却能带来欧洲的进步与繁荣?

欧洲几乎一直处于分裂状态,世俗的王权受到教会的制约。欧洲大陆无法形成大一统的集权国家,这里的政治和经济始终处于"野蛮生长"的竞争态势。在起步之初,这些冒险家的确受王室资助,他们的欲望市侩而强烈:将香料和金银运回欧洲,发家致富,抢占先机。为此,短视的殖民者,不惜血腥的掠夺、残酷的压榨。但是在此之后,世界市场开始了第一波优胜劣汰:西班牙和葡萄牙依靠暴力拿到了第一桶金,却逐渐被全世界抛弃,而更有商业精神的英国人,却为殖民地带去了议会、普通法和蒸汽机。(参阅丹尼尔·汉南《自由的基因》)

当商业行为脱离了国家的叙事,大航海不再是帝王炫耀伟业的工具,而是寄托着千千万万普通人发家致富、改变命运的梦想。人们自发、积极地创新求变,以自己的勤劳与才智,取悦世界市场上的消费者。

于是,人类迎来了第一波全球化,美洲的玉米、番薯等高产作物传遍了全世界。自由贸易的兴盛,让欧洲诞生了无数的产业、城市和国家,最终因此而崛起的,却是整个人类文明。自由贸易使全世界资源的利用效率空前提高,人类的知识与财富都在爆炸式的增长。五百年间的创造,超过过去几千年的总和。[①]

文章语言通俗明白地勾画了世界航海贸易,比较了我国乾隆

[①] 先知书店 起点人文:《从世界看中国:李约瑟难题的另一种解答》,千字文华,https://mp.weixin.qq.com。

朝撰修的《四库全书》与英国维多利亚女王时代主编的《剑桥世界近代史》,阐述东西方这两部巨著不同的性质、功用与其命运结局。文章最后分析并加以概括:

> 自鸦片战争以来,中国社会在西方文明的阵阵炮声中,被迫打开了古老的国门。传统文化与古老帝国的系统性缺陷,在现代文明的冲击下暴露无遗。
>
> 当时,以李鸿章为代表的政治精英们,面对三千年未有之大变局,虽然一直力主改革,学习西方,但是,封闭的心态和陈旧的认知,却让他们如同井底之蛙,在天朝上国的幻梦中无力自拔——"中国文武制度,事事超出西人之上,唯火器万不能及"。
>
> ……
>
> 惨痛的历史教训向国人表明:绕开制度和文化,仅仅停留在"中体西用"层面的实用主义,是现代文明在中国屡屡迟到的根本原因。
>
> 毕业于上海圣约翰大学的周有光先生说:"鱼在水中看不清整个地球。人类走出大气层进入星际空间会大开眼界。今天看中国的任何问题都要从世界这个大视野的角度。光从中国角度是什么也看不清的。……要从世界看中国,不要从中国看世界。"①

文章虽然只是罗列与阐述一些今天已众所周知的历史常识、典型事例,但归纳精确,仍不失为精当醒心之论。

类似的叙述与分析早见于政治史、经济史、文化史、美学史等诸多学术著论中,身边校友、"长江学者"张法教授撰著的

---

① 先知书店 起点人文:《从世界看中国:李约瑟难题的另一种解答》,千字文华,https://mp.weixin.qq.com。

《20世纪西方美学史》，详细介绍世界三大文化的发展过程，即印度文化，中国文化，以希腊和希伯莱文化（包括埃及和波斯）为代表的地中海文化。张法教授指出，曾经在漫长的时间里，这三大文化完全各自按照自己的规律运行，从而经历了漫长的守成阶段。直到"17世纪，现代社会在西方兴起，并向全球扩张，把分散的世界史带入了统一的世界史。以前各文化都在分散的世界史中按照自身的规律运转，现在一切文化都必须在统一世界史中按照全球一体化的规律运转"①。

中国人民大学高旭东教授著《跨文化的文学对话》，介绍西宾格勒把西方文化分成阿波罗文化、马日文化和浮士德文化，指出："西宾格勒认为歌德和康德是西方文化成熟的标志，事实上，从启蒙运动开始，西方文化确实一步步走向成熟。但是，中国文化在先秦已经成熟，其标志是孔子和老子。然后，中国文化就进入漫长的守成阶段。早熟而又能够防止解体和衰亡，具有巨大的稳定性和连续性，是中国文化的特点。"②

近古尤其是近代以降，世界大航海时代到来，换句话说即随着"海盗""传教士"尤其是"海上贸易""殖民时代"种种冲击，国际通行、外交使节、使馆、参赞等频繁的外交礼仪事务纷至沓来，外部世界软硬兼施攻入与渗透我们这片曾经对外实行闭关锁海的"中土"，"守成"与"封闭"即宣告破产。中国，再也不单是一个神奇的荒诞不经的遥远东方的神话与传说了。

大航海以及欧洲启蒙运动、现代性的浪潮席卷，这种种都迎合了中国社会自身求变的内在需要，同时更以猝不及防、"欧风美雨"挟带的外来势头，加速中国近代社会的解构、变革以及现

---

① 张法：《20世纪西方美学史》，成都：四川人民出版社，2003年版，第2页。
② 高旭东：《跨文化的文学对话》，北京：中华书局，2006年版，第61页。

代化进程，使中国成为现代世界不可或缺的一员，迄今仍然发挥越来越重要的影响，有推动历史乃至引领人类文明进步的作用与绩效。虽然这之间不是一帆风顺，甚至经历了巨大的风浪，流血牺牲，有着曲折惨痛的经验教训，但变革的道路方向始终不移，亦更加坚定明确，如近年党中央对外宣告："中国改革开放的大门不会关上，只会越开越大。"事实上的确如此。

第二节 "世界中"的文学

中国现代文学是现代性转折与构建的世界文学新样式，是世界文学中国化的探索与实践。

哈佛大学著名的华裔中国现代文学研究学者王德威教授近期着力强调的学术论点"'世界中'（worlding）的中国文学"①，可作为值得关注的学术观点。王教授新近推出由他主编的英文版《新编中国现代文学史》（*A New Literary History of Modern China*，Harvard University Press，2017），有比较前沿化的、探索性质的大胆论述与编撰。他在接受记者采访与撰文阐述中，特别强调"世界中"（worlding）的性质与观点，指出新文学的嬗变以及与世界同步（即使是追赶）的鲜明特征。于此不妨摘录其文学史"前言"部分的第二节内容——《中国文学的现代世界》，以作深入了解：

> 首先，目前我们对现代中国文学的发生论多半溯自20世纪初。彼时中国面临内忧外患，引发有志之士以文学救国的壮志。1917年文学革命，1919年五四运动，从而使中国

---

① ［美］王德威：《"世界中"的中国文学》，《南方文坛》2017年第5期。

第二章　世界一员的意识

文学进入现代化轨道。相对于此，晚清被认为是政治和文化秩序崩溃、青黄不接的过渡时期。这样的论述近年已有大幅修正。我们从而理解，晚清时期的文学概念、创作和传播充满推陈出新的冲动，也充满颓废保守的潜能。这些新旧力量交汇处所爆发的种种实验和"被压抑的现代性"，恰和五四形成交流与交锋的关系。

我们不禁要叩问：中国文学自19世纪后步入"现代"，究竟是什么因素使然？传统回答此一问题的方式多半着眼西方列强侵略，民主宪政发生，乡土意识兴起，军事、经济和文化生产模式改变，城市文化流传，心理和性别主体创生，以及更重要的，线性时间与革命时间冲击下所产生的"历史"时间。这些因素首先出现在欧洲，一旦在中国发生，不但将中国纳入全球性循环体系，也激发出本土因应的迫切感。现代中国文学铭刻了这些因素，也为其所铭刻。

我认为这类描述也许触及中国文学"现代化"肇始的条件，却未能解释中国文学独特的"现代性"意义。全球政治和技术的现代化可能催生文学的现代性，但不论在时间顺序或形式内容上，中国的现代文学无须亦步亦趋，重复或再现已有模式。《新编中国现代文学史》企图讨论如下问题：在现代中国的语境里，现代性是如何表现的？现代性是一个外来的概念和经验，因而仅仅是跨文化和翻译交汇的产物，还是本土因应内里和外来刺激而生的自我更新的能量？西方现代性的定义往往与"原创""时新""反传统""突破"这些概念挂钩，但在中国语境里，这样的定义可否因应"脱胎换骨""托古改制"等固有观念，而发展出不同的诠释维度？最后，我们也必须思考中国现代经验在何种程度上，促进或改变了全球现代性的传播？

本书的思考脉络并不把中国文学的现代化看作是一个根据既定的时间表、不断前进发展的整体过程，而是将其视为一个具有多个切入点和突破点的坐标图。这对目前中国的"近代""现代""当代"三段论式史观提出修正建议。正如本书所示，在任一历史时刻，以"现代"为名的向往或压力都可能催生出种种创新求变可能。这些可能彼此激烈争竞，而其中最被看好的未必能最后胜出，也未必是唯一会应历史变数的答案。例如，中国文学现代化曾被认为缘起于白话文学运动；但晚近的研究也显示，维新的想象同样来自"文"这一传统概念的内部转型，甚至传教士孕育的翻译文化也起到重要作用。

　　历史后见之明告诉我们，很多创新动力理应产生更为积极的结果，但或因时机偶然，或因现实考量，而仅止于昙花一现，甚至背道而驰。世事多变，善恶"俱分进化"，历史的每一转折不一定导向"所有可能的最好世界中的最佳选择"。但这并不意味着文学"现代性"这一观念毫无逻辑或意义可言。恰恰相反，它正说明"现代"文学演变没有现成路径可循，即便该过程可以重来一遍，其中任何细微的因素都未必可能复制。牵一发而动全身，任何现代的道路都是通过无数可变的和可塑的阶段而实现。从另一角度来说，书中的每一个时间点都可以看作是一个历史引爆点。从中我们见证"过去"所埋藏或遗忘的意义因为此时此刻的阅读书写，再一次显现"始料未及"的时间纵深和物质性。

　　其次，我们现在所理解的中国"文学"发轫于中国封建帝国末期，并在19世纪和20世纪之交逐渐得以制度化。1902年，慈禧太后钦点政治家、教育家张百熙（1847—1907）对成立不久的京师大学堂进行改革。张所提出的章程列出文学科,其所包括课程有:儒学、历史、古代思想、档案学、外国语、语言学和辞章等。但文学科所反映的仍是中国"文学"的传统范式——由不同人文学科组成的综合专案。这反而与日后的"通识教育"庶几近之。现代意义的"文学"原型是辞章这一学科,包括诗学、词学、曲学、文章学、小说学等。这一设置结合传统中国小学研究和西方浪漫主义以降的审美实践,为现代文学概念首开先河。一种以修辞和虚构为载体的"文学"逐渐为众所公认。

但是,尽管采取小说、散文、诗歌、戏剧等文类,或奉行由现实主义到后现代主义的话语,中国现代文学与传统概念的"文"和"文学"之间对话依然不绝如缕。也就是说,现代文学作家和读者不仅步武新潮,视文学为再现世界存在的方式,也呼应传统,视文学为参与彰显世界变化的过程。这一彰显过程由"文心"驱动,透过形体、艺术、社会政治和自然律动层层展开。因此,中国现代文学所体现的不只是(如西方典范所示)虚构与真实的文本辩证关系,更是人生经验方方面面所形成的,一个由神思到史识、由抒情到言志不断扩张的丰富轨迹。

中国文学的"文"源远流长,意味图饰、样式、文章、气性、文化与文明。文是审美的创造,也是知识的生成。推而广之,文学就是从一个时代到另一个时代,从一个地域到另一个地域,对"文"的形式、思想和态度流变所铭记和被铭记的艺术。引用宇文所安所言:

> 如果文学的文是一种未曾实现的样式的渐行实现,文字的文就不仅是一种"代表或再现抽象理想的"标记(sign),而是一种体系的构成(shematization),那么也就不存在主从先后之争。文的每个层面,不论是彰显世界的文或是彰显

诗歌的文,各在彼此息息相关的过程中确立自己的位置。诗"作为文的"最终外在彰显,就是这一关系继长生成的形式。

换句话说,面对文学,中国作家与读者不仅依循西方模拟与"再现"(representation)观念而已,也仍然倾向将文心、文字、文化与家国、世界做出有机连锁,而且认为这是一个持续铭刻、解读生命自然的过程,一个发源于内心并在世界上寻求多样"彰显"(manifestation)形式的过程。这一彰显的过程也体现在身体、艺术形式,社会政治乃至自然的律动上。据此,在西方虚与实、理想与模拟的典范外,现代中国文学也强烈要求自内而外,同时从想象和历史的经验中寻求生命的体现。

正是在对"文"这样的理解下,《新编中国现代文学史》除了一般我们熟知的文类外,还涵盖了更多形式,从总统演讲、流行歌词、照片电影、政论、家书到狱中札记等。这些形式不仅再现世界的形形色色,同时也塑造、参与世界的继长生成。"文"这一概念和模式不断地演义和变化,铭记自身与世界,也为其所铭记。诚如宇文所安所说,"表现的过程必须从外部世界开始,它有优先性而未必有优越性。而同时一种潜存的规模由内烁而外延,顺势而行,从世界到心灵再到文学,交感共振,未尝或已"。

"文"用以彰显内心和世界的信念也解释了为什么横跨中国现代世纪,"文学"和"文化"有如此重要的意义。①

以上行文试图从文学史论综合内外趋势动能,恰如前边所引西方汉学家自身求变的观念形态作用学说。王德威具体指出,中

---

① [美]王德威:《"世界中"的中国文学》,《南方文坛》2017年第5期。

国现代文学不是简单地重复外国西方文学，而是一种参与世界的具有独创意义与继承性质的发展。文学的成果说明："这些形式不仅再现世界的形形色色，同时也塑造、参与世界的继长生成。"王先生的《新编中国现代文学史》及其学术观点也引起国内学者同行的高度关注与热烈讨论。如陈晓明教授撰文说：

> 德威先生此番主持的《新编中国现代文学史》最大的亮点，最有挑战性的突破，也可能是争论的最大焦点，就在于它把中国文学的"现代"起点上溯到1635年：
>
> 《新编中国现代文学史》起自1635年晚明文人杨廷筠、耶稣会教士艾儒略（Giulio Aleni）等的"文学"新诠，止于当代作家韩松所幻想的2066年"火星照耀美国"。在这"漫长的现代"过程里，中国文学经历剧烈文化及政教变动，发展出极为丰富的内容与形式。借此，我们期望向（英语）世界读者呈现中国文学现代性之一端，同时反思目前文学史书写、阅读、教学的局限与可能。
>
> 西方现代性源起通常以18世纪后期的法国大革命和欧洲启蒙主义兴起作为思想上的标志，商业主义向全球化扩展，工业革命初露端倪，大都市形成社会活动中心为社会化标志。但也有不少的研究者把现代性的萌芽推到以布罗代尔（Fernand Braudel）为代表的年鉴学派所关注的"漫长的16世纪"（1350—1650）。16世纪末大航海时代开始，1600年英国东印度公司成立，1640年，英国议会召开并通过《大抗议书》，通常世界史把这一年看作世界近代史开始的年份。显然，把这一年看作"现代性"的源起的时间标记也未尝不可。这还不是把西方现代性推得最早的做法，在现代神学领域，乐于把"现代性"源起到神学里去查证。有神学学者吉

莱斯皮在《现代性的神学起源》一书中，就把现代性的源起推到中世纪晚期年代。⑤更为著名的观点来自汤因比，他把公元1475年看成是"现代"开始时期；1875年则开始了"后现代"的动乱时期。显然，德威先生十分高明，中国现代文学开始于1635年，这比公认的世界近代史还早了五年，这可是无比珍贵的五年，中国的现代性源起并不是在世界之外，也不是被西方影响规训的他者的现代性，更不是被斯宾格勒所说的"有力量的领着命运走，没有力量的被命运拖着走"，中国有自己的命运，中国文学有自己的力量！王德威及其"新编"此举把中国现代性源起回归到中国历史中去探询，这是中国自己与西方对话，中国有世界的眼光，有容纳世界文化的胸襟。固然，杨廷筠改信基督教并非中国文化之正宗，甚至越出正统之边界。但如果把它看成中国与世界相遇，中国士人有"世界胸襟"来看，则又当别论。"现代性"的最基本含义之一，不就是发现世界吗？发现人类更广大的精神吗？发现人类的交往进步吗？也是此前数年，现在乐于为人们称之为中国小说的现代滥觞《金瓶梅词话》于万历四十五年（1617年）面世。15世纪初中国人口约为六千多万，而16世纪则已达至一点五亿之多，1644年左右人口锐减。就1635年左右而言，关于中国的"现代性"可以找出正反截然不同的证据。在被视为世界近代史起点的1640年，英国正是议会对抗皇权的时代，直至皇权落败。而在中国的1635年左右，乃是政治最为腐败黑暗，官府荒淫无度，甚至出现短"小冰期"的气候异常，饥荒肆虐，民不聊生。直至1644年清兵入关，北方游牧民族占领儒学文化统治千年的中原大地。但不管如何，"晚明的现代性"不失为一个很有活力和魅力的论域，尤其是在文化上和审美的意义上。⑥

这使中国文学的现代性源起不再是与五四现代性或启蒙主义的现代性简单对立，而是寻求了中国现代性的源发方案，这使华伦斯坦的"世界体系"概念——即由中心向边缘扩散的观点亦受到一定程度的挑战，中国在文化上孕育了自己的现代性。这一孕育的基本含义当然未脱世界对中国的影响，例如，基督教的传入、地理大发现、白银的大量流入、国际贸易的开始等等。①

附以上摘引原文注释：

⑤米歇尔·艾伦·吉莱斯皮：《现代性的神学起源》（*The Theological Origins of Modernity*），张卜天译，湖南科学技术出版社 2012 年版。

⑥有学者论述晚明的"颓废"，此说亦可视为"现代性"审美的特征之一。可参见妥建清：《颓废审美风格与晚明中国现代性》，载《西北师范大学学报》2012 年第 5 期。

陈教授论述的观点以及王德威先生《新编中国现代文学史》"前言"中的观点都可与本书前引于尔根·哈贝马斯阐述黑格尔的见解对读，相互参照，其义自见，总体都可以说明中国现代性的产生是近四百年间内外部力量的交集与激变所产生，是势在必行。

关于"世界中"（worlding）的理论，参与讨论的著名学者还有陈思和、丁帆、季进等多位，虽然学术观点有所分歧，但总体上是认同"'世界中'（worlding）的现代文学史"这一学术观点的。正如陈思和教授评论：

这部中国现代文学史是在"世界中"（worlding）被演示的，"海德格尔将名词'世界'动词化，提醒我们世界不

---

① 陈晓明：《在"世界中"的现代文学史》，《南方文坛》2017 年第 5 期。

是一成不变的在那里，而是一种变化的状态，一种被召唤、揭示的存在的方式（being-in-the-world）。'世界中'是世界的一个复杂的、涌现的过程，持续更新现实、感知和观念，借此来实现'开放'的状态"。当我们把哲学概念移用到文学史写作，那么这个"世界"既是构成文学演变的宏大自然背景，又是文学演变本身。就仿佛我们列身于世界事物中，我们本身也是世界事物的一部分。"世界中"作为一种方法论，大千世界在变，作为大千世界的一部分中国文学也相应地变，而且两者的"变化"关系，并非是简单的决定与被决定、影响与被影响、制约与被制约的关系，而是一个事物（中国文学）在另一个更大的变化状态（世界）中发生着变化。①

关于这一次中国现代文学研究领域著名学者的集体讨论，有很多精彩观点，很多观点的展开与引申都比较重要，对我们领会现代新文学尤其是当下新文学史的理论探索研究，以及世界视野的文学学术认知，都非常有助益。我们不妨将这些公开发表的文献影印给各位现当代文学专业方向的研究生，请大家仔细研读，我们择时举行一次课堂讨论交流，自由发言，开展一次"集体有意识"的专题学术争鸣，以期求同存异。而讲义定稿之际，恰好前不久王德威教授莅临四川大学"学术大讲堂"专题学术演讲，刚好是围绕这个论点，讲座取得很热烈的反响。我们征得王教授同意，将这次学术演讲的记录稿与答疑讨论，扼要附录于后，供新学期选课学习的同学们研究参考。

---

① 陈思和：《读王德威〈"世界中"的中国文学〉》，《南方文坛》2017年第5期。

第三章

不同的审美体系

第一节　身份识别

　　虽然都是中国汉语文学，古今文学某种程度上也可以交响、应合、互相印证。但传统的古典文学侧重抒发纲常礼教即"君子""臣子""士子"等上层社会的情怀际遇。也有悲情，从屈原的忧愤沉江到曹操的时不我待、李白的啸傲江湖、杜甫的沉郁自伤、李商隐的失意哀艳及至岳飞、辛弃疾、陆游等人的"臣子恨""将军吟"等，一以贯之，"天下兴亡，匹夫有责"。"居庙堂之高则忧其民，处江湖之远则忧其君。"循环往复、不断重演的悲剧，大都是封建时代文人诗骚"哀生感世""怀才不遇"的内容，有牢骚，有惆怅，更多是吊史、惜才、对景抒怀。忠君爱国是主流，亦是优秀的古典文学集成。如前所论，形态结构较为单一，时间概念、历史背景相对模糊。现代文学则突出历史因循的重围，塑造一种"人的文学""平民的文学""世界的文学"，高举"个性解放"与"民主自由"的大旗，体系是气象万千的世界文学尤其是追求进步的现代世界文学，作家诗人都是以公民意识与身份（职业、性别、地域有所不同，但同为世界公民）参与文学创作。文学作品给人的冲击与振动不再是士子、臣子、幕僚甚至"奴才"的得失哀乐,也不再是三皇五帝、唐宗宋祖或什么江西派、桐城派、竟陵派、西昆体、花间集之类大同小异的内容。新文学给人首当其冲的印象是世界知识与现代人生存境遇、情怀及其问题。文化资源十分丰富,这是来自东西方文化交接碰撞后产生的结果。

以上论述,从晚清维新人士黄遵宪、梁启超、严复、林纾等人当时的着力介绍,就颇见瞻望充分。中国文学掉换场域、视点与立场,旧的体系不可能不土崩瓦解,让位于一个全新的世界体系。从文学的观点切入,梁启超当年的倡议、比较仍然不失新意:

> 希腊诗人荷马,古代第一文豪也。其诗篇为今日考据希腊史者,独一无二之秘本,每篇率万数千言。近世诗家,如莎士比亚、弥儿敦、田尼逊,其诗动亦数万言。伟哉!勿论文藻,即其气魄固已夺人矣。中国事事落他人后,惟文学似差可颉颃西域,然长篇之诗,最传诵者,惟杜之《北征》,韩之《南山》,宋人至称为日月争光,然其精深盘郁、雄伟博丽之气,尚未足也。古诗《孔雀东南飞》一篇,千七百余字,号称古今第一长篇诗,诗虽奇绝,亦只儿女子语,于世运无影响也。①

文中所提"世运",实际即紧扣了世界大势以及人类命运的共通脉搏。再如:

> 诗之境界,被数千年鹦鹉名士(自注:余尝戏名词章家为鹦鹉名士,自觉过于尖刻。)占尽矣!虽有佳章佳句,一

---

① 梁启超:《饮冰室诗话》,舒芜校点本,北京:人民文学出版社,1982年版,第4页。

读之,似在某集中曾相见者,是最可恨也。故今日不作诗则已,若作诗,必为诗界之哥仑布、玛赛郎然后可。欲为诗界之哥仑布、玛赛郎,不可不备三长:第一要新意境,第二要新语句,而又须以古人之风格入之,然后成其为诗。不然,如移木星金星之动物以实美洲,瑰伟则瑰伟矣,其如不类何?若三者皆备,则可以为二十世纪支那之诗王矣。……今欲易之,不可不求之于欧洲。欧洲之意境语句,甚繁富而玮异,得之可以陵铄千古,涵盖一切,今尚未有其人也。

——《夏威夷游记》①

诗界革命,必取泰西文豪之意境之风格,镕铸之以入我诗,然后可为此道开一新天地。谓取索士比亚、弥尔顿、摆伦诸杰构,以曲本体裁译之,非难也。

——《新中国未来记》②

读泰西文明史,无论何代,无论何国,无不食文学家之赐;其国民于诸文豪,亦顶礼而尸祝之。若中国之词章家,则于国民岂有丝毫之影响耶?

——《饮冰室诗话》③

只因有了立场观点的不同,视野的不同,以及自我身份介入的不同,过去不可一世垄断千年的旧文学体系观念就显得不堪一击了。说到音韵格律,兴许还有保留,说到文学相关"国运""国民""新世界""新中国",不能不说就比较乏善可陈了。

---

① 王蘧常选注:《梁启超诗文选注》,北京:人民文学出版社,1987年版,第58页。
② 王蘧常选注:《梁启超诗文选注》,北京:人民文学出版社,1987年版,第58页。
③ 梁启超:《饮冰室诗话》,舒芜校点本,北京:人民文学出版社,1982年版,第59页。

这还只是梁启超这样过渡时期的维新思想人物。到了《新青年》、新文化、新文学运动时代，那些更加激烈的、彻底的、充分的甚至是有带有偏颇攻击色彩的议论，我们也不遑在这里罗列重复了。总体而言，新旧文学的资源与效用大不一样了，甚至是南辕北辙、分道扬镳了！我们现在几乎每列出一位现代文学的名家来，就会在世界文坛找到他的借镜、渊源以及连动关系。如众所周知的鲁迅，他受到俄国文学果戈理、安德（特）列夫、屠格涅夫等人的影响以及德国尼采等人的影响；郭沫若所受到欧洲歌德、拜伦、雪莱、卢梭等浪漫主义文学思潮的影响，冰心从泰戈尔与纪伯伦等人创作风格中吸取养料，巴金与俄国"无政府主义"，李劼人与法国左拉、莫泊桑等人的"自然主义"、写实文学，郁达夫与日本的"私小说"，曹禺与挪威的易卜生等等。这都是广为人知的，早已是百年来的文学常识。稍为冷僻些的，如法国象征诗派，陈子展先生当年有一段概括，可以加以引用：

> 李金发在很早作《微雨》时，即已仿法国范尔伦（Ferlaine）作诗，后来又续出《为幸福而歌》，《食客与凶年》等。胡也频的《也频诗选》，即是专模拟金发的。这一派的诗修辞极佳，惟用字似夹杂文言，为世所诟病。有人说他们是只有诗料，而无组织的。但也频诗似较金发易解。此后冯乃超作《红纱灯》，诗中多用朦胧字眼，如"氤氲""轻绡"之类。穆木天作《旅心》，则直接声明他的诗是学法国象征派拉佛格（Jules Laforgu）的。戴望舒的《我的记忆》是学法国象征派耶麦（Franeois Jammes）的。蓬子的《银铃》所用的暗喻也极多。此外如后期的梁宗岱喜爱哇莱荔（Paul Valery），石民喜爱波特莱耳（Baudelaire），都可以属于这一派，虽然其中有难懂的，有易解的，而师承又各有不同，但总之都是喜爱法国象征派的诗人的，所以又可以称为

第三章　不同的审美体系

"拟法国象征诗派"。①

这种"对号入座"式的概括可能不免有点主观武断，诗人自身想来也未必完全认同，但如果你要将这些诗人诗作列入我国古代的江西、桐城、竟陵诗派之间去找依据，那显然牛头马面，更不会认同。以上引文中提到这一句值得我们注意："夹杂文言，为世所诟病"。可见新旧的分野，简直容不得"中庸""兼得"，必须各有侧重，各奔前程，因为新旧价值体系与心仪的偶像，实在是"楚河汉界""不可同日而语"了，用古话说就是已经"割席"。

李欧梵教授论及新旧之间不可调和的矛盾时这样论述：

> 追溯中国现代知识分子的历史命运，我们可以这样论定，位于两个极端——用李泽厚的话，就是由一个极端取代另一个极端——两个极端的位置之间的那条危险的、富有张力的"中间之路"，几乎不复存在了。②

事实如此。现代文学复制与沿用文言文行不通，连"夹杂文言"，也"为世诟病"，封建社会的解析与镇压势力的消遁完结，事实上宣告了古典文学成为一种历史形态的存在与话语集成，成为过去式。而现代的新文学，方兴未艾，朝气蓬勃，正是一种现实的存在与进行时乃至未来时，呈动态的发展方式，是前沿化先锋的探索，也是公民社会人人皆可参与、各逞其长的联系世界的文学实践，是普及教育，充分反映着世界新知与美学以及真理求索的资源共享。

---

① 陈子展：《最近三十年中国文学史》，上海：太平洋书店，1937 年版，第 3、4 页。
② ［美］李欧梵：《二十世纪中国 历史与文学的现代性及其问题》，载季进编：《李欧梵论中国现代文学》，上海三联书店，2009 年版，第 43 页。

周宪教授从文艺学范畴做出这样的总结：

> 现代主义者正是用陌生化（或纯化）的审美经验，来抗拒我们传统的追问意义的自然倾向，并把我们的注意力和思考力引向媒介自身及其构成方式。当后现代主义艺术以一种更加开放的姿态出现时，意义成为一种变化不定的生成过程，意义是一种艺术家——文本——欣赏者直接的多元对话的产物，是一种主体间性的过程，一种互文性的产物。意义与其说在什么地方，不如说它哪儿都不存在，它有赖于主体间对话和互动。①

在单一、重复、千古难移动的正统古代文学道路之外，产生了另一条新的道路，新的文学建构，她的"陌生化"，意味着前所未有。意义不再那么明确，甚至是比较朦胧、晦涩、先锋、实验，但充分表现着探索性，表现着对历史的刷新。现代文学包括现代派与后现代派文学，都为公民社会的文化多元化、多样性以及解放性质的试验，提供更多的话语空间与舞台。这一栖居、生存于诗意中的方式，"主体间性"更加充分突出，领域更加宽广。至于说成功与否，自有受众与时间可以证明。事实上我们如今已经将现代文学中不少的名篇佳作形容为"新的经典文学"或"经典的现代文学名著"，其实"经典"在这里更吻合英文 classic、golden 的意味，而与"三坟五典""四书五经""道统""理学"乃至"皇经""御用"等并不相关。

---

① 周宪：《古典的，现代的和后现代的》，载葛红兵主编：《20世纪中国文艺思想史论》第二卷，上海：上海大学出版社，2006年版，第168页。

第二节　时间与存在方式

　　古典文学着重于永恒性的抒写，题材的相近度很高，时间界限相对模糊，时代背景往往虚化，作者身置其间的生存状态往往不必具细，甚至要故意加以忽略与淡化，重要的是往往要突出昔日文化的不朽乃至曾经盛世辉煌的追忆，抒发思古之幽情以及生命季节轮回所带来的感触及感情。

　　例如我们给小孩子的启蒙读物和初期教化的文学作品，往往会选择古典文学中比较浅显通畅的读物，如涉及日月星辰、江山名胜、万物生长、家乡记忆、家国情怀等，都是古典文学的胜长。那些晶莹璀璨、珠圆玉润、铿锵有力、琅琅上口的语言文学作品，是先民智慧的结晶，是才思的源泉，像头顶星空日月一样，轮回旋转，永放光芒，具有不朽的穿越的艺术价值。这些作品中作者的感情往往高度净化，词语千锤百炼，行文异常优美，每一代中国人、华人，都是诵读着这些锦心绣口的古典诗词长大起来的。所以我们说古典文学特别是诗词更接近童心，侧重表现人与自然的关系以及永恒的景象。如要淡忘现实处境和化解自身的苦闷时，古典文学无疑也是最好的良药与安抚，能够安顿灵魂，甚至带离我们通过词语的双翼脱离现实矛盾、自我解脱。例如笔者前些年入医院做治疗手术时，就是默诵杜甫的《秋兴八首》，让自己紧张不安的心情渐归于平静，沉浸到无限诗意中，从而淡化与消解恐惧的情绪，直接被麻醉过去。在那种场合，我想是不宜默诵鲁迅的《野草》以及郭沫若的《女神》或者其他新诗人的，一则记不住那么长的篇幅，二则似乎无助消解现实的苦闷。同样道理，我们给少年儿童选择发蒙启智读物时，也一般不会率先考虑现当代文学特别是现代派后现代派文学，例如教小孩子懂得《狂人日记》《阿Q正传》《沉沦》《子夜》《莎菲女士的日记》等，显然那是不现实不适用的。挑选冰心女士的《春水》《致小读者》等作品或许可以，但可能也要到孩子变成大孩子以后，这就像过去评论家曾讲过的一样，冰心女士的作品其实是得有童心的成年人才真能读得懂的。所以我们概括说，古典文学老少咸宜，而现代文学多指向成人读物。古典文学重在永久的美感，而现代文学重在时代的美感——更多还是带有社会问题的悲剧精神的美感。古典文学重在愉悦性、安慰功能，现代文学则重在探索性和批判功能。

当然这都不是绝对的，大体而言如此。我自己在比较紧张的时候抚慰自己心情一般会援用古典文学清辞丽句与华章，不大会去想到自己比较熟悉也作为职业讲授分析常涉及的鲁迅、李金发、艾青或张爱玲、北岛、莫言、余华等。除了形式方面的问题，如便于记诵，更加凝练的语言问题等，现代文学显然更接近成人心智与社会认知、批判需要，那些社会现实问题及至尖锐的矛盾冲突、"直面惨淡的人生"等悲剧情怀，不可或缺，乃是我们认识社会改造社会、趋善趋于更加完美的动能。但我们往往需要放飞心情、轻松一下时，物我两忘、归于平静，恬淡古朴、蹈于山水田园、江山胜景的古典文学，仍有不可替代的功用。所以现代文学是"醒者"的文学、革命者的文学。鲁迅先生早年表达过以下杂感名言，至今看来还比较尖锐，他说："我看中国书时，总觉得就沉静下去，与实人生离开；读外国书——但除了印度——时，往往就与人生接触，想做点事。/中国书虽有劝人入世的话，也多是僵尸的乐观；外国书即使是颓唐和厌世的，但却是活人的颓唐和厌世。"① 他还写有像《老调子已经唱完》《忽然想到》等许多突出"破坏"即除旧布新、有着革命思想的世界观与方法论的杂文。也是缘于不同的审美取向、现实需要，从而在价值取舍方面义无反顾。除了两本古典文学专门讲义外，我们极难在鲁迅的作品中看到津津乐道的古典文学作品引用。例如李白、杜甫、苏东坡等大文豪，在他一生新文学创作中都极难涉及到。显然，这就是体系的不同所致。

两千多年的古典文学或许更精致、更具有符号学意义，实际已经融入我们中国人的话语体系，成语、名句、名家名作，引诗作文，涉及不计其数。例如季节变换，以及离合悲欢，少有人不能引用两三句古典诗歌来强化语言效果的。像"海内存知己，天涯若比邻""海上升明月，天涯共此时""举头望明月，低头思故乡""同是天涯沦落人，相逢何必曾相识""大江东去，浪淘尽千古风流人物"等等，仍旧有着古为今用的无穷魅力，不时焕发出人间新意。

哈佛大学著名汉学家宇文所安（斯蒂芬·欧文）教授对此就深有感触："早在草创时期，中国古典文学就给人以这样的承诺，优秀的作家借助于它，能够身垂不朽。……在中国古典文学里，到处都可以看到同往事的千丝万缕的联系。'后之视今，亦犹今之视昔。'既然我能记得前人，就有理由希望后人会记住我，这种同过去以及将来的居间的联系，为作家提供了信心，从根本上起了规范的作用。就这样，古典文学常常从自身复制出自身，用已有的内容来充实新的期望，从往事中寻找根据，拿前人的行为

---

① 初见1925年2月21日《京报副刊》有关"青年必读书"应征语，详见《鲁迅全集》第3卷《华盖集》，北京：人民文学出版社，1981年版，第12页。

和作品来印证今日的复现。"① "规范",是最醒目的关键词,规范的思想感情,规范的文辞佳句,规范的道德审美接受,作为一个有知识的特别是接受过高等教育的中国人,其实都是先民文化、文学活的载体与传人。宇文所安教授进而论述:"如果说,在西方传统里,人们的注意力集中在意义和真实上,那么,在中国传统中,与他们大致相等的,是往事所起的作用和拥有的力量。"② "记忆的文学是追溯既往的文学,它目不转睛地凝视往事,尽力要扩展自身,填补围绕在残存碎片四周的空白。中国古典诗歌始终对往事这个更为广阔的世界敞开怀抱;这个世界为诗歌提供养料,作为报答,已经物故的过去像幽灵似地通过艺术回到眼前。"③ 往事,过去,不朽的记忆与不朽的纪念,成为我国传统古典诗歌比较普遍的题材与永恒的主题。

反观,现代文学的长处则在重视现实(当下)的人们生存状态与各类生活情节、细节,不仅表现作者自己,也包括他人,更多时候是表现心目中的他人,涉及广大的群众、典型,从而表达作者作为现代人对追求世界进步行为勇气的嘉许,对自由平等价值观念的倡导,对人道主义、理想主义的呼唤。其间暴露、揭露、批判、讽刺、反省的内容比重相当大,甚至多要特别加以渲染,以期引起"疗救的注意"、公众传媒的介入。简而言之,现代文学是社会改造的参照读物与思想利器,古典文学是怀旧的线索与珍藏温习。

古典文学长于记诵,现代文学长于阅读,古典文学比较精致含蓄,现代文学相当深刻生猛。现代新文艺都重视前沿性的问

---

① [美]斯蒂芬·欧文:《追忆》,上海:上海古籍出版社,1990年版,第1页。
② [美]斯蒂芬·欧文:《追忆》,上海:上海古籍出版社,1990年版,第2页。
③ [美]斯蒂芬·欧文:《追忆》,上海:上海古籍出版社,1990年版,第3页。

题，重视探索性与现代性。波德莱尔强调现代绘画中所反映出来的那种令人惊叹甚至是震惊的艺术效果，现代音乐也是一样。哈贝马斯总结为"当代生活中的瞬间美，读者允许我们把这种美的特性称为'现代性'"①。由"平和""往昔"到"震惊""今天"，这是由古典文学到现代文学必然的审美发展结果。

重视现实，重视现代人生存境遇，为表现他们而写作，现代文学不再是仅仅复述过往，不再是故意模糊和忽略自身的时间节点与具体细节，而是锐意表现对现实问题的关注以及对民生的关怀，志在创建更加美好合理的未来。未来世界是公民的、平等的、自由的、民主的、科学的社会形态。所以肯定"现在"（包括现实的瞬间）这个时间节点，即现代文学的哲学话语重点所在。如海德格尔《存在与时间》结合黑格尔哲学加以强调："'现在具有一种非常的权利：它只作为各个单独的现在存在'……人们可以从时间的肯定的意义上说，只有现在存在，这之前和这之后都不存在；但是，具体的现在是过去的结果，并且孕育着将来。所以，真正的现在是永恒性。"②

这就是"现在即永恒"的理论，不再像古典文学时代，"永恒即现在"，"现在"不过是"过去"的复现和重奏。换句话说，现代文学不再是传统链条上扣成死结的一环，恰恰相反，它要反抗传统，脱离藩篱拘束，重建新生活，重视人世间当下的生存方式与真实处境，将笔触探向更广大的世界，表现人心向背，发出强劲的心声，为未来开路。通过传达与聚焦"现在"，展现审美言说，从中毫不掩饰追求创新理念与外来文明的态度立场。例如

---

① ［美］斯蒂芬·欧文：《追忆》，上海：上海古籍出版社，1990年版，第11页。

② ［德］海德格尔：《存在与时间》，北京：生活·读书·新知三联书店，2006年版，第487页。

郭沫若就直接将他的作品命名为《女神》以及《站在地球边上放号》等,鲁迅的书名也颇能呈现这一中西美学结合的现代特色,如《野草》《呐喊》《彷徨》《坟》《阿Q正传》《故事新编》等名称。

百年新文学历史与古代文学史相比自然还很短暂、年轻,但在各个时期都创作出了颇有时代特色与代表性的有创新意义的优秀作品,有的已被公认为新的经典文学,成为人民群众的精神食粮以及话语常识,有的作品甚至为世界所熟悉知,获得世界重大奖项。能否成为不朽的文学,可否名垂千载,兴许还需要时间的检验,毫无疑问的是,这一百年间新文学杰构的启蒙意义与审美教育、社会参与等各个方面的功用价值,已经充分体现并深入人心。例如"乡土文学""城市文学""女性文学""儿童文学""灾难文学"等领域题材,都是古典文学从没有真正具有或罕有涉及、并不充分的。毫无疑问,这是百年新文学的重要收获。

鲁迅当年畅想"超越古范""自铸伟辞""别开生面"的新文学样式、新作品,能够呈现世界现代文学新风貌的中国文学,在新文学体式中已经获得确立和阶段性的成功。

我们需要古典文学名篇佳作以及创作方式"古为今用",我们更需要现代文学的宏篇杰构与创作方式"洋为中用",虽然两种创作方式很难融汇、调和,毕竟各自路径不一,但大可各行其是,共同繁荣。作为两种文学话语体系分别存在,成为我们不可或缺的精神食粮、心灵鸡汤。就"实用"而言,新文学的"盟主"地位已不可撼动。新体式的散文随笔(包括新闻、通讯、报道等)、诗歌、小说、影视剧本、网络文学写作等,都已普遍存在,成为文学风景线。放眼祖国大陆和台、港、澳地区乃至世界华人所居住区域,主流新文学样式都已是不争的事实。

"现代性"指认了新的文学样式以及不断求新求变的探索发展,这是现代性自身觉悟的需要,也是社会变革、进步、历史趋势等多种因由合法性的选择。

第三节　审美举隅

我们上边引伸与谈论了那么多文学理论，可能有些枯燥了，下边且通过几件当代文学作品（便于引用，主要是诗歌）实例，具体来体会与感知现代新文学的审美风貌与形式寓意。关于新文学的赏析，百年来的著述可称林林总总，精彩纷呈，甚至汗牛充栋，从当年周氏兄弟、朱光潜、朱自清、阿英、刘西渭、郭沫若、郑振铎、艾青、何其芳等诸多名家到当代的王瑶、夏志清、余光中、谢冕、钱理群、孙玉石、温儒敏、古远清、黄维樑、李元洛、流沙河等，赏析名家，不胜枚举，都著有对现代新文学作品的专题赏析论述，有的还深入人心，令赏析行文自身亦成为文学名著，像朱自清《新诗杂话》、刘西渭（李健吾）《咀华集》、艾青《诗论》、艾芜《谈小说创作》等，我在四川大学的老师尹在勤先生生前也是以《新诗漫谈》等鉴赏著作成名，新近去世的流沙河先生，很多悼念他的人都想起了他早年的著作《隔海谈诗》《台湾诗人十二家》《余光中诗一百首》等。好作品的鉴赏原来也是可以形成"美文"，容易调动读者的审美同感，并可"与时俱进"、新意迭见。鲁迅的作品就是典型，搁在今天，仍然现代，仍然前卫，仍然不断有很多赏析与评说。这正是前边论述的所谓"作品说话""诗意的栖居"。

在生活中我们经常重温古典名作，品味千百年来经得起时光检验的深入人心的好诗，像一罈老酒，历久弥香。同样，我们也欣赏并欢迎能够让人耳目一新、既启智又愉情寄兴的现代新诗。现代诗虽然比较散文化，不像古典诗词那么容易记诵下来，但显然她更有阅读的快感,有刷新历史、解构形式(尤其是模式)的艺术创新的陌生感,同时还有强烈的时代脉搏气息以及自由写意的潇洒率真。这都是新诗的优长与资源。以下分享几首当代新诗作品,有的比较有名气,有的可能还不为人所知。我们且来看作品究竟好在哪里——

一、海子的诗

面朝大海,春暖花开

从明天起,做一个幸福的人
喂马,劈柴,周游世界
从明天起,关心粮食和蔬菜
我有一所房子,面朝大海,春暖花开

从明天起,和每一个亲人通信
告诉他们我的幸福
那幸福的闪电告诉我的
我将告诉每一个人

给每一条河每一座山取一个温暖的名字
陌生人,我也为你祝福
愿你有一个灿烂的前程
愿你有情人终成眷属
愿你在尘世获得幸福
我只愿面朝大海,春暖花开

1989.1.13

海子的这首诗已广为传诵,甚至有被沿海的房地产开发商用来做广告词的先例。诗作明白如话，相当"通俗"，其世界气息显然扑面而来，现代感也比较强烈。做一个自由意志、幸福普通的公民的想法，根深蒂固。度假、享受阳光沙滩，人与自然相亲近并更多的分享，这几乎是现代社会的大众审美取向。海子以精彩的文学体式表现出来，艺术上驾轻就熟，表现出成熟的现代风貌，多获好感嘉评，如："这首诗以朴素明朗而又隽永清新的语言，唱出一个诗人的真诚善良。抒情主人公想要做'一个幸福的人'，愿意把'幸福的闪电'告诉每一个人，即使是陌生人他都会真诚的祝愿他'在尘世获得幸福'。诗人想象中的尘世，一切都那样新鲜可爱，充满生机与活力，字里行间透出积极、昂扬的情感。整首诗乍看是以淳朴、欢快的方式发出对人的真诚祝愿。"① "柔弱的第一自我和强悍的第二自我的长时间的冲突，使他的诗一再出现雅各布森所说的'对称'。""所谓'对称'，无非指二重人格。也就是说，体现出外弱而内强的特点：诗之表有柔弱的外象，'喂马，劈柴，周游世界'，'面朝大海，春暖花开'，词情轻柔而清淡，此诗之婉约风派者也；然而诗之心也有强悍的本质，言词的背后隐藏着一颗崇高、骄傲的心，'只愿面朝大海'，让人们看到海边站立着一位遗世独立的诗人形象，那是自封王者的形象。这种二重人格还可细分出：对众人和世俗生活的亲近与排拒，对现实生活体验的喜悦与悲忧，在文情表现上的直致与含蓄……作进一步提炼，大约有三重意识：世俗意识，崇高意识，逃逸意识。这三重意识排在一起不太'和谐'，正好表明海子这首诗在情感的清纯、明净、世俗化的背后蕴蓄着某些复杂

---

① 孙立权选编：《面朝大海，春暖花开 & 海子》，《中外名诗选读》，吉林文史出版社，2012年，转见"百度文库"，https://wenku.baidu.com/。

性、矛盾性的东西。"① 这些赏析都不约而同反映出一致的认识，即海子诗有世界气息，有现代感，更多受到西洋文学的影响。事实上"面朝大海，春暖花开"这一名句正是《圣经》"旧约"里的一句话，形容以色列是"上帝应许之地"，"流淌着牛奶和蜜的地方"。海子的引用自然清新，不留痕迹，明白如话，能够很好地转化为中国人的海洋意识。早先郭沫若的成名作《女神》中同样有很多这样的抒发，异曲同工。具有浓郁的世界气息与地理人文景观色彩。研究海子的诗人、学者西川对海子的概括有独到之处，他说："我们可以《圣经》的两卷书作比喻，海子的创作道路是从《新约》到《旧约》。……海子期望从抒情出发，经过叙事，到达史诗，他殷切渴望建立起一个庞大的诗歌帝国：东起尼罗河，西达太平洋，北至蒙古高原，南抵印度次大陆。"②

我国现代文学多有受到西方基督教影响的作家作品，比较典型的早期如冰心、许地山等。海子涉及相关隐喻，受到西方文化影响，但他着重表现的还是一种现代中国人的唯美浪漫情怀，体现了中国人走出封闭禁锢的时代，穿越九州大陆，拥抱大海、融入外部世界的开放型的胸襟与自由情怀。

再者，生态主义的文学观念。生态主义是一个后现代的复杂的所指与能指，包括政治生态与自然生态以及现代人际关系等公共资源生态。海子处于社会长期动乱过后的大变革时代，难免置身于喧嚣与浮躁之中，他有迷惘，有苦闷，他的回归自然与尊崇人世生态法则的生活取向，通过他诗歌情景的描写、表现、渲染，达到淋漓尽致。虽然诗里不无逃避现实困境与消解人际矛盾

---

① 李平：《〈中国现当代文学专题研究〉作品讲评》，北京：北京大学出版社，2003年版，第305页。
② 西川：《怀念》，载《海子诗全集》，北京：作家出版社，2014年版，第9页。

的倾向，但现代文学对现实的批判与反思，也正是其诗歌隐喻能够让人体味的内容。逃避本身也是一项权利和选择。在中西文学史上，都可以举出不少先例，其实这也是对中心主义、权威模式的解构。如同存在主义者的名言："人是他的选择。""现代性就其概念来说，允许人们采取禁欲的方法，从中退缩出来。"① 海子的诗多有边疆地理、边缘地带的人文气息抒怀，颇有代表性。

最后一点是他的诗歌形式，与古典文学截然不同，也与写得生硬的现代派诗不一样，比较亲民，十分熨帖，达到"语词的还乡"，如同海德格尔哲学所指，实现诗意的栖居。这正是"我说""我思，故我在"的自然晓畅的抒情方式。"幸福的闪电"，表现现代人有关"瞬间"感受的情形与把握，这有如本雅明评波德莱尔："他寻找我们可以称为现代性的那种东西，因为再没有更好的词来表达我们现在谈的这种观念了。对他来说，问题在于从流行的东西中提取它可能包含的在历史中富有诗意的东西，从短暂中抽取永恒。"②

二、余秀华的诗

我爱你

巴巴地活着，每天打水，煮饭，按时吃药
阳光好的时候就把自己放进去，像放一块陈皮
茶叶轮换着喝：菊花，茉莉，玫瑰，柠檬
这些美好的事物仿佛把我往春天的路上带

---

① ［德］于尔根·哈贝马斯：《现代性的哲学话语》，曹卫东等译，上海：译林出版社，2004年版，第50页。

② ［德］于尔根·哈贝马斯：《现代性的哲学话语》，上海：译林出版社，2004年版，第12页。

  所以我一次次按住内心的雪
  它们过于洁白过于接近春天

  在干净的院子里读你的诗歌。这人间情事
  恍惚如突然飞过的麻雀儿
  而光阴皎洁。我不适宜肝肠寸断
  如果给你寄一本书，我不会寄给你诗歌
  我要给你一本关于植物，关于庄稼的
  告诉你稻子和稗子的区别

  告诉你一棵稗子提心吊胆的
  春天

  湖北乡村诗人余秀华的诗近年能够畅销并引起轰动似乎带点偶然性，但不可否认她语词奔放坚韧、充满张力与富有现代言说的诗意。网评很多，如"评论家说'她的诗，放在中国女诗人的诗歌中，就像把杀人犯放在一群大家闺秀里一样醒目——别人都穿戴整齐、涂着脂粉、喷着香水，白纸黑字，闻不出一点汗味，唯独她烟熏火燎、泥沙俱下，字与字之间，还有明显的血污'。余秀华是一个好诗人，这个好绝非'那一缕乡愁道不尽'的好，而是'堂吉诃德还在不断向着风车挑战'的好"[①]。评论十分精彩独到。我们结合背景资料了解，诗人是一名农村妇女，身患残疾，婚姻不幸，可以说生活在物质条件比较简陋，文化生活、感情生活都相对贫乏单调的境地，但作者那种"活着"的满怀的激情、对土地的亲近感，最主要是那一种人文主义，自强不息、自尊自爱以及众生平等、女性自由的精神与寓意，感动了读者。这首诗成为当代诗作中的一首好诗。其遣辞考究，语词的弹性很

---

① 参见 https://baijiahao.baidu.com。

强，诗行间洋溢着自我鼓励的生活气息，成为新乡土诗歌题材中的一首佳作。这在我们古代文学尤其是农村妇女的创作中较少见到，除了三千年前的《诗经》"十五国风"里边留存的一些来自民歌与女性立场的作品，如林庚先生著《中国文学史》所题名"女性时代的歌唱"①，但消失久矣，掩盖久矣，今日重遇不禁使我们喜出望外。于此我们不妨先看看林庚先生对"国风"中的女性歌唱如何评论：

> 《国风》时期，女性非特表现了自己，而且表现了她们心目中的男性，这才是一个真正的女性的文艺时代。
>
> 女性的文艺正如童年，能安于一种新鲜天真的喜悦；她富有生活趣味而不甘于寂寞，有客观的爱好，而不十分注意自我。这个我们只要看儿童求群好奇的心理，多哭多笑的感情，到了成年的女子都依然未变，这些都与走极端爱严肃的男性相反，所以童年的爱好，保留在在文艺上便是更谐和的。生活上日常的变动，普遍的心情，都是这时文艺表现的特色。我们说她是集体的创造，因为它本来缺少自我，我们说它是健康的文艺，因为它还是文艺与生活的童年。
>
> 一切逻辑的语言，都已先在精巧的诗中培养得更美好，中国所以成为一个富有诗的气质的民族。诗的精巧的表现，原应当后起的，在中国却先自完成了，这便是这民族一切渊源的决定。②

如果要说民族文学的"复兴"，余秀华的诗作可以作为一个新的典型案例。对土地的歌唱，对人性的挖掘，对爱的呼唤。新文学与古代的文学关联，唯有在这些精神气质方面，有着来自同

---

① 林庚：《中国文学史》，福州：鹭江出版社，2005年版，23页。
② 林庚：《中国文学史》，福州：鹭江出版社，2005年版，23～31页。

一血脉基因的必然联系。但余秀华的诗歌个性是洋溢而彰显的，她绝不肯屈从于命运的安排，她从尘土里扬起头来歌唱，这首诗不单是一首情诗，她的"我爱你"，"你"与其说是一个人，不如说是一个时代，一个可以众生平等可以出现人间奇迹的创造的现代性社会，即一个如波德莱尔所谓含有永恒意味的现代的"瞬间"。这是显而易见的。欣赏这名农民女诗人的读者，想来多会认同以上分析。

三、黄沙子的诗

一路走回

父亲顶着我，从永丰公社一路走回曾台

我估摸着大概有十五里路

我抱着父亲的额头

这是我记得的

最后一次和父亲身体的接触

其后四十年，即使不得不

睡在同一床被窝

我们也都尽量小心地避免碰到彼此

如果有上帝的话

唯有上帝知道为什么我能

拥抱我所能触摸的任何事物，哪怕是

病痛、交通意外、冰凉的河水

而独独不能挨一挨他的脚趾

2014.3

这位名叫黄沙子的诗人也是湖北籍诗人，我们可以从网上查到他的相关资料，但此前我们并不了解他。这首诗无疑是一首横空出世的力作，十分感动我们。这首诗是对现代人际关系尤其是伦常亲情关系的一次深刻直面与反思，现代性的要义显而易见。作者也许含有忏悔、内疚、哀伤，显而易见来自存在主义的言说，更让我们动容。历经世间的灾难，回想父亲的肩膀与额头原来才是最安全的港湾，这种亲切的记忆随时间流逝而益发深化，消失或弱化了的原初本真的家园意义、生命记忆，及至"曾台"这样的小小地标，日渐突出。诗中有意味，人必须要成为一个独立的人，面对未来的人，经受打击的人，没有办法不从安全庇护上分割出来，成为你自己，成为你自己的选择，而这显然意味着深深的疼痛以及异化，在这个后工业后现代的社会，个人其实就是"痛并快乐着"，难道不是这样吗？诗人在诗里写到了他家乡甚至他真实的父子关系，用以证明，亲情与异化之间有着多么残酷的距离和永难弥补的遗憾。这首诗歌不是对过往历史的追忆与重复，也不是逆时光的穿越，像古典诗，沉浸于往昔的峥嵘。恰恰相反，他的目光凝视后来与今天、当下，也许他的父亲已经远去，不再重逢；也许近在咫尺，也很难回到亲密无间。诗人独自面对生活，承担着家庭与社会的义务以及生活的挫折。但人性是不时要挣扎露出其本色来的。亲情，有时正是伤痛最好的良药。诗人写出了现代人的孤独处境与危险，甚至是内心的绝望之感，令人读之不禁低徊与沉思，久久不能平静。

存在主义认为"生活是一个黑色的寓言（或译作谜语、言说）"[①]。感恩与负疚，自省与忏悔，展望与回顾，纠结着我们的一生。但作家、诗人乃至每个人必须勇敢面对。"我们关心的是人和他的存在问题，当然，我们关注这些问题是因为看到我们处

---

① ［美］戴维斯·麦克罗伊：《存在主义与文学》，沈华进译，沈阳：春风文艺出版社，1988年版，第3页。

境的危险。"① 黄沙子的这首短诗只是一首抒情诗,有着些许叙事的成分,但正是"以少总多","言有尽,意无穷",绝不是古代诗歌的翻版,他以一种令我们十分陌生的写作新体式与语言形态,却写出了我们作为现代人共有的或彼此接近的悲剧情怀与生活焦虑。其诗歌质地显然具有一种现代与后现代的纯正与尖锐之感。值得我们经常思量与回味。

四、凸凹的诗

石达开之死,或凌迟的东大街
——读蒋蓝散文《与绞肉机对峙的身体》

你的天国不太平:天色
昏暗,密云不雨——三十三年的
血,把一条大街的"崇丽"反复冲洗
臬台衙门的进深,以通幽的语法
碟杀了紫气的方向和钟点——六千亲兄弟
一条大渡河,在天空饕餮刀影;
送不来飞翼;东大街的快马
全都死在东大路上。一百多刀的时间
打开秘宫,又被拖进更大的
秘宫——透过肋骨的栅栏,透明的石虎
在十字架上冷笑,疾走如闪电。
远去了,这初夏的冷空
成都的寂地,东大街的长绳、厉鞭和痛

---

① [美]戴维斯·麦克罗伊:《存在主义与文学》,沈华进译,沈阳:春风文艺出版社1988年版,第53页。

——太阳不经过，形成断句，直接去了
西边。你的活肉，一块一块塌着方
只为亮出铮铮骨头？刀尖的吐词
与骨渣的吐词，比着钢火。
额皮遮目的首，在东城门悬着
——天国的风铃，叫不开清廷
西城的门

2009.4.2

这是四川成都本土知名诗人凸凹的作品，诗人是笔者的朋友。这里列举他的这首诗，与熟人无关，只在说明，现代诗如何呈现历史、再现历史，这与古典诗歌士大夫式的沉湎甚至醉心历史毫无关系。现代诗似乎立足众所周知的那句名言"一切历史都是现代史"（克罗齐），凸凹用诗笔，再现了石达开遇难那天的场景甚至是天气，但他完全没有写史"征圣"的用意。他只是在用语词叫喊，用语词解构传统。他的作品显然有很大的空间维度，是阅读的体验与再创作。其历史的反思，批判的锋芒，都不言而喻，没有庸俗的简单化与图解，写悲剧意识，写悲剧精神。用语词构建人间的地狱与天堂。从前那些陈年的"追述"、追慕和往日相关的经验式的"感喟"，在这首现代诗脚下显得腐朽庸俗可笑。现代诗悲剧的气息弥漫了行文。通过"瞬间"这一场景的再现，将重心切入历史，拷问人性。语词似乎达到"狂欢"的状态，但没有一句是陈词滥调，作品体现出来的现代精神以及文学体式，直抵悲剧精神的彼岸，有如现代绘画中的"嚎叫"与"最后的晚餐"一般令人震撼的效果。叔本华论悲剧有如下论述：

在悲剧里，生活可怕的一面摆在了我们的眼前；人类的痛苦与不幸，主宰这生活的偶然和错误，正直者所遭受的失败,而卑劣者的节节胜利……因此,与我们意欲直接抵触的世事本质呈现在了我们面前。此情此景我们的意欲不再依依不舍地渴望、眷恋这一生存。①

在目睹悲惨事件发生的当下,我们会比以往都更清楚地看到,生活就是一场噩梦,我们必须从这噩梦中醒来。②

悲剧使我们超越了意欲及其利益,并使我们在看到与我们意欲直接抵触的东西时感觉到了愉悦。……悲剧的精神就在这里。悲剧精神因而引领我们进入死心、断念的心境。③

凸凹的这首诗作从某种意义来讲,能够呈现的审美愉悦正是来自对正统社会的批判,幻想破灭、事物露出它狰狞的本来面目,暴露无遗。通过这首诗作揭示,我们更加了解了封建专制社会的暴虐残酷以及面具的伪善。我们从而更加接近现代社会的公正公平合理与价值理念。通过诗作,我们显然能够进入哲学家所谓更为"明晰""了断"的哲学认知境界,坚定现代人的信念。

这种将读书读史心得体会写作成为具有强烈现场感的散文化的创作,细节充分,刻画淋漓尽致,的确非现代派诗歌莫能擅其胜场。成都曾是一座"既崇且丽"(左思《蜀都赋》)的城市,千百年来,人云亦云,观念似不可撼动。但在这首诗中,旧的观念土崩瓦解,悲剧场景俨然一座人间地狱,诗人对之形成深刻的怀疑、揭示与诘问,诗里显然也有着强烈的近乎黑色幽默的反讽与更深一层的寓意。

---

① [德]叔本华:《叔本华美学随笔》,韦启昌译,上海:上海人民出版社,2004年版,第52页。
② [德]叔本华:《叔本华美学随笔》,韦启昌译,上海:上海人民出版社,2004年版,第52页。
③ [德]叔本华:《叔本华美学随笔》,韦启昌译,上海:上海人民出版社,2004年版,第53页。

第三章 不同的审美体系

"形象大于思想",同时思辨的力量交织其间、无往而不胜。这是现代诗歌的魅力,是现代诗歌的专长。可以更加自由写意、多样化地表达文学象征丰富的境界,同时挑战更高的写作难度和深邃空间。

综述以上举例与分析,现代诗歌早已走出了古典诗歌的宿命与窠臼,自成一格,别开生面,实现多样化与乃至先锋实验的探索,前沿化的自由写作,不可能再复制旧体古典诗歌,旧体诗歌也不可能再来主宰或取代现代文学。新旧文学是南辕北辙,各行其道,结合与重叠的空间极为狭窄,即便"狂饮"古典,也无非是现代派的"新古典主义""新历史主义",像台湾的乡愁诗人,窥其作品,基本框架仍旧是世界文学、现代立场,"古典",不过是他们加以利用改造甚至变异化、"为我所用"的取材挥洒而已。与复古、倒退早已不可等量齐观。

在瞬息万变以及气象万千的现代信息社会、地球村,富有世界气息普遍意义并不断求新求变的现代文学新样式,毫无疑问已是今之文学创作的不争盟主,是绝大多数作者的自由选择。古典文学的辉煌,值得纪念,其"新词丽句"也值得"温故知新",加以某种程度的发扬。但同样毫无疑问,旧体式、手法已经成为极少数人的怀旧写作,沦为"小众文学"。现代文学是现代人联结世界走向世界的桥梁、坦途,成为世界公认的"共同体"。各类世界文学奖项显然都只从中国新文学中选取提名,而古典文学则只有专家教授即所谓"汉学家"去钻研、教学,从而保持完整的历史感与历史考证。

从符号学角度讲,现代文学更趋同"意义世界的形成",符号学者指出:"内容是具体的,接近感性;形式才是普遍的,接近理念。"① 我国的现代文学创作成绩已得到世界文坛的认同,业已融入世界文学,为更多世人知晓。毫无疑问,这一不断创新探索的"形式"是"普遍的",是接近世界先进"理念""意义世界"的最佳方式与选择。

---

① 赵毅衡:《哲学符号学——意义世界的形成》,成都:四川大学出版社,2017年版,第336页。

第四章

新文学的创新领域与卓越建树

第一节　悲剧样式与鲁迅作品的"陌生化"

关于我国历史上有没有真正的悲剧文学作品，历来学界争议甚多，讨论相当广泛。总体而言，我国古代文学主张"和乐"文学传统，如前所述，我们文化表述中像"和为贵""和乐且湛""智者乐水，仁者乐山""天伦之乐""君臣之乐""其乐也融融，其乐也泄泄""乐而不淫，哀而不伤""怨而不愤""中庸和平"等真是不绝于耳。早在《尚书·尧典》中就有："夔，命汝典乐，教胄子。直而温，宽而栗，刚而无虐，简而无傲。诗言志，歌永言，声依永，律和声。八音克谐，无相夺伦，神人以和。"这种"神人以和"实际是君臣以和、君民以和。这个基调就没怎么改变过。孔子的学生在旅途中被人问询孔子的为人而不知如何回答，孔子听了后，对自己的形容就有"乐以忘忧"。他对《诗经》的形容重在"思无邪"。

正如中国人民大学高旭东教授所述："西方近现代文学所表达的个人极度哀伤乃至无边无际的宇宙悲哀，也不见于中国传统文学。在叙事文学中，中国人更推崇善有善报，恶有恶报的的乐观主义和大团圆结尾。"① 历史上有的悲剧，实质上可以归为"苦剧"和"冤剧""悬念剧"一类，终究会有"青天大老爷"或强悍的"皂吏""捕快""神人"等出来除恶降妖，伸张正义，从而雪冤平反，最终归于"大团圆""破镜重圆"的结局。关于这方面的理论，我们可以重点参考鲁迅早年《摩罗诗力说》《文化偏至论》等论述和王国维《人间词话》《红楼梦评论》等文献，胡适《文学进化观与戏剧改良》对此也有说法。尤其是鲁迅，对"平和"的假象和文学粉饰（"颂祝主人""悦媚豪右""瞒和骗"等）进行了不遗余力、淋漓尽致的抨击，呼唤"精神界的战士"。他为此指出"平和之破，人道蒸也"。号召"直面惨淡的人生"，"宁要活人的颓废，不要僵尸的乐观"。"记得一切深大和久远的苦痛，正视一切重叠淤积的凝血"（《野草·淡淡的血痕》）。在审美取向上，主张悲剧的精神理念。王国维也以叔本华的悲观哲学为导向分析《红楼梦》，称道《红楼梦》"可谓悲剧中之悲剧也"。他在文中把悲剧划分为三种，第一种由极恶之人造成，第二种系盲目的行为命运所致，第三种则是与生俱来、心知悲剧而无法逃避，往往此种最为悲哀，最为打动人。他写道："叔本华置诗歌于美术之顶点，又置悲剧于诗歌之顶点；而于悲剧之中，又特重第三种，以示人生之真相，又示解脱之不可已故。"② 这和鲁迅所谓"几乎无事的悲剧"的理解是相近的。西方悲观哲学对中国悲剧新文学的形成的影响是明显的。如叔本华论悲剧的理论：

  在悲剧里，生活可怕的一面摆在了我们的眼前；人类的

---

① 高旭东：《跨文化的文学对话——中西比较文学与诗学新论》，北京：中华书局，2006年版，第93页。
② 王国维：《红楼梦评论》，载《王国维文学美学论著集》，太原：北岳文艺出版社，1987年版，第14页。

痛苦与不幸，主宰这生活的偶然和错误，正直者所遭受的失败，而卑劣者的节节胜利——因此，与我们意欲直接抵触的世事本质呈现在了我们面前。

在目睹悲惨事件发生的当下，我们会比以往都更清楚地看到，生活就是一场噩梦，我们必须从这噩梦中醒来。

悲剧使我们超越了意欲及其利益，并使我们在看到与我们意欲直接抵触的东西时感觉到了愉悦。

悲剧精神因而引领我们进入死心、断念的心境。

舞台上骇人、可怕的事情把生活的苦难以及毫无价值，亦即所有奋斗、争取的虚无的本质，清楚地展现在我们的眼前。①

王国维引介不失原义："谓悲剧者，所以感发人之情绪而高上之，殊如恐惧与悲悯之二者，为悲剧中固有之物，由此感发，而人之精神于焉洗涤。"② 鲁迅有名的"悲剧将人生的有价值的东西毁灭给人看"（《再论雷峰塔的倒掉》）意蕴相合，悲剧能反映"忧愤深广"的内容，从而"以不可见之泪痕悲色振其邦人"（《摩罗诗力说》）。

尼采的哲学与文艺思想也产生了很大的影响，连鲁迅的《摩罗诗力说》题头都引用他的语录，鲁迅早期创作散文诗《野草》等，更直接受其散文影响。学者周国平归纳说：

尼采在《悲剧的诞生》从分析悲剧艺术入手。悲剧把个体的痛苦和毁灭演给人看，却使人生出快感，这快感从何而

---

① ［德］叔本华：《叔本华美学随笔》，韦启昌译，上海：上海人民出版社，2004年版，第52~55页。

② ［德］叔本华：《叔本华美学随笔》，韦启昌译，上海：上海人民出版社，2004年版，第52~55页。

来？叔本华说：悲剧快感是认识到生命意志的虚幻性而产生的听天由命感。尼采提出"形而上的慰藉"来解释，悲剧"用一种形而上的慰藉来解脱我们；不管现象如何变化，事物基础中的生命仍是坚不可摧的和充满快乐的"。看悲剧时，"一种形而上的慰藉使我们暂时逃脱世态变迁的纷扰。我们在短促的瞬间真的成为原始生灵的本身，感觉到它不可遏止的生存欲望和生存快乐"。也就是说，通过个体的毁灭，我们反而感觉到世界生命意志的丰盈和不可毁灭，于是生出快感。从"听天由命"说到"形而上的慰藉"说，作为本体的生命的性质变了，由盲目挣扎的消极力量变成了生生不息的创造力量。①

新文学无疑从思想到实践都由此走上了一条背离古代正统文化的道路，如鲁迅断言："没有冲破一切传统思想和手法的闯将，中国是不会有真的新文艺的。"（《论睁了眼看》）正因为相继出现一大批"闯将"，中国新文艺从而找到并产生了像尼采所谓"生生不息的创造的力量"。西方近代以来浪漫主义、怀疑主义、悲观主义、超人哲学以及文艺创新的思潮纷繁迭起，现代悲剧文艺体式，在我国新文学作品中得到确立和很好的移植、发挥、创造。而开其悲剧样式文艺先河的无疑首数鲁迅。

鲁迅从欧洲现代文学（俄、德、法、英、日包括东欧诸国）取法借鉴，写出多取材于家乡生活经验的作品，其中前所未有的"阴暗"的色调，"绝望之为虚妄，正与希望相同"（《影的告别》）的强烈主题，都让人耳目一新、心灵震撼，是中国历史上传统文学中罕有的作品。对此钱理群教授颇有深入的分析概括，很能说

---

① 周国平：《尼采的美学概论（代译序）》，载［德］尼采：《悲剧的诞生》，周国平译，桂林：广西师范大学出版社，2002年版，第5页。

明问题：

> 鲁迅正是以其非凡的创造力与想象力，创造了完全不同于传统，而且可以与之并肩而立的，在"思想"与"手法上"都是全新的现代小说、现代散文（包括杂文），以其辉煌的创作实绩，为中国现代文学奠定了基础，显示了现代汉语文学语言表达现代中国人的思想情感的生命活力，艺术上的高水平与巨大的可能性。

> 鲁迅由此开创了一个中国思想史、文学史上从未有过的新的中国现代思想、文学的传统。

> 与传统的这种撕裂血肉的纠缠、相搏，是鲁迅作品中最具震撼力的部分。

> 不可忽视的是鲁迅的表达，在充满幽默与调侃的字里行间，是难以言说的沉痛，甚至可以感到心的滴血。历史的残酷并非与他无关，他的灵魂深处也充满毒气、鬼气、甚至血腥气，由此也就有了灵魂的搏斗；这刻骨铭心的生命感，是鲁迅文学的魅力所在。①

鲁迅所塑造的"狂人""阿Q""孔乙己""祥林嫂""闰土""子君""吕玮甫"等人物形象，至今仍旧是新文学画廊中最为醒目的形象，也成为中国现当代话语体系中的符号代称与典型类指。换句话说，鲁迅的文艺已经深入人心，成为中国现代文艺的范式与重镇之一，成为大众语中鲜活的成分与现代性的表述。关于鲁迅的研究，近七十多年来已不断深入细致，成果丰硕，俨然已形成一支教学与研究的大军。

---

① 钱理群、李庆西、郜元宝：《大学文学》，上海：上海教育出版社，2005年版。相同见解亦详钱理群：《鲁迅作品十五讲》，北京：北京大学出版社，2003年版。

鲁迅文艺思想重在"反抗",他对封建势力全盘否定,对国民精神中的劣根性予以毫不留情的批判,他以"地狱的旁边""扛起黑暗的闸门""人肉宴席""吃人""僵尸的乐观""汗或血的鲜味""黑暗与虚无""看客""刀丛""长夜"等许多带有浓烈的感情色彩的形容词与状说,深刻警示,振聋发聩。他与古代"和乐""颂祝""媚悦"的基本形态样式决裂。他即便有欢喜,那"欢喜"必是有了他所形容的"炬火"与"太阳"后的欢喜,是"战士"战斗的欢喜。

国内致力研究鲁迅且较有成就的学者,改革开放新时期如钱理群、王富仁、林非、陈漱渝、吴福辉、高旭东、孙郁、孙玉石等名家,他们的著述我们都可重点参阅。境外鲁迅研究者也很多,不胜枚举,可重点参考李欧梵著《铁屋中的呐喊》,夏济安著《黑暗的闸门——中国左翼文学运动研究》(专题《鲁迅作品的黑暗面》),另如普实克、夏志清、王德威、葛浩文等著名汉学家的论著涉及鲁迅的内容也颇多,都可加以参考。鲁迅研究是中国现代文学研究中的一门"显学",毫无疑问,这与鲁迅的开创性的文学成就是成正比的。

鲁迅身体力行开创文学作品的新样式,一开始即以现代主义与现实主义相结合的风貌投入创作。引领了"乡土文学"的写作。新文学样式在他手中呈现为现代的中短篇小说、散文诗、散文、随笔、杂文、书信、日记、演讲稿、论文等,都与古代传统文学体例截然不同,凸显现代的世界风、世界体,与现代西方文学接轨。正如李欧梵教授所述:"在现代中国作家中,只有鲁迅和郁达夫接近于这个海塞、纪德、伍尔芙,甚至某种程度上的乔伊斯的现代派的传统,虽然他们两人或许都还不大了解这些欧洲的同时代人。或许正是这种联系,普实克发现中国现代文学和欧洲现代文学之间存在着某种'汇聚'。他说:'鲁迅作品突出的回忆和抒情特色，不仅将他引向于十九世纪现实主义的传统，而且引向了两次世界大战之间欧洲那些有明显抒情色彩的散文作家.'"① 国内的学者也有明确体认："其时代性症候倒不妨视为当时中国思想文化界'苦闷的象征'。某种程度上，正是这种带有一定普遍性的精神状态和思想倾向，使得西方现代文化思潮更具吸引力。"②

第二节 "生命哲学"与创造社的浪漫主义文学、"私小说"

前引钱理群教授在论析鲁迅作品时有这样一句归纳，相当准确，即"这刻骨铭心的生命感，是鲁迅文学的魅力所在"。"生命感"是"五四"时代文学创作特别是感伤的浪漫主义文学表现所共有的特征。

李欧梵教授在《引来的浪漫主义——重读郁达夫〈沉沦〉中的三篇小说》③一文中深入分析了"创造社"文学与欧洲文艺乃至日本现代文学的关系，指出郁达夫"他的这种史无前例的西方文学的文本引用，至今看来依然可圈可点"④。

郁达夫文学中所涉歌德、卢梭、梭罗、华兹华斯、劳伦斯等

---

① [美]李欧梵：《铁屋中的呐喊》，长沙：岳麓书社，1999年版，第72～73页。
② 张新颖：《20世纪上半期中国文学的现代意识》，北京：生活·读书·新知三联书店，2001年版，第15页。
③ [美]李欧梵：《引来的浪漫主义——重读郁达夫〈沉沦〉中的三篇小说》，《江苏大学学报（社会科学版）》2006年第1期。
④ [美]李欧梵：《引来的浪漫主义——重读郁达夫〈沉沦〉中的三篇小说》，《江苏大学学报（社会科学版）》2006年第1期。

信息量极大，甚至有的段落就索性引用外文，涉及英、德、日等多国文字。这一现象在郭沫若乃至鲁迅等人笔下都是常见的。这是那个时代的风气。这种文本置换与互文的世界化现象，在中国古代是极为罕见的，也是新文学的浪漫主义与不拘一格的创新实验、普遍价值与知识体系建构的突出表现。我们不妨看看李欧梵先生的具体分析：

> 郁达夫从西洋文学中求得创作形式上的灵感和资源，在当时的"新学"（晚清）和"新文化"（五四）的潮流中来看，是一种现代价值观的表现，但不产生西方文论中所谓的"影响的焦虑"问题。他们那一代的知识分子，国学的底子甚深，对于中国传统文化无论反对与否，都视为"天经地义"，是一种"given tradition"。然而他（她）仍并没有积极地为中国传统文学注入新的生命力，这也是意识形态上新旧价值对立，舍旧取新的结果。然而西方文学——无论古今——却成了五四"新文化"的主要来源，每位作家都要积极汲取，郁达夫更不例外。
>
> 然而，在文学创作形式上如何汲取西方文学的潮流和模式，却是一件极不简单的事。鲁迅从欧洲作家创作中悟到小说叙事和如何运用叙事者角色的技巧，而郁达夫则从散文的自由结构和第一人称的主观视角创达（造）出一种个人的形象和视野，我在拙作中称为"visions of the self"。这一个主观视野的构成，在形式上也大费周章，不仅仅是把自传改写成小说而已，而需要加进更多的文学养料。当时西方小说的观念刚刚被引进，理论和技巧之类的书，翻译得并不多，而在郁达夫创作《沉沦》中三篇小说的时期（20年代初），创作上的摸索往往还早于理论的介绍，因此我们在事后可以

看出这种汲取西方文学的实验痕迹,甚至十分明显。①

崇尚真实,不计工拙,不避"隐私"甚至"家丑",只要达到率真、忏悔,从而做一个弃恶扬善、奔向光明自由的新人。这方面的题旨我在后边附录的自己几篇论文尤其是有关创造社的论文中也有较多涉及。众所周知,郭沫若当年论赞郁达夫作品就有这么一段广为评论家引用的表述:

> 他的清新的笔调,在中国的枯槁的社会里好像吹来了一股春风,立刻唤醒了当时无数青年的心。他那大胆的自我暴露,对于深藏在千年万年的背甲里面的士大夫的虚伪,完全是一种暴风雨式的闪击,把一些假道学、假才子们震惊得至于狂怒了。为什么?就因为有这样露骨的真率,使他们感受着作假的困难。②

郭沫若同样如此,对自己的暴露甚至不比郁达夫少,行文写诗"欧化"也毫不逊色。正如朱自清先生评论所述:"看自然作神,作朋友,郭氏诗是第一回。至于动的和反抗的精神,在静的忍耐的文明里,不用说,更是没有过的。不过这些也都是外国影响。——有人说浪漫主义与感伤主义是创造社的特色,郭氏的诗一个代表。"③

从前"文明"所"没有过的",这就是创造社以及当时各个社团文学风潮所取法欧洲文艺、世界文艺的新体式,创造社更典型一些。但倡"动的""活的"甚至是"反抗"的精神,这是活

---

① [美]李欧梵:《引来的浪漫主义——重读郁达夫〈沉沦〉中的三篇小说》,《江苏大学学报(社会科学版)》2006年第1期。
② 郭沫若:《论郁达夫》,载《创造社资料》(下),福州:福建人民出版社,1985年版,第803~804页。
③ 朱自清:《现代诗歌导论》,载《中国新文学运动史料》,上海:上海书店,1982年版,第353、354页。

跃于西方的生命哲学以及派生的文艺特点。郭沫若同郁达夫一样创作带有"私小说"意味的作品，同时更在传记文学中没有保留地书写自己的成长历程。（详见后附专题拙作论文）

关于我国现代文学与日本文学包括"私小说"的密切关系，王锦厚教授在《五四新文学与外国文学》中有详细讲述与征引。如下：

> 私小说，也译为"自我小说"，或者叫作"心境小说"，这也是日本独特的一种文学体裁。它产生于明治末年，盛行于大正时期。田山花袋 1904 年，在《露骨的描写》一文中写道："露骨的描写，大胆的描写——也就是说在技巧论者看来是拙劣的、支离破碎的东西，反而是我国文坛的进步，也是文坛的生命。所以我觉得反将这看作是坏事的批评家未免太落后于时代了。"为了原原本本地再现现实生活，必须"写得露骨又露骨，大胆又大胆，几乎使读者不禁战栗起来"。田山花袋摹仿德国作家哈特、霍夫特曼的《寂寞的人们》，于 1907 年在《新小说》上发表《棉被》（转引者按，郁达夫译为《蒲团》）……评论家们纷纷指出："这篇是肉的人，赤裸裸的人的大胆的忏悔录。在这一方面，明治小说诸家，先有二叶亭、小栗风叶、岛崎藤村诸氏开其端，到了此作才最明白地，意识地把它显露出来。从不分美丑的描写，更进一步，专写丑的自然派，此作可以毫无遗憾的代表此派的倾向。"（岛村抱月语，见谢六逸：《日本文学史》，上海北新书局 1929 年版）。

> "私小说""心境小说"在大正年代泛滥起来了。如武者小路实笃《天真的人》，志贺直哉的长篇小说《暗夜行路》，里见淳的《善心善意》，久米正雄的《良友恶朋》，芥川龙之

介的《当时的我》，菊池宽的《朋友之间》，开拓了文坛的新领域。①

其实，不论写自我经历也罢，身边琐事也罢，"隐私"乃至"阴暗面"也罢，无非表现生命的活力与觉醒的行动，正如前引鲁迅"宁要活的颓废"，从而表现"苦闷的象征"。我们感到，中国与日本类似"为艺术而艺术"的文学，其实都是受到"生命哲学"与"忏悔"精神题材类写实作品的影响，是对于欧洲浪漫主义与自然主义文艺思想的体认与追随。欧洲自文艺复兴、启蒙运动、大革命以后，现代性为其文化的重要特征。"生命哲学"是基于科学以及唯心主义世界观的一种理论：

> 生命哲学是广泛传播于西方各国，并贯穿于20世纪的哲学流派。一种试图用生命的发生和发展来解释宇宙，甚至解释知识，或经验基础的唯心主义学说或思潮。19世纪末至20世纪初流行于德、法等国。它是在A.叔本华的生存意志论和F.W.尼采的权力意志论、C.R.达尔文的生物进化论和H.斯宾塞的生命进化学说，以及法国M.J.居约（1854—1888）的生命道德学说的影响下形成的。

> 德国哲学家W.狄尔泰最早用"生命哲学"一词来表示他的哲学，主张精神生活哲学的R.C.奥伊肯（1846—1926）也是这种思潮的主要代表人物。新康德主义者如W.文德尔班、H.李凯尔特等人，严格区分了自然科学与价值论（或文化哲学、精神科学），也对生命哲学的发展给予有力的推动。20世纪初，德国H.A.E.杜里舒（1867—1941）

---

① 王锦厚：《五四新文学与外国文学》，成都：四川大学出版社，1996年版，第114~117页。

的生机主义，法国 H. 柏格森的创化论，则试图从生命的进化或生物学的立场，为生命哲学建立自然科学的基础。生命是丰富的。

生命哲学对现象学的创始人、德国的 E. 胡塞尔和主张"信仰意志"的美国哲学家 W. 詹姆斯等人均有过重要影响，尤其是存在主义者如德国的 K. 雅斯贝尔斯、M. 海德格尔和法国的 J.－P. 萨特等人都继承和发展了生命哲学的观点，他们抛弃了"意志"而改用"存在"表示生命的概念。[①]

通过哲学思考，由此可见，"生命哲学"的影响由来已久、影响深远。

鲁迅在新文学创作之余也翻译了日本厨川白村文艺理论《苦闷的象征》，当时连貌似沉静内向的周作人，也有《初恋》这样"暴露自己"的作品。当时的作家都认为真实地书写自己包括不为人知的经历也就是书写时代，就是为时代发展寻找光明和契机。这里必然涉及中日文学关系，日本"明治维新"以后盛行的欧化风，浪漫主义包括"私小说""新感觉派"等文学风格样式，也即以自我生活轨迹、心灵感受为主要表现内容的描写，凡懂得日文的人都知道，"私"在日文里，既有汉语"隐私"的意思，也是"我"（わたし、わたくし）即第一人称的代称。关于"私小说"研究已经很多，这里不妨略加征引："'私小说'在二十世纪初以来的日本文学中是首当其冲的、最重要的文学现象，有人将之称为现代日本文学的一个'神话'"——

日本文坛普遍认同的说法是——"私小说"最初受法国自然主义文学之影响，不妨说是自然主义文学的一个"变

---

① 详见百度"生命哲学"辞条，人民教育出版社网，2013 年 4 月 23 日。

种"。法国自然主义作家左拉的一段论述不妨说正是日本"私小说"的一个注解,"作为(今日的)作家,既有的观察和预备的笔记,一个牵引一个,再加上人物生活的连锁发展,故事便形成了。故事的结局不过是自然的、不可避免的后果。由此可见,想象在这里所占的地位是多么微小……小说的妙趣,不在于新鲜奇怪的故事;相反故事越是普通一般,便越是具有典型性。使真实的人物在真实的环境里活动,给读者提供人类生活的一个片段,这便是自然主义小说的一切"。在左拉眼中,自然主义小说正是"观察"与"分析"的小说,自然主义的美学标准似可归结为"真实"二字。同样,日本"私小说"也是极端注重真实表现的文学类型,只是更趋极端地把法国自然主义文学仍旧十分重视的社会性搁置一旁而一味关注作家"自我"。①

在郭沫若、郁达夫等创造社作家的作品中都不免或多或少有一些大胆暴露甚至是涉及两性关系的"色情"内容,这是当时来自欧洲、日本的"自然主义"文学风气,也是创造社作家作品的局限性所在。因为他们当时所表现出来的模仿痕迹还是稍多了些,对"隐私"内容似乎过于渲染。郁达夫就曾公开讲:"把古今的艺术总体积加起来,从中间删去了感伤主义,那么所余的还有一点什么?"(《论孙译出家及其弟子》)"性欲和死,是人生的两大根本问题,所以以这两者为材料的作品,其偏爱价值比一般其他的作品更大。"(《文艺鉴赏上之偏爱价值》)显然,这有审美方面矫枉过正的偏颇。正如前引李欧梵教授在论文中表达的遗憾:"他没能把西方文学的文本放进他的小说后作进一步的创造

---

① 魏大海:《〈日本私小说精选集——枯木风景〉序》,载[日]宇野浩二:《日本私小说精选集——枯木风景》,上海:复旦大学出版社,2013年版,第2页。

性转化,从而为中国现代文学开出另一个现代主义写作传统。"①但郁达夫等创造社作家的影响显而易见,其历史功绩也有目共睹。在当时,模仿郁达夫、郭沫若等人笔调写作的人可以说比比皆是(有的甚至托名可以假乱真),受其影响走上文学道路成名的作家也有多例。感伤的浪漫主义与自然主义可以说风靡一时,其影响至今不休。创造社作家反抗传统禁忌,要求文学求真,除去一切功利的考虑打算,"专求文学的全(Perfection)与美(Beauty)",创造社骨干之一成仿吾就在《新文学的使命》一文中宣告:

> 文学是时代的良心,文学家便应当是良心的战士。在我们这种良心病了的社会,文学家尤其是任重道远。
>
> 我们要在冰冷的而麻痹了的良心,吹起烘烘的炎火,招起摇摇的激震。/对于时代的虚伪与他的罪孽,我们要不惜加以猛烈的炮火。我们要是真与善的勇士,犹如我们是美的传道者。②

关于一批"留日"归来的"留学生"文学以及以创造社作家群为代表的感伤浪漫主义文学创作,成就大小有别,影响也不尽同,但毫无疑问,他们都在新文学史上都留下了浓重的笔墨,开启了一种迥异于古代传统文学所谓"讳莫如深""家丑不可外扬""道统""理学"的新的另类话语范式写作,从而充分体现了新文学的世界性与现代性。直到今天研究新文学的人,对这些作品以及相关话题都不可旁绕。中国新文学包括受日本"私小说"影响

---

① [美]李欧梵:《引来的浪漫主义——重读郁达夫〈沉沦〉中的三篇小说》,《江苏大学学报(社会科学版)》2006年第1期。
② 成仿吾:《新文学的使命》,载《创造社资料》(上),福州:福建人民出版社,1985年版,第41页。

的作品，其实都与外国文学不尽一样，不相等同，其带有中西结合的多元、自主、创新、进步的大胆探索意义。创造社后来产生分化，一批作家走上了左翼以及无产阶级革命文学的道路，即可充分说明问题。

本节最后以中国现代文学研究的名家、与新文学作家多有过从的捷克汉学家亚罗斯拉夫·普实克的分析作为结束：

> 创造社的两位主要成员郁达夫和郭沫若的短篇小说，最鲜明地呈现了中国新文学的主观倾向，同时也最接近以《少年维特之烦恼》或缪塞（Alfred de Musser）《一个世纪儿的忏悔》为类型的主观化的浪漫主义散文。我们也可以将这类散文称之为作者经验的戏剧化，因为在这些短篇小说中，作者表现了自己的心理状态，他的不满和痛苦不断地积聚，终于在绝望、自责和自戕的情绪中爆发。郁达夫和郭沫若的短篇小说与日本的"私小说"存在共同的特征：作者很少关注外部现实，他只关心自己的感受，并极其真诚地将这些感受描写出来。但是他也经常将对大自然与景物的抒情描写融入到叙事中。
>
> 然而，中国作家所生活的环境是如此的逼仄，不允许他们像日本作家那样，只关注自己灵魂的颤抖，因此作家们要探寻一条道路，通过个人体验来理解和反映现实生活。有时候作者可以有效地将某种个人体验与现实环境的种种联系都纳入到描写中，使描写具有某种普遍的真实性，而使现象成为一个象征。①

---

① ［捷克］亚罗斯拉夫·普实克：《抒情与史诗——现代中国文学论集》，［美］李欧梵编，郭建玲译，上海：上海三联书店，2010年版，第60、61页。

第三节　乡土文学的繁荣

在我国古典文学中，有田园山水诗，有士大夫的咏（悯）农诗，有隐士亲近农作的诗，后者如陶渊明的作品。但严格说来，传统古典文学罕有真正的乡土文学作品。我们可以追溯到《诗经》，"国风"里有乡土歌唱，反映农人的心声与故事；还有离家征战和婚姻不幸等题材。《诗经》里的这些作品幸存下来了，但秦以后乡土文学领域几乎就荒芜了。偶尔有点关联涉及，也不过浮光掠影、点到为止。原因很多，前边已有涉及，此处不再具论。乡土文学的再次兴起与繁荣，是五四新文学创作造成的一时风气，一时间文学家辈出，成为新文学题材中最有感召力和最有实力的主力军。一直到今天，乡土题材的文学作品（如乡土小说）获得的大奖，以有名的"茅盾文学奖"为例，乡土题材的小说亦最多。莫言甚至获得了国外的"诺贝尔文学奖"，他的作品也主要是乡土题材。当代长篇小说队伍中有"湘军""陕军""川军""晋军"等指称，其实都是形容那些省市活跃的乡土文学家。如"陕军"中的陈忠实、路遥、贾平凹等。

新文学的乡土文学创作在我国是受到外国文学影响而崛起的，当初带有明显的学习与摹仿的痕迹。第一个提出乡土文学概念并身体力行尝试创作的是鲁迅。他在《新文学大系·小说二集》的"导论"中评述了乡土文学的成就，对自己取材故乡的创作也有所总结：

> 鲁迅从一九一八年五月起，《狂人日记》《孔乙己》《药》等，陆续地出现了，算是显示了"文学革命"的实绩，又因那时的认为"表现的深切和格式的特别"，颇激动了一部分

青年读者的心。然而这激动,却是向来怠慢了绍介欧洲大陆文学的缘故。一八三四年顷,俄国的果戈理(N. Gogol)就已经写了《狂人日记》;一八八三年顷,尼采(Fr. Nietzsche)也借苏鲁支(Zarathustra)的嘴,说过"你们已经走了从虫豸到人的路,在你们里面还有许多份是虫豸。你们做过猴子,到了现在,人还尤其猴子,无论比哪一个猴子的"。而且《药》的收束,也分明留着安特莱夫(L. Andreev)式的阴冷。但后起的《狂人日记》,意在暴露家庭制度和礼教的弊害,却比果戈理的忧愤深广,也不如尼采的超人的渺茫。此后虽然脱离了外国作家的影响,技巧稍为圆熟,也稍加深切,如《肥皂》《离婚》等,但一面也减少了热情,不为读者们所注意了。①

同文涉及同时代作家的创作成就时,鲁迅提出了"乡土文学"概念:

> 蹇先艾叙述过贵州,裴文中关心着榆关,凡在北京用笔写出他的胸臆来的人们,无论他自称为用主观或客观,其实往往是乡土文学,从北京这方面说,则是侨寓文学的作者。但这又非如勃兰兑斯(G. Brandes)所说的"侨民文学",侨寓的只是作者自己,却不是这作者所写的文章,因此也只见隐现着乡愁,很难有异域情调来开拓读者的心胸,或者炫耀他的眼界。许钦文自名他的第一本短篇小说集为《故乡》,也就是在不知不觉中自招为乡土文学的作者。不过在还未开手来写乡土文学之前,他却已被故乡所放逐,生活驱逐他到异地去了,他只好回忆"父亲的花园",而且是已不存在的

---

① 张若英编:《中国新文学运动史资料》,上海:上海书店,1982年版,第125页。

花园，因为回忆故乡的已不存在的事物，是比明明存在，而只有自己不能接近的事物较为舒适，也更能自慰的。①

鲁迅胞弟周作人当时也提倡"乡土性"、乡土取材与乡土气息的作品，如他在《旧梦序》、《希腊的小说集》中译本"序言"、《竹林的故事序》和《地方与文艺》等大量散文随笔中都有阐述和倡导，如他在《地方与文艺》中指出："人总是'地之子'……须得跳到地面上来，把土气息泥滋味透过了他的脉搏，表现在文字上。这才是真实的思想与文艺。这不限于描写地方生活的'乡土艺术'，一切的文艺都是如此。"②周作人自己也试笔写作乡土文学，如散文《故乡的野菜》《乌篷船》《村里的戏班子》等，虽然仍旧有着以前士大夫、清客玩味乡土的气息，不算是严格的深入下层生活的乡土文学，但毕竟有乡土气息，取材于乡土，而且是新散文的体例，所以也能风行一时。周作人的主要功绩在介绍世界文学，提倡将地方性、乡土性与世界的新文学、作家个性结合起来。这方面他撰写了大量散文随笔、评论、译文，在文学革命前期中功不可没。

1935年，茅盾著长文《现代小说导论——文学研究会诸作家》也旁征博引，分析与总结了前期新文学创作，第八节专题评论"描写农村生活的作家"，涉及徐玉诺、彭家煌、潘训、许杰等多家作品。1936年，茅盾作《关于乡土文学》更进一步地指出"乡土文学"主要特征并不在于对乡土风情的单纯描绘，他说："关于'乡土文学'，我以为单有了特殊的风土人情的描写，只不过像看一幅异域图画，虽能引起我们的惊异，然而给我们

---

① 张若英编：《中国新文学运动史资料》，上海：上海书店，1982年版，第133页。

② 周作人：《谈龙集》，上海：上海书店，1982年版，第15、16页。

的，只是好奇心的餍足。因此在特殊的风土人情而外，应当还有普遍性的与我们共同的对于运命的挣扎。一个只具有游历家的眼光的作者，往往只能给我们以前者；必须是一个具有一定的世界观与人生观的作者方能把后者作为主要的一点而给与了我们。"①茅盾在创作都市题材之外，自身投入乡土文学创作成就也是令人瞩目的。他的农村三部曲——《春蚕》《秋收》《残冬》至今仍是新文学书库中的经典名作。

与理论几乎同时甚至更早的创作实践，在新文学初期即已如火如荼，像鲁迅、茅盾先后介绍或涉及的蹇先艾、裴文中、许钦文、王鲁彦、黎锦晖、李健吾、徐玉诺、潘训、彭家煌、许杰、王任叔（巴人）、台静农、废名、李劼人（郭沫若也有专文论及）等，以及同时或随后涌现的沈从文、沙汀、艾芜以及萧军、萧红、端木蕻良、骆宾基、舒群、白朗、罗烽、李辉英等东北作家群，亦多是乡土文学的作家，多直接或间接地师承鲁迅或受到鲁迅乡土小说的启发和影响。而鲁迅取鉴外国如俄国文学小说样式等，前边已有论及。延安时代的赵树理、孙犁等人更形成了所谓"山药蛋派"和"荷花淀派"的乡土小说创作风格流派，连丁玲也致力乡土文学写作，有长篇小说《太阳照在桑干河上》等。"十七年"文学创作中如柳青、梁斌、刘绍棠等，都多将乡村题材作为自己的创作中心。

小说之外如新诗，乡土题材的作品也如雨后春笋，清新自然，带着浓郁的民间与乡土气息。刘大白、刘半农、朱湘、废名（冯文炳）、康白情、汪敬之以及后来去到延安的艾青、田间、阮章竞、何其芳等名家，包括描写农村生活的乡土题材诗歌的繁荣，可称空前的繁荣。这是两千年来古典文学史上从来没有过的

---

① 茅盾：《关于乡土文学》，《文学》第6卷第2期，1936年2月1日。

盛况。从内容到文本样式，都有新的开创意义。

在宝岛台湾，"乡土文学"创作也是重中之重，虽然引起过激烈的争论，但如今论及台湾文学，乡土作家与现代派作家，仍旧平分秋色，成就得到公认。像陈映真、黄春明、王祯和等人描写台湾东南部乡土"小人物"的代表作，都可圈可点。台湾乡土小说特别是早年（包括日占时期）明显受到五四新文学乡土小说的影响。

乡土文学在我国新文学中占据重要位置，并相当繁荣、长盛不衰。简略概括有如下几点重要原因：

第一，我国自来是农业大国，有着深厚的历史积累与广阔的乡土疆域，乡土体验与乡土材料可说取之不尽，用之不竭，且容易引起广泛的共鸣。

第二，外国文学的影响，特别是西方乡土文学作品的成功，树立了一种世界话语文本范式，可供借鉴取法。如马克·吐温（1835—1910）、托马斯·哈代（1840—1928）、果戈理（1809—1852）、威廉·福克纳（1897—1962），等等，中国现当代作家往往都能如数家珍，充分表现了世界文学一体化与互动趋势。

第三，人道主义与人文主义的趋动。乡村往往隐喻底层与贫困、灾荒，探索乡土与农村生存问题，是五四以来的人道主义先驱者不谋而合的通识与合力。正如丁帆教授论及："接受了西方文化熏陶的'五四'先驱者，那种改变农业社会国民性的使命感驱使鲁迅在一个更高的哲学文化层次上俯视笔下的芸芸众生，驱使他用冷峻尖刻的解剖刀去穿刺那一个个腐朽魂灵，从而剥开封建文化那层迷人面纱；另一方面作为一个谙熟农业社区生活并与中国农民有着深厚血缘关系的'土之子'，那种对农民哀怜同情的儒者的大慈大悲之心又以一种反传统的情感方式隐隐表现在他的乡土小说当中，这种'深刻的眷恋'一方面表现出普泛的人道主义精神，另一方面又支配着对封建王权和奴性教育的统治思想更有力的批判。"①

第四，延安时代的文艺方向倡导，表现工农兵、"文艺下乡"等号召的影响历久不衰，对延安时代的乡土文学乃至共和国时代的文学，都产生了深刻影响，从而促使了一大批农村题材的作品问世。

第五，乡土文学的繁荣，也可说是我国文艺复兴使然，因为早在《诗经》"十五国风"时代，乡土文学（虽然多系口头文学）就曾繁荣一时。后来《古诗十九首》、民歌民谣等民间文学中，还有少数文人书写的乡土田园篇章，乡土文学仍然有着生机与潜流。虽然有着"现实主义"作风的乡土文学历来被大一统王朝文学观歧视打压，斥为"稗官野史""闾里小人""鄙夫村妇""草民""贱民"等，但一到了思想解放、创作自由特别是平民文学光荣的时代，"为有源头活水来"，她的文艺复兴反而在机遇契合的时代因积压太久而总爆发了，呈现了新文学中乡土文学空前繁荣的局面。

第四节 女性文学的兴起与女作家的活跃

新文学还有一道突出亮丽的风景线，即女性文学的繁荣与女作家、女诗人的空前活跃。不用多说，这是两千多年封建专制社会结束后女性生产力的大解放与公民社会男女平等自由意识深入人心、文化普及的必然。

---

① 丁帆：《中国乡土小说史论》，南京：江苏文艺出版社，1992年版，第36~37页。

关于女性文学的界定，世界文学论坛通常泛指女性生活题材与女性作家的文学创作。参照各种教科书，简而言之，女性文学可分为以下类型：一是所有作家创作的有关女性生活题材特别是重在反映女性命运与社会问题的文学作品。如国外作家勃朗特姊妹的《简·爱》《呼啸山庄》等，可归于"女性文学"，而列夫·托尔斯泰、D. H. 劳伦斯等人的一些侧重反映女性生活命运与问题意识的作品似也可纳入这一范畴。二是女性作家自身所创作的文学作品。三是女性作家创作的侧重于反映女性生活题材的作品。四是女性作家创作的较多涉及女性生理与心理方面大胆描写（特别是性描写）的严肃文学作品。在英法文中女性主义与女权主义通常表述一致或十分相近。

无论中外，在古代，女性文学与女性作家都是少有的。正如刘象愚教授在《西方现代经典批评译丛总序》中指出的那样："许多经典论者提出，传统的'经典'绝大多数出自那些已经过世的、欧洲的、男性的、白人（Dead White European Man）作家之手，而许多非欧洲的、非白人的、女性的作家却常常被排除在这个名单之外。他们说经典的形成离不开选择，而这样一个选择显然含有性别歧视、种族歧视以及欧洲中心主义的偏见，不难看出，这种激进的经典观大多是从女性主义、后殖民主义、西方马克思主义立场出发的，其政治和意识形态的意味相当强烈。"① 历史上对女性的歧视今天看来早已是一个勿庸讳言的事实。刘教授在文中继而论述道："在西方文化传统中，男性优越、女性低劣的观点是由来已久的。亚里斯多德认定，女性天生是缺乏某些品质的，圣·托马斯则明确把女性界定为'不完满的人'

---

① 刘象愚：《西方现代批评经典译丛·总序（二）》，载［美］约翰·克罗·兰色姆：《新批评》，王腊宝、张哲译，南京：江苏教育出版社，2006年版，第2页。

(imperfect man),此后数千年来,女性无论在社会生活还是家庭生活中都始终处于从属与次要的边缘地位,而男性则为中心,处于控制和主导地位。可见女性只不过是'第二性'。"其生活条件和教育状况是无法与男性相提并论的。主流意识形态不仅不鼓励而且还限制女性接受良好的高等教育,像弗吉尼亚·伍尔芙这样出自名门的杰出女性都曾在家庭生活和教育方面受到过不公正的待遇,更遑论一般女性。因为整个社会要培养的精英是男性而不是女性,所以,18世纪之前的西方,在社会各个领域中出类拔萃的女性的确是凤毛麟角。因此,也就不可能有女性作家进入西方的传统经典名单了。[①]《西方世界经典著作》1990年经过修订的第二版也只增加了英国的简·奥斯汀、乔治·爱略特、弗吉尼亚·伍尔芙和美国的威拉·凯瑟的作品。

西方尚且如此,我国传统文学可想而知。中国文学史上少有的如班昭、蔡琰、李清照、朱淑真等女性文学家可说凤毛麟角,与漫长的历史完全不成正比。即便李清照,如叶嘉莹先生所形容,是"穿裙子的士",换句话说,李清照们所发出的女性声音也是非常微弱的。真正打开女性文学话语空间与闸门的还是五四新文化运动。这一时期,女性文学的理论和创作实践都十分充盈。五四时期的知名女作家涌现出陈衡哲、冰心、庐隐、谢冰莹、凌叔华、丁玲、萧红、苏雪林、袁昌英、陈学昭、张爱玲、苏青等;共和国与新时期女作家如柯岩、杨沫、宗璞、舒婷、张洁、铁凝、张抗抗、张辛欣、方方、池莉、残雪、毕淑敏、迟子建、林白、陈染、卫慧、棉棉、九丹等,不胜枚举,其中铁凝现任中国作家协会主席。我国台湾地区如聂华苓、於梨华、三毛、

[①] 刘象愚:《西方现代批评经典译丛·总序(二)》,载[美]约翰·克罗·兰色姆:《新批评》,王腊宝、张哲译,南京:江苏教育出版社,2006年版,第5页。

琼瑶、李昂、龙应台、张晓风、简媜、萧丽红等,香港特别行政区如李碧华、梁凤仪、亦舒、西西等,女作家可说风起云涌,占据了中国现当代文学相当醒目的席位。海外的华人与华裔女性作家,数来同样也是一个长长的名单,这里限于篇幅,从略不录。

早在20世纪二三十年代,女作家的成就就已经引起研究者重视,像鲁迅、周作人、茅盾等有专文或演讲稿涉及这一领域。据我手边资料,当时出版社先后出版过阿英的《现代中国女作家》(署名黄英,北新书局,1931年),贺玉波的《中国现代女作家》(上海复兴书局,1936年)以及《中国女性的文学生活》《女作家自传选集》,黄人影(阿英)编有《当代中国女作家论》(光华书局1933年初版,上海书店1985年影印)。20世纪八九十年代,全国更出版过多种女作家文集、选集、专集等,不胜枚举。"萧红热""张爱玲热""三毛热""龙应台热"等此起彼伏。至今女作家的写作,也十分活跃,如前边我们赏析过的湖北籍乡村女诗人余秀华的抒情诗集出版,居然能达到畅销的水平,如其诗集《摇摇晃晃的人间》,一举销售达十数万册,要知道这在多元文化与传媒信息时代、电子阅读风行的当下,作为纸媒阅读是相当不容易的。这从另外一方面也说明了文学与女性文学的生命力。

我国新文学女作家同样受外国文学影响,以冰心为例:"中学四年之中,没有显著的看什么课外的新小说(这时我爱看笔记小说,以及短篇的旧小说,如《虞初志》之类),我所得的只是英文知识,同时因着基督教的教义的影响,隐隐的形成了我自己的'爱'的哲学。……这时我看课外书的兴味,又突然浓厚起来,我从书报上,知道了杜威和罗素,也知道了托尔斯泰和太戈尔。"① 再如:"一九三六年冬,我在英国的伦敦,应英国女作家弗吉尼亚·伍尔芙(Virginia Woolf)之约,到她家喝茶。我们从伦敦的雾,中国和英国的小说、诗歌,一直谈到当时英国的英王退位和中国的西安事变。她忽然对我说:'你应该写一本自传。'我摇头笑说:'我们中国人没有写自传的风习,而且关于我自己也没有什么可写的。'她说:'我倒不是要你写自己,而是要你把自己作为线索,把当地的一些社会现象贯穿起来,即使是关于个人的一些事情,也可作为后人参考的史料。'"②

女性作家的活跃,如前所述,原因很多。她们对现代文学的贡献是卓著的。正如鲁迅在《萧红作〈生死场〉序》一文中指出:"这自然还不过是略图,叙事和写景,胜于人物的描写,然而北方人民的对于生的坚强,对于死的挣扎,却往往已经力透纸背;女性作者的细致的观察和越轨的笔致,又增加了不少明丽和新鲜。精神是健全的,就是深恶文艺和功利有关的人,如果看起来,他不幸得很,他也难免不能毫无所得。"③ "明丽""越轨""精神健全"等句也可移作形容当时以及后来不少女作家所同样具有的笔调风骨与文采。

现代女性题材文学与女性作家创作的女性文学已是新文学领域研究的热点之一,甚至在国际汉学领域现当代文学方向称为一门"显学"也不过分。这和世界进步思潮以及公平社会大势所趋是紧密相关的。

---

① 冰心:《小说集自序》,载《创作的经验》,上海:天马书店,1933年版,第36~38页。
② 冰心:《我的故乡》,载《冰心散文选》,北京:人民文学出版社,1983年版,第258页。
③ 鲁迅:《鲁迅全集》(6),北京:人民文学出版社,1981年版,第408页。

附 录

附录一　课堂实践·专题讨论

四川大学2018级中国现当代文学专业硕、博士研究生关于新文学"现代性"与"世界中"的课堂学习与研讨摘要

教师前按：结合课堂专题讲述，教师将相关的学术参考资料印发给参与本期选修课学习的研究生同学，希望大家围绕专题进行讨论，各抒己见。请诸位事先做好充分准备，最好形成书面提纲或行文，可以提出不同的见解和质疑，可以争论。

专题讨论需要参考的学术资料主要如下：

（1）王德威：《"世界中"的中国文学》《我们对于文学史应该做一个重新的反省》《"原来中国文学是这样有意思！"——王德威接受〈南方周末〉记者访谈》

（2）陈思和：《读王德威〈"世界中"的中国文学〉》

（3）陈晓明：《在"世界中"的现代文学史》

（4）丁帆：《"世界中"的中国现当代文学史编写观念》

（5）季进：《无限弥散与增益的文学史空间》

吴少彦同学

一、世界中

王德威先生致力于在一个不断流变的世界性语境中追索现代中国文学的"根源和衍生",即一个事物(中国文学)在另一个更大的变化状态(世界)中发生着变化。由此呈现出历史的多种可能性。所谓的多重可能,每一个时间点都可以看作是一个历史的引爆点。与其说将文学史中的种种尝试单一地看作是从若干"中心"发源辐射的,不如说它们之间是相互启迪和相互作用的。因此现代中国文学不仅是西方的影响或对传统的反动,也是一个自我建构求新求变的过程。

二、新史之新

我认为主要新在四个维度——(1)文化的"穿流交错";(2)"文"与媒介衍生;(3)文学与地理版图想象;(4)时空的"互缘共构"。现分述如下。

(1)文化的"穿流交错":包容了各种不同的政治立场、党派观点、国别身份等等,打破了传统中国文学史封闭的单一基本范式。"不再强求一家之言的定论,而在于投射一继长增成的对话过程。"(王德威)

(2)"文"与媒介衍生:拒绝文学体裁的四分法(诗歌、散文、小说、戏剧),从时代的媒介链实体的文字文本到数字化的视听材料,全方位地展示作者、文本和世界的互动关系。

(3)文学与地理版图想象:王德威虽然借用了美国汉学家华

文语系概念，但并没有将中国视作陆上殖民主义的偏见，而是认为文学史的研究不应该为单一的政治地理所局限，这就呼应了前面提到的"世界中"这一概念，庞大作者群的跨族群身份就间接说明了众声喧"华"的特色。

（4）时空的"互缘共构"：空间上把中国文学史放到了世界中的概念中去；而时间上则把文学的现代性的起点上溯到1635年，晚明文人杨廷筠、耶稣会教士艾儒略等做的"文学"新诠。同时王德威先生也申明这仅仅是中国文学现代性源起时间点的一个选项，提供了中国现代文学源起的多样性方案，这些时间点可以做并存思考，可以相互容纳。

三、以现代之名

（1）现代中国文学的发生论。王德威以晚清小说为例，将它视作一个在以现代为名的向往或压力下，新兴的文化场域，新旧杂陈、多声复义的现象背后，是推陈出新、千奇百怪的实验冲动。

（2）中国现代文学与传统概念。一方面跟随新潮，一方面呼应传统，文学既再现世界，也参与世界变化，并不完全唯西方马首是瞻，这也是中国文学有着长久生命力的原因。

（3）反思中国文学史作为人文学科的建制、文学史和国家代表性。当代的中国文学史，将中国与政治主权和国家概念挂钩，在这样的语境中，文学革命容易沦为革命文学，而主体创作意识也容易沦为群体机器的轰鸣，王德威所提出的拒绝再度被中心化的华语语系概念，跨越时空界限，使得文和史重新呈现对话关系，最终揭示中国文学的局限和潜能。

四、双重"彼岸"下新文学史研究比较

在美国的华裔汉学家多站在中西文化的双重"彼岸",以其开阔的文学视野对新文学史和文学现代性展开研究。如夏志清以《中国现代小说史》为代表的中国现代研究,主要聚焦小说家及其作品,小说创作与文学文化政治的关系,他没有摆脱政治偏见和新批评的审美标准,把作品看成是独立的、客观的象征物,抱有文本中心的态度,把中国现代文学的两个病症"说教"和"脱离历史"归结于"硬要文化和意识形态相一致的错误倾向"。再如李欧梵,他的相关研究通过"文史结合""都市叙事""视觉维度"和"回归古典",包含了一种交杂与碰撞的"边缘人"与"徘徊性"情结。中西文化边缘人的身份使他更倾向关注有边缘色彩的作家,想要在中国文学及其研究的"边缘"获得一种"不中不西、又中又西"的世界视野,其实还是不免带有比较明显的西方标准。最后是王德威。他的反单一化学术思想和多元共存的相对主义文化立场相对彻底,强调众声喧哗的文学图景。有趣的一点是,三位研究者都在各自评述中提到了感时忧国的精神,同时不约而同地看到了其局限性。

五、洞见与未察

一方面,"世界中"的研究视野,为中国现当代文学研究带来了弥足珍贵的视阈;另一方面,可能会因为研究者所秉持的外在批评标准等原因造成轻重不察。比如:以"自发现代性"否定"启蒙现代性",而没有意识到两者都可以被看作是一场"自发的求新求变",且都具备现代性的合法性;强调"被压抑的现代性",则比较忽略守成复古与反现代性的势力。其实渐变与巨变仍是有着很大的差别。

王琳同学

一、王德威《新编中国现代文学史》的特点

王德威主编的《新编中国现代文学史》可能会遭受质疑，但这部新文学史显然有如下特点。

（1）不是"完整"的文学史：该书一方面继承编年史的传统；另一方面，以小观大，做出散点、辐射性陈述。换句话说，这本文学史不再强求一家之言的定论，而在于投射一种继长增成的对话过程。

（2）包罗多样文本和现象、文风各有特色：该书所探讨的话题不仅是文学史的范畴，也包含"文""史"的辩证关系，突出文学史的"文学性"。要摆脱学科建制内比较狭义的"文学"定义。

（3）华语语系视野：在"世界中"看中国现代文学，中国现代文学的兴起原本就是一个内与外、古与今、雅与俗交错的现象。这部文学史强调清末到当代种种跨国族、文化、政治和语言的交流网络。从翻译到旅行，从留学到流亡，现当代中国作家不断在跨界中汲取他者的刺激，反思一己定位。因此，提出华语语系文学的概念，同时关注少数民族以汉语创作的成果。

二、中国、现代、文学、史（重新界定中国现代文学史）

（1）现行的中国现代文学史定义：19世纪以来，直到中华人民共和国成立，我国社会都处于一个动荡的时期，文学与历史波动密切相关，文学史以国家为定位，中国文学不仅是一种审美

形式、学术科目和文化建制,也是一种国族想象。《新编中国现代文学史》希望采取不同方式探究中国现代文学发展的脉络。

(2)重新定义"现代":晚清时期的文学概念、创作和传播充满推陈出新的冲动,也充满颓废保守的潜能。晚清有着"被压抑的现代性"。追溯现代性的时间节点,背后实际在讨论现代性在中国发生的缘由:如西方列强侵略下的被动融入"全球性循环体系"。而中国文学具有独特的"现代性",是本土经验和外来刺激里应外合的结果,同时这部文学史还将思考中国现代经验在何种程度上,促进或改变了全球现代性的传播。关于"现代性"的思考逻辑也因此有所不同,中国文学的现代化是一个根据既定的时间表、不断前进发展的整体过程,具有多个切入点和突破点的坐标图,任何一个历史时刻都可能触发"现代性",只是历史的偶然。这说明"现代"文学演变没有现成路径可循。任何现代的道路都是通过无数可变和可塑的阶段而形成的。

(3)重新定义"文学":中国作家与读者不仅遵循西方模拟与"再现"观念,同时倾向于将文心、文字、文化与家国、世界进行有机连接,用于"彰显"世界,从想象和历史的经验中寻求生命的体现。例如慈禧太后钦点张百熙改革京师大学堂,文学科反映的主要仍是中国"文学"的传统范式,但结合了传统中国小学研究和西方浪漫主义以降的审美实践,实为现代文学概念首开先河。自20世纪初文学改革为"欲新一国之民"的基础,到后来的文学改良、"文学革命""文化革命""文化大革命",这一历史进程不断体现"文学"和"文化"在整个现代中国的重要意义。

三、思考:重新定义"现代"

《新编中国现代文学史》与以往的文学史的区别不仅在于中

国文学的现代性发源于何时,而是重新思考了什么是现代性、什么是中国的现代性的问题。现代性是一个外来词,要回答"什么是现代性"就需要回到西方的话语体系中,这是讨论中国文学现代性的起点。我的问题是,如果《新编中国现代文学史》采用了区别于西方现代性话语体系下的书写历史的方式,那么我们是否可以理解为这部《新编中国现代文学史》正如王德威在"导论"中所言,重新思考了什么是现代性。如果答案是肯定的,那么这部《新编中国现代文学史》的确完成了重新思考现代性这一历程。首先,我们需要讨论一下什么是现代性,进而讨论西方现代性话语体系下的书写历史的方式。从施特劳斯总结的《现代性三次浪潮》来看,西方自由民主制的理论还有共产主义的理论源于现代性之第一、第二次浪潮。施特劳斯认为现代性最具特色的东西便是多元化,他将现代性理解为对前现代政治哲学的彻底变更。

在这里就不得不提到黑格尔关于历史的论述,这也是现代性的第三次浪潮兴起的动因。黑格尔认为历史过程是一个合理的、理性的过程,是一个进步,其顶峰为合理国家、后革命国家。基督性是真正的宗教、绝对的宗教;而基督性在于在完全的世俗化中与世界达成和解,这个过程始于宗教改革,被启蒙运动所延续,最终在后革命国家中得到完成,这种国家首次有意识地建立在对人之权利的认可上。真正的哲学、最终的哲学属于历史中的绝对时刻、历史的顶峰。

到这里,我们可以发现,现有的文学史教材,大部分是遵循"历史是进步的"这一原则来进行书写的。《新编中国现代文学史》是否重新思考了现代性,就要看它是否打破了这些原则。那么,根据王德威先生对《新编中国现代文学史》的介绍,这本文学史从一开始就打破了近代、现代、当代之间的界限并将现代的起点定位到一个"可能"的历史节点,在叙述方式上打破传统"一家之言"的定论,采用散点、辐射式的方式动态地呈现中国文学的历史,这种方式打开了理解中国文学史的多种可能以及理解中国文学现代性的多种可能。

提倡多种可能的"现代性",是王德威自《被压抑的现代性——晚清小说新论》以来一贯坚持的主张。他提出现代性不是一条线性指标,从一个阶段到另一个阶段,其本质是全球视野下的求新求变。这篇导论强调"世界中的中国文学",很明显是这种现代性观念的延伸和发展。当国人具备全球视野时,就意味着中国结束了封闭的状态,开始与世界上的其他文化产生互动。在中西文化的交流和对抗中,中国社会不可能保持静态,这也就意味着中国能够创造出自己的现代性。在王德威对现代性定义的逻辑中,我们可以发现他并不关注界定中国文学现代性真正发生的时间点,而是将目光聚焦到导致现代性产生的必要条件——中国文学开始与世界产生互动。作为动词的"互动"最终指向何处,既是未知的也是无法预测的,每一个方向都可能是它实际发展的轨迹,这就是为什么王德威虽然以1635年晚明杨廷筠、耶稣会教士艾儒略等的"文学"新诠为《新编中国现代文学史》的起点,但是又紧接着强调这只是一种可能,还有其他很多可能的原因在其中。

显然,王德威先生"现代性"的观念是开放的,没有将其界定为某种明确的概念。这种开放性也贯穿在他的《新编中国现代文学史》的编写中,从叙述方式、文类选择到编排方式,都充分体现了多种可能性和开放性。

任思雨同学

我更关注的是王德威先生在《新编中国现代文学史》中为何要把时间的起源从晚清推到1635年,往后延伸到2066年。那么我们必须要探寻王德威先生对"现代性""世界中"的理解。或许这一原因能够从他的观念和阐述中露出"庐山真面目"。

首先是对"世界中"的理解。关于"世界"中,王德威更多借鉴了海德格尔关于世界性的观点,王德威先生认为:"海德格尔将名词'世界'动词化,提醒我们世界不是一成不变的在那里,而是一种变化的状态,一种被召唤、揭示的存在的方式(being-in-the-world)。(不仅是共时性的存在,也是一种历时性的存在,不能静止的看待在世界。)'世界中'是世界的一个复杂的、涌现的过程,持续更新现实、感知和观念,借此来实现'开放'的状态。"怎么理解呢?我们拿天文学来举例。太阳系存在银河系中。一方面,从共时性的角度来说,它不仅是银河系的存在物,也时刻彰显自身的存在,并且太阳系中又有九大行星,各大行星又有自己的卫星,还有许多小的星体。它们相互关联,互为影响,就像地球用引力束缚了月球,反过来它的引力也会影响地球的潮汐变化。另一方面,从历时性的角度来讲,整个银河系又在遵循时间的线性发展规律,可能几万年之后太阳系的某些星体就会消亡。而且不是太阳这个恒星诞生以后才有地球这个行星,他们各自有自己的生命规律,从而共同构成了我们璀璨的星空。中国文学和世界的关系就像是银河系中的太阳系,它本身就在其中。中国文学在世界中,并不是世界影响或者说带动了中国文学的发展,它这种变化是处于整个世界的体系当中,而不是孤立地、独立于世界之外的变化，也不是被动接受变化，而是中国文学本身也在变化。中国文学从来都在世界中，而不是在世界之外。

所以王先生这一观念的提出，重新界定了我们对中国文学现代性的理解。我们以前可能更多地倾向于将中国文学置于近代中国社会性质发生巨大变化这样一个大背景下进行考量。在此背景下，中国文学受到多方面的影响而被迫激发出"现代性"，从而在文学现象上更多地表现为一种接受后的反应。陈晓明先生指出：西方现代性的源起，通常以18世纪后期的法国大革命和欧洲启蒙主义兴起作为思想上的标志；而商业主义向全球化扩展，工业革命初露端倪，大都市形成社会活动中心，则为其社会化的标志。但也有不少的研究者把现代性的萌芽推到以布罗代尔为代表的年鉴学派所关注的"漫长的16世纪"（1350—1650）。16世纪末大航海时代开始，1600年英国东印度公司成立，1640年，英国议会召开并通过《大抗议书》，通常世界史著作把1640年看作世界近代史开始的年份。由此观之，无论是把中国文学的现代性起源定位在五四新文化运动还是晚清，都立足于这样一种思维模式：西方的现代性早于中国的现代性，并且中国的现代性是处于西方的影响下产生的。

因此，王德威将中国文学现代性的开端置于1635年晚明文人杨廷筠、耶稣会教士艾儒略等的"文学"新诠这一历史事件中。如果王先生的这一论断能被当时及此后的文学状态或语境所证实，那么中国现代文学就正如陈晓明先生所说的那样："中国现代文学开始于1635年，这比公认的世界近代史还早了五年，这可是无比珍贵的五年，中国的现代性源起并不是在世界之外，也不是被西方影响规训的他者的现代性，中国有自己的命运，中国文学有自己的力量！"中国文学的现在性一直都是在世界中的！

那么，我们需要思考的问题是，为何这一开端是1635年，而不是1633年或1634年呢？我们必须去探寻1635年这个特殊的年份到底发生了什么，中国现代文学的大树如何悄然开出了这第一朵花朵。

1635年是明朝崇祯八年，正值明朝封建社会最黑暗的时期（历史追溯从略）。那么在这样的一个时代，中国文学又是怎样产生了自己的"现代性"萌芽呢？这里我们不得不提到两个人物——晚明文人杨廷筠和耶稣会教士艾儒略。

1623年艾儒略刊刻《西学凡》和《职方外纪》二书，提出"文艺之学"一称，其主要内容包含各种诗文与议论文章等。1635年，杨廷筠身后出版的《代疑续篇》中，引用尤属《职方外纪》中的艾著，改"文艺之学"为"文学"，而这是"文学"摆脱《论语》以来代称经籍或修身之学这一古义的开始。杨廷筠对"文学"的用法，被清中叶以后的基督教传教士如艾约瑟等人所赓续，而且在《六合丛谈》中，"文学"被用来指称包括史诗、史传、戏剧在内的西方古典文学，甚至包括西方的修辞学。"文学"的今义，自此灿然大备。而且随着魏源、梁启超、王国维等近代先驱对"文学"的援用，该词遂逐渐演为中国现代性的一环。

1635年这一个时间点还有待我们的认证，它的意义也并不在正确与否。这正如王德威所说："我们把文学脉络推到1635年，其实是个问号，是各种可能开端的一种，也有很多结束的方法。"我们所要知道的是他这样的界定只是一种可能性，一种新的视角，就像王先生在《世界中的中国文学史》中说到的，他既不否认中国大陆"公认"的1919年为"现代"开端，同时也认为中国现代文学的另一个可能的开端是1792年。但至少到了明末，杨廷筠已率先发难，喊出了我们今天所理解的"文学"，而

"中国文学现代性的起源语境"，因此就不应由清末谈起。这可以给我们以新的启示。

其次，如果说把1635年界定为中国现代文学的开始，是因为这一年已经出现了涉及"现代性"含义的文学阐释，这毕竟是一个历史中已发生的事实；那王德威将中国现代文学的截止点定为当代作家韩松所幻想的2066年"火星照耀美国"，这又该如何理解呢？他是为了引起关注（所谓标新立异）而故作此举，还是真的有其独特判定的所在？也许王德威这样的一句话可以为我们提供思路，他曾经说过——现代性的发生，有各种机缘巧会，我们做过努力，虽然有些努力失败了，但如果再给他们20年的自由发展机会，说不定会成功。我们不得不从文学史的角度去思考，哪些资源、线索可能被有意无意地压缩了，误导了？而文学提供想象力，它从虚构中假想中国的过去，也从过去中想像中国的未来。（一切历史都是当代史）

并且王德威看到了晚清精彩的科幻小说，现在《三体》这些科幻小说的流行正是另一种形式的循环。但晚清的科幻小说并没有得到重视，而现在科幻小说引起热议，正说明了文学有巨大的力量。他认为梁启超《新中国未来记》是我们现代中国小说的起点。小说写在1902年（光绪二十八年），梁启超想象中国在2062年时强大繁荣，万国来朝，这是另外一个"中国梦"的版本。韩松在《火星照耀地球》中，想象的是第三次世界大战之后，整个人类文明之间的冲突。

一些学者曾经质疑过王德威的这样一种划分，即将文学史的下限定为虚拟时间维度是否合适。丁帆先生曾表示过自己的不同意见，因为未来不是过去，不能构成历史。既使科幻的场景能兑现，它也不能成为当下已经过往的"历史时刻"。这确实是一个值得深思的问题。

龙萧同学

对西方而言，15—16世纪，西方世界发生了一系列巨大的、全方位的社会变革，而西方社会的现代性，就是这一系列变革的结果。伴随着文艺复兴、宗教改革和启蒙运动的兴起，西方进入了一个新的历史阶段，在与古代和中世纪断裂的意义上，这个历史阶段被界定为"现代"，它一直绵延到当下。

对中国而言，现代是伴随着西方资本主义的扩张和入侵而来的。这样来看，可以说中国自1840年鸦片战争后进入了现代，中国人开始意识到他们身处一个与此前截然不同的现代世界，但这种意识充分地表现在文学上却相对滞后，大概要等到19世纪90年代以后。

一方面，当晚清的思想家和文人意识到中国所经历的前所未有的巨变，而且这种巨变给中国带来了深重的危机的时候，他们尝试用文学来应对和表现这种变化。但是这种应对和表现仍是借助于传统的文学体裁和表达模式。梁启超对小说寄予了刷新中国政治的厚望，并将其提升到前所未有的高度，然而这一期待却是以小说固有的感染读者的效力为前提的。另一方面，依托于上海现代都市的文化生产条件，晚清的小说繁盛一时，但现代都市文化并没有从根本上改变小说的形态，恰恰相反，它使得小说作为一种文化消费品的传统功能得到了淋漓尽致的实现。晚清的小说家对现代中国的表现虽然也融入了一些新观念，但这些观念大多是现代都市生活赋予他们的，很难说是一种自觉的倡导。换言之，他们更多地是在被动地适应变化，而不是主动地寻求改变。因而，无论是梁启超、黄遵宪的理论主张，还是晚清小说家的创作实践，都没有完全脱离中国文学既有的传统。传统成了他们应对和表现"数千年未有之变局"的工具和资源。

晚清小说及此后的通俗小说仍处在古代文学的历史延长线上。"五四"新文学的创立者虽然发现了"新/旧"的二元对立模式，强调新文学取代旧文学的正当性，这只不过是为了确立新文学的合法性而采用的论述策略，实际上新文学并未取代传统文学。新文学兴起后，传统体式的旧体诗、通俗小说依然得以存在和发展。晚清文学和五四以后的传统文学可以看作是古代文学在现代的延续，它们可以具有某种"现代性"，但还不能称为真正的"现代文学"。

只有五四文学革命创立的新文学，是在已有的传统之外自觉开辟的全新文学形态，称得上是真正意义上的"现代文学"。与晚清文学不同，以1917年五四文学革命为开端的现代文学，运用全新的文学语言，在创造性地表达了中国人丰富多样的现代经验的同时，主动将自身与中国的现代进程紧密地联系起来。现代作家有意识地赋予个人的文学事业以意义，这种意义并非西方的话语所能限定，也不是既定的传统所能涵盖。它来自主体能动的实践。从诞生起，现代文学所理解的"文学"就不是一个完全自律的范畴，而是一种自觉地与民众联结的文化实践，一个向社会生活敞开的、不断扩展其边界的空间，一个向不确定和有待召唤的未来延伸和展开的传统，现代文学也由此成为现代中国人建构自身之主体性的努力的一部分，这就是现代文学之为"现代"的所在。

我赞同丁帆先生的观点：王德威先生将中国文学萌动孕育的启蒙元素，放在整个文学史的"绪论"当中作为"序曲"来处理。萌动时期的启蒙因素是潜伏的现代性，这种现代性经历嬗变之后发生一种质的变化，使中国文学具有了真正意义的现代性质。正如刘纳所说的"嬗变",它是有一个临界点的,而五四新文化、新文学运动就是这个嬗变过程的临界点。到这里,中国文学发生了一个根本性质的历史变化,中国文学的发展进入了一个全新的历史发展阶段。

刘婧同学

20世纪80年代中期,中国文学研究界响起了重写文学史的呼声。其原因主要是因为一些研究者认为以前的文学史写作纵深度不够、学科研究范围过窄以及对一些重要作家、作品研究的缺失。

从王晓明、陈思和等学者开始着手构建文学史的新架构算起,这一历程已经整整走过了三十余年。在这三十余年中,越来越多的学者意识到"重写文学史"在中国文学研究中是无处不在的,同是也是动态的。王德威等学者编撰的《新编中国现代文学史》一书,的确在规模上、体例上和文学史观上达到了前所未有的高度,可谓是"重写文学史"的又一次新的尝试。

当熟悉大陆文学史生态的学者、学生还陷于文学史的多个"一家之言"和已经趋于公认的三段式划分法之中时,王德威等人已经开始主张增加中国现代文学史的维度和广度,将其纳入更大的话语系统,乃至颇有突破性地提出"worlding"的理念,不仅要将中国现代文学史纳入世界现代性发展的历史进程和共同体中去考察,还倡导研究者们跳出时间线性文学史、区域文学史和意识形态文学史的限制,将眼光投射到"世界中"的视阈中去,建立以"现代性"动态发展为横轴、"世界中"广阔区域为竖轴的纵横坐标系。该书打破了传统依时代渐进书写文学史的固有模式,力求用更包容的姿态去将中国现代文学史作为一个系统的、多维度的、动态的复杂共同体进行研究。最为重要的是,王德威等人提出要研究中国文学的"现代性"在世界现代性历史进程的定位和作用,"中国现代经验在何种程度上,促进或改变了全球现代性的传播?"这是急需被关注和探讨的问题,这一问题就对中国现代文学在"世界中"的语境里进行研究的迫切性和必要性提出了具体且彻底的要求。

"重写文学史"的尝试是新颖且具价值的。"重写文学史"本身就是一种动态多样的研究方法和学术现象。任何事物都有它发生、发展和完善的过程,新生伊始的争议和质疑也是弥足珍贵的。诚如丁帆先生指出的那样,《新编中国现代文学史》尚有诸多亟待验证的问题。

众声喧"华"是否会使文学史的书写流于浅显和杂乱?价值多元、语言多元甚至因翻译带来的误读,会给大陆研究者的理解和研究带来哪些偏差?多样的写作立足点和形式会带来怎样的效果?全书对文学史系统性的关照程度是否有所欠缺?这些都是有待验证的方面。

顾镶瑶同学

陈晓明先生的《在"世界中"的现代文学史》涉及以下几个方面的问题。

第一,该文通过对中国现当代文学史的学科定义、时间分期等问题的回顾,肯定了王德威先生"现代性"论说对中国现代文学史重写、改写的作用。因此,陈先生对《新编中国现代文学史》所开拓的新局面抱有很大的期待。

第二，陈先生认可王德威先生以文学性笔法治史的新形式。与丁帆先生不同的是，陈先生在文章中只提到文学性表述、笔法韵味这类遣词造句上的文学性，像哈金通过想象虚构鲁迅写《狂人日记》，这种文学性创作，陈先生没有给出明确的态度。

第三，陈先生讨论了王德威先生对现代起点的划分，其态度是肯定。并且他也认为，中国是在自己的文化中孕育了现代性，而不是在西方的影响和规训中发生的他者的现代性。同时，陈先生认为，中国现代文学源起的方案是多样的，王德威先生所提供的也只不过是其中一种，我们需要打开时间的论域。

第四，陈先生关注到了"世界中"这一观点，认为"世界中"是从空间上来重新认定现代性的基本含义，并以"自在的存在"肯定了王德威先生对历史原初的回溯。同时，陈先生指出，王德威先生"世界中"的概念是对海德格尔哲学的创造性转化，是中国文学由"文心"驱动向现代转化的过程。

第五，陈先生肯定了王德威在多个维度对阐释空间的拓展，为文学史的书写打开了无限的可能，同时也关注了中国现代经验对全球现代性传播的主动意义。

第六，陈先生也提出了一些问题，如"非系统化"这一体例上的遗漏，对当代文学（20世纪50—70年代）的评价，等等。

我对《新编中国现代文学史》的理解主要涉及以下两个方面。

一是王德威对文学史的再一次重写，这一次重写不光是书写内容发生了变更，还是对文学史性质的一次大思考，对文学史书写形式的一次大解放。首先，王德威先生对文史关系的思考，即文学何以成史，如何成史，成何种史（why, how, what），他的回应隐藏在多点透视的方法背后。因为全书切入的角度多，大量记录事件细节，且没有主次之分，这就给阅读者对全书主旨的把握带来了困难。正如陈晓明先生所说,"这种开放性的结构可以演变成无数种文学史",作者的写作意图只能让读者自己去寻找。(但这对读者的要求是不是过高了?难道作者设定了特定的阅读门槛?)同时,这还反映出,王德威文史互证的存在主义方法论。存在先于本质,他认为所谓的文学史,并不是某种提纲挈领居高临下式的本质性判断,却恰好隐藏在无数文学细节中。它不是外界的判断,而是内在的彰显。文学史通过文学事件、细节的串联而彰显,文学在历史的长河中犹如明星般自耀。所以,在王德威看来,文学史与文学应当互证。"我希望所展现的中国文学现象犹如星罗棋布,一方面闪烁着特别的历史时刻和文学奇才,一方面又形成可以识别的星象坐标,从而让文学、历史的关联性彰显出来。"

但其实世界上没有绝对自由的文史互证,学者在研究中,基于时代、社会以及个人的文史材料的选择,还是有一定限制的,所以这就必然会涉及人为的干预。因此我们可以推知,在该书表面五花八门的脉络下,有一条仔细策划过的草蛇灰线。

二是关于"世界中"这一核心概念的认知。陈晓明先生认为,1635年的时间节点是从时间上来重新规划中国文学现代性的源起,在"世界中"则是从空间上来重新认定现代性的基本含义。在我看来,"世界中"这一命题,除开空间维度之外,不应抛弃作者在时间维度中对现代性的思考。自现代性概念在西方产生以来,一直是一种直线向前、不可重复的历史时间意识(汪晖),而自现代性被引入中国,中国对现代性的追求,一直伴随着坚定而持久的进步理性主义(直到现在也是),将社会历史进程看作是以进步为方向的线性发展图示(杨联芬)。

世界中,"worlding"这个词,除了陈晓明提及的在空间意义上表现出文化空间的转换与呼应外(王富仁),也表现出中国文学在单向时间维度中自身的发展。20世纪中国文学，既呼应、融入世界文化，又在自身特有的文化场域内充实、丰富自身，以独特的姿态跻身世界文学之林。这可称为中国文学"世界中"进程的表现形式。我在想，王德威先生的主观诉求可能正像陈晓明先生所说的那样，从空间上来重新认定现代性的基本含义。但因为我们所站的高度、角度的不同，我们观察、研究的视域不同，甚至我们接受的意识形态教育、思维模式的不同，都导致我们对中国文学的发展有一个倾向性、有个侧重点，王德威先生侧重的是世界中的中国，他甚至有一种人类文学命运共同体的价值期待。而作为国内的学者，或者不说别人，对我们国内高校中有志于从事现当代文学研究的学生来说，我们可能更有一种天然的情感促使我们研究20世纪中国文学在现代性进程中的个性，也就是我们常常讲的民族性。所以这是我对"世界中"概念的一个小小的理解。此外，我再谈谈自己对"微观"的看法。就像王德威先生所说："书中的每一个时间点都可以看作是一个历史引爆点，从中我们见证过去所埋藏或遗忘的意义因为此时此刻的阅读书写，再一次显现始料未及的时间纵深和物质性。"每一个具体事件都是中国现代文学在"世界中"路程上跋涉的一小步。在世界之大与事件之小的辩证中，呈现中国文学生生不息的、散落在血液命脉各处的现代基因。

石正先同学

季进先生的这篇《无限弥散与增益的文学史空间》，正是《新编中国现代文学史》的众多反响之一。季教授在论文中重点谈论了以下几个问题：

首先是对《新编中国现代文学史》做了一个对比性的评价："几种文学史中，最特别、最丰富、最有趣的当属王德威主编的'哈佛版'《新编中国现代文学史》。"

其次是阐述并评价王德威的文学史观："文学史不再强求一家之言的定论，而在于投射一种继长增成的对话过程。"季教授认为：过去的文学史往往以一种权威的姿态，传达给读者一个简单的文学演进脉络，对文学现象、作家作品做出不容置疑的判断。殊不知，文学演进本身就有千般风光，是变幻无常的，任何一种文学史在某种程度上都只是想象的结果。王德威的文学史观刚好符合这种新的发展趋势。这样的文学史书写，无论在广度、深度和性质上都实现了巨大的突破。

再次是剖析了王德威文学史书写形态的理论来源及书写原则。其理论来源一方面是来自钱锺书《管锥编》《谈艺录》所倡导的"片段化"思维，主张打破人文学科的藩篱，解构各种理论话语，让各个不同的文学、历史、哲学、社会学等话语交互映发，立体对话；另一方面是来自西方理论，比如本雅明的"星座图""拱廊计划"，巴赫金的"众声喧哗"，福柯的"谱系学"或德勒兹的"组合"论、"褶皱"论等，特别是后现代史学理论。与此相对应的书写结构原则就是："片断化和断裂性"，也就是说，不去追求建构线性、论证因果的文学发展史，而是着力捕捉和梳理作为文学史症候的片段，一部作品的出版，一个团体的成立，一个主题的初现，一次论争的辩难等，都成为切入"文学与历史"的有效角度。

孙珂珂同学

王德威先生认为,"华语语系"泛指中国的大陆、台湾、香港、澳门,南洋马来西亚、新加坡等国的华人社群,以及更广义的世界各地华裔或华语使用者的言说、书写总和。王德威所提出的华语语系文学,力图从语言出发,探讨华语写作与中国主流华语合纵连横的庞杂关系,看重海内外文学的团结与同构。陈思和先生认为,王德威的写作立场立足于海外华语文学,同时整合了中国大陆文学、台湾文学、港澳文学,以及海外华人的文学创作。华语语系文学的提出就是试图把中国文学置于世界框架之中,以一种宏大的视野去捕捉中国现代文学在世界中的发展,展现中国现代文学与世界文学的联系,这是一种"世界中"的表现,也是现代性的表现。

我以为,我们对于海外学人的研究成果,要有一个客观的善意的学术评价,同时也要有一个正常的宽容的心态。王德威在序言《世界中的中国文学》中点明了叙述中心是"世界中",基本立场是华语语系视野,所涵摄的内容包括文学史的编写形式、现代的起点与终点等一系列问题。陈思和在《读王德威〈"世界中"的中国文学〉》中,开篇便借用鲁迅的话,把这部文学史的写作比作"拆掉屋子重新建构",可见其极为大胆创新。支撑起这场建构的并不是161篇文章,而是"世界中"这一中心词语。围绕"世界中"展开的文学史,在此基础上,华语语系也好、编年体的形式也好、文与史的关系也好,其所提供的是新的研究视角,而我们把握住了这种新视角,就能成功地剖析出这部文学史的价值所在。文学史的内容不一定是完整的、合乎逻辑的,但是它所提供的视角却可以为我们今后的研究开启一扇新的大门。

姚倩同学

王晓明教授在有关"重写文学史"的宣言中,所强调的重点有以下几个。首先他提出,文学不应该是"遵命文学"。"重写文学史"不是"复写"文学史,不是拿着影印机或者复写纸再写一遍而已,必须在重写中写出自己的看法。文学史没有必要和所谓伪达尔文式的进化论进行联结,它可以是文学对历史的一种更自在的展现,或者对历史的一种呼唤。中国新文学的历史并不是一部持续发展的历史,它经常会陷入停滞和倒退,一度还坠入衰亡的困境,我们为什么要抱住那个线性进化的文学史模式不放呢?文学史绝不仅仅等同于文学的进步史,如果停滞和衰败已经构成了某个时期文学历史的基本特征,那么我们就应该着重来写一部文学的停滞史和衰败史,从这个停滞和衰败过程中,窥见这一段文学历史的真谛。

实在没有必要把每一部文学史都写成进化史和发展史。历史本身是那样的丰富,我们来理解它的思路绝不可以如此单一。其实文学史自有它的历史脉络。它本身就是一个历史的发明。然而在现当代文学研究或教学的意义下,文学史却好像成为天经地义的建构。1902年,清廷在《钦定京师大学堂章程》中树立了现代定义的"文学"观念。当时所谓的文学包括经学、理学、史学、诸子学、掌故学、外国语言、文字学等。这和今天所强调的以审美为对象,特别着重创作和阅读的主体互动,以西方浪漫主义之后为基准的文学史或文学批评观点,有相当大的距离。"什么是文学?"这个观念本身是不断经过对话、激荡才产生的。在这种情况下，因为教学需求，从而催生了"文学史"。每一部文学史都是对过去文学的阐释、总结、归纳和抽象。文学史对过去文学的阐释和总结包括诸多方面：文学作品、文学思潮、文学团体、文学流派、文学思想以及作家的文学行为、文学经验等。在文学史对已有文学的阐释行为中，须纳入文学史家作为阐释者的个人体悟和见解，还须纳入文学批评的新成就，并纳入新的文学解读方法和批评理论。换言之，每一部重写的文学史都应当是"新"的文学史；每一部书写过去文学的文学史都是"当代"的文学史；每一部文学史都是个人的、时下的和当代的。不同时代的文学史家对过去某一时段文学的书写和解读都会是不一样的，都会受制于所在时代的学术资源、文学史观和意识形态。即便是同一时代的文学史家，在面对过去某一文学时段时，也会写出风格不一的文学史论著，因为他们还受制于个人经验、学术积淀和个人价值取向等因素。

王可宇同学

近两个世纪前，歌德就凭借诗人的直觉断定，"世界文学的时代已快来临了"。在先哲预言早已成为事实的全球化时代，包括中国在内的每个国家又都纷纷以各自的方式，丰富着世界文学共同体的内涵。在这样一个时代，具有"世界性"眼光也就随之晋升为评判一种文学形态和价值的必备尺度。顾彬先生在其著作《二十世纪中国文学史》的"前言"和"导论"中启用"世界文学"概念，并以之作为一种评价标准，将中国新文学纳入世界文学范围的现代性进程中考察，希望让人更多地了解中国文学，其热忱的态度令人感动。在顾先生眼中，"世界文学"指的是"一种超越时代和民族,所有人都能理解和对所有人都有效的文学"①,它涵盖"语言驾驭力、形式塑造力和个体性精神的穿透力这三种习惯性标准"②。

有关"世界文学"的争议。"世界文学"受到批评的一个重要原因,就在于它在实践中极易成为新殖民主义的工具。批评者们认为,关于世界文学经典的界定、对世界文学价值的判断以及世界文学概念的延展,都容易被霸权所左右。在这个体系之中,强势文明和弱势文明分别占据着中心区域和边缘区域。曾任诺贝尔文学奖评选委员会常务秘书的贺拉斯·恩达尔认为,形成统一的文学观是不可能的,因为"每个民族都有自己的世界文学概念,没有所谓的中立区域,也不存在一种为所有人共享的跨国界视野"。因此,所谓普遍意义的文学评判标准是不存在的。

在顾彬的书中,一会儿是"西方人",一会儿是"英国文学""狄更斯",一会儿是"欧洲读者",一会儿是"欧洲的角度"。"世界文学"和"欧洲的角度""英国文学"等不时被混用,概念的漂移决定其写作的标准很难做到绝对的恒定。顾彬的批评者们认为,他以"世界文学"为标准,对中国现代乃至当代文学所做的批评,是出自"欧洲中心主义"或"西方中心主义"。这可能言之过重,但顾彬确实是以西方的现代艺术,尤其是文学中的现代性意识为标准来衡量中国文学的。

在此种前提下,顾彬认为中国现代文学的主要问题在于"对中国的执迷"。

"对中国的执迷"表示了一种整齐划一的事业,它将一切思

---

① 顾彬:《二十世纪中国文学史》,上海:华东师范大学出版社,2008年,第7页。
② 顾彬:《二十世纪中国文学史》,上海:华东师范大学出版社,2008年,第2页。

想和行动统统纳入其中，以至于对所有不能同祖国发生关联的事情都不予考虑。作为道德性义务，这种态度昭示的不仅是一种做过艺术加工的爱国热情，而且还是某种爱国性的狭隘地方主义。政治上的这一诉求使为数不少的作家强调内容优先于形式和文学应以现实主义为导向。于是，20世纪中国文学的文艺学探索，经常被导向对现代中国历史的研究。现代中国文学和时代紧密相连的特性和"世界文学"的观念相左，因为后者意味着一种超越时代和民族，所有人都能理解和对所有人都有效的文学。而想在为中国的目的写作的文学和指向一个非中国读者群的文学间做到兼顾，很少有成功的例子。[①]

事实上，顾彬企图把握的其实是中国文学"现实意识"与"情感体会"之间的关系。他认为所有那些取得成就，具有真正现代性意义的作品，都是以作家个人对时代的疏离来建立的。这也是说，"对中国的执迷"仿佛就是中国现代以来的作家的障碍，那些杰出的作家只是因为对这项障碍的克服——对"中国"保持了疏离——才写出了那些名篇佳作，才写出了自己的内心经验。顾彬《二十世纪中国文学史》采用了西方文体学中诗歌、散文、小说、戏剧的四类划分方法。同时，他坚持认为现代性文学的标志是小说，现代文学应该以小说为标志，因此《二十世纪中国文学史》主要的篇幅在讨论小说。小说与诗歌的文体转化，在他看来关涉的是中国现代性文学的崛起，顾彬说："因为小说取代诗歌作为最重要的文学体裁，这不仅意味着'五四'时期的中国已经进入世界文学的轨道，而且至少在形式上，意味着它接受了国际的现代美学观念。"

[①] 顾彬：《二十世纪中国文学史》，上海：华东师范大学出版社，2008年版，第9页。

对顾彬的这种超越时代与民族，体现西方现代艺术标准，所谓作家对现实的疏离构成其现代性（悖论）的文体观，我们可以参考，但很难全部认同。

李璐同学

巴赫金把主体的建构看成是一种自我与他者的关系——人的主体是在自我与他者的交流、对话过程中，通过对他者的认识和与他者的价值交换而建立起来的。主体的构建靠对话与交流实现。在巴赫金看来，人的主体首先是一个生命存在的事件或进程："存在是特殊的和统一的存在事件或进程。"存在永远是特殊的、个体的、不可替代的，但同时又是不完整的和片面的。只有各个个体感性的自我存在在与他者存在的相互交流、对话、依存中，主体的存在才能充分地、全面地得到体现。巴赫金在这里强调的，就是存在的共有性、交流性、同时性。巴赫金在思考主体性问题时，不断地努力探索一种不同于传统二元对立的思维模式。他力图从一个新的视阈来把握个别与普遍、特殊与一般的关系，即感性个体与社会总体的关系。他主张一种亦此亦彼，你中有我，我中有你，同时共存的关系，而不是非此即彼，你死我活的关系。这的确是反思人类主体性的新思路——我们对主体性的一切争论，都是对自我的反思。对反思的反思，或对思维模式的反思，乃是根本性的反思。巴赫金的主体建构论即有这种"元批评"的特点。①

---

① ［美］刘康：《对话的喧声——巴赫金的文化转型理论》，北京：北京大学出版社，2011年版。

我认为王德威很可能在某种程度上借鉴了巴赫金的这种对话理论，他将文学史的建构设想为一种"文"与"史"的对话关系，文学史的主体性于是就在这两者的对话过程中彰显出来。为了最大限度地展示中国现代文学史的主体性，才有了《新编中国当代文学史》可能呈现出来的那种（带有文学性的文学史书写）"众声喧哗"的书写场面，即各种文体都被吸收整合进来，且在史的书写中融入文学性，一改从前的史论口吻。此外，从巴赫金的那种拒绝二元对立的思维模式中，也可以感受到王先生在编写这本"新编文学史"时的理论构想。读者可以从他的四个主题设置（时空的"互缘共构"，文化的"穿流交错"，"文"与媒介衍生；文学与地理版图想象）中感受到一种散点式的内在逻辑。

教师总结：

通过课堂的学习和对相关专题文献资料的研读，大家从一些名家的见解那儿得到了启发，获得了话题与引申。讨论中，大家先后做了比较充分而深入的、详细的和有建设性的学习交流，其间有辩论有质疑，从而加深了我们对新文学世界体系的认知，在理论上获得了一次提升，开阔了眼界，在判断力与归纳演绎的学术能力上得到了锻炼。也许，围绕这些话题与学术资料，结合个人阅读体验，特别是结合文学作品的细读以及对文学史的梳理，大家可以写出紧扣话题的和别出心裁的学术论文。我们期待这种热烈而富有乐趣教益的学术讨论，能在以后的课堂环节中再次举行。学术研究其实也是"永远在路上"，没有终点，只有起点。

谢谢同学们。

（完）

附录二　王德威教授四川大学讲座纪要

关于哈佛《新编中国现代文学史》

2019年5月14日晚7点整开始,"'世界中'的中国文学:哈佛《新编中国现代文学史》"主题讲座在四川大学江安校区文科楼526会议室举行。海外中国现代文学研究的著名学者、哈佛大学东亚语言文明系讲座教授王德威先生介绍了哈佛《新编中国现代文学史》的编撰经历,并以此为话题,讨论了相关学术观点。

主持人:四川大学文学与新闻学院院长李怡教授。

打破传统,发挥想象

哈佛《新编中国现代文学史》是哈佛大学出版公司2017年出版的大型文学史著作,由161篇短小精悍的文章所组成,时间跨度起于1635年,止于2066年。该著作不同于传统意义上文学史的一点是,它打破了文学史偏向实证的结构,作者们通过选择历史上不同时间点,根据合理的文学想象来进行创作。一直以来,文学史的写作都是缓慢曲折、脉络复杂的。王德威教授表示,哈佛《新编中国现代文学史》看似"主观任意"的历史时间点选择,实际上是需要参与写作的学者们群策群力、积极协调,才能完成的一本真正意义上的文学史。

三大特色，别具一格

在谈及哈佛《新编中国现代文学史》的特色时，王德威教授列出三个关键词：不完整的文学史、"文学的"文学史、华语语系视野。王德威教授解释道，"不完整的文学史"，一是因为人力有限，要协调来自全球的作者们写出一本看似分散、实则完整的文学史存在着很多现实困难；二是从理论角度上讲，根本没有完整的文学史，所有的文学史在历史的进行中都是不完整的。

"文学的文学史"强调了该书不同于以往常规的文学史，其呈现出的是一种偏向个人主观抒情的散文式描写方式，也是一种见证式的，甚至是忏悔书式的写作方式。

说这本书是"华语语系视野"，是因为哈佛《新编中国现代文学史》破除了政治、地理的疆界，重新思考了文字本身的流动性，该书中融入了大量来自中国香港、台湾以及海外的新加坡、马来西亚等地的华人文学作品。王德威教授认为，只有华语语系才能解释这个文学坐标以及区域的复杂性。

四大脉络，互相交错

哈佛《新编中国现代文学史》的写作遵循四大脉络。首先是时空的互缘共构。"互缘"一词来自佛学，用在此处是想表明文学史写作并非一个单向直线的进程。时间点上的层层叠叠，要求文学史写作者们做一个观察者，将几个点形成勾连——尽管这样也未必能够管中窥豹。

其次是文化的穿流交错。哈佛《新编中国现代文学史》来自西方学院，书中有将近一半的篇幅描述了中国和西方及东亚相互来往、交错流动的历史。该书旨在让读者理解文学史和他们所生存的世界是息息相关的，因为 20 世纪现代文学的经验本身就是文化交流的历史。

三是文与媒介衍生。虽然文学史以"文"作为最重要的依归，但新媒介形式的出现也是需要关注的。王德威教授以全息投影技术展示邓丽君《月亮代表我的心》巡回音乐会现场为例，告诉同学们文学的力量不应该只是中文系规定的考试内容，而是在我们被感动的那一刻，基于声音、形象的媒介所形成的这一繁复网络触动了我们的内心。中国人所说的文是一种生命经验的不断彰显，这一彰显伴随着与时俱进的不同媒介。

最后是华语文学与地理版图想象。中国文学作为华语文学里不可或缺的一部分，只有将其放到更加庞大的交流体系中才能实现它的价值与意义。"文学史是不断开放生成的，不应该局限在一个有限时空，即地球定义的这个世界里。"王德威教授说。

讲座最后，王德威老师与同学们进行了"干货满满"的互动——

问：请问您如何理解"现代"与"现代性"？

答："现代"，是一个简单的时间流程里对时间流变的一个切入点。我们在认识了"现代""此刻""当下"的意义后，才能切割出一个东西叫作"过去"，叫作"传统"，同时也可以投射到什么叫"未来"。"现代"在我们中国现代文学史以及广义历史的认知里，往往投射了许多所谓的"危机时刻"，但危机时刻也可能是一个转机的时刻。在中国的语境里面，我们似乎把"现代"简化成为新民主主义论里的三段论，就是近代、现代、当代。从现代文学的观点来看，现代文学大概只有三十几年的历史，1949以后就是当代，"当代"一词听起来感觉比现代还要更迫切，更逼近我们眼前。但是我们的当代在无限延伸，而且看起来还会继续延伸下去。在这个意义上，"现代"短暂的几十年时间，本身就是一个历史性的问题。所以这个地方就是时间本身的一个

"伸"跟"缩",它的扭曲,它的重新创造,这都是我们现在做现代文学史所关心的话题。

问:请问您个人对王小波,对现当代文学有什么看法?

答:我非常高兴地告诉你,王小波在这本文学史里。我觉得他是影响20世纪90年代最重要的作家,他的作品《黄金时代》,再到后来的《沉默的大多数》,刻画了90年代一代人艰难的心路转折历程。但他所运用的方式是嬉笑怒骂,他不再去追寻传统的崇高伟大、一以贯之的叙述,所以不论是在个人的,所谓"现代性"的自觉上,或者是他所用的现代形式的选择上,还有他面对历史的勇气上,都是我尊敬的作家,所以在90年代的范畴里面,特别有一章是介绍王小波的。但是与此同时,我可以顺带地说明一下,我也介绍了王朔,作为一个很特别的对比,展示两种不同文学的对话。所以从这个观点来看,90年代是很让人深思的一个文学转折的时代。

问:您是如何在绵长的线和广博的面中选取了书中的时间点?您是不是有自己的标准或者客观的准则?

答:哈佛《新编中国现代文学史》它是有一个历史脉络的,在编文学史时,所谓重要的事件,一个都不能少,否则我们的读者肯定是会有异议的。写作这本书很多时候不太容易,所以我们只能尽力在大历史的脉络之下,仍然尽量赋予它相当的合法性与合理性,比如鲁、郭、茅、巴、老、曹,一个人都不能少,但是我们对每一个人都做了特别处理。另外,大家所最关心的重要历史事件,不论是长征、胡佛事件、"文化大革命"、文化热,等等,该有的都有,但是如何呈现是需要主编做出自己的判断和决定,同时也必须顾及客观环境的限制。毕竟这个书写的人和材料的取得，很多时候是有出入的。所以在这个意义上说，这本文学史的确是不完整的文学史。

附：王德威教授简介

王德威：1954 年生，毕业于台湾大学外文系，美国威斯康辛大学麦迪逊校区比较文学博士。现任哈佛大学东亚语言文明系 Edward C. Henderson 讲座教授，台湾"中央研究院"院士。擅长比较文学和文学评论，主要著作有《现代抒情传统四论》《台湾：从文学看历史》《一九四九：伤痕书写与国家文学》《想象中国的方法》《被压抑的现代性：晚清小说新论》《众声喧哗以后：点评当代中文小说》等，其学术研究成果在海外汉学领域以及海峡两岸产生了广泛影响。

（记录、整理：田方圆、陈悦月）

后按：讲座记录稿征得王德威教授同意收入本书"附录"，于此特向王教授并讲座主持人李怡教授以及记录整理者鸣谢。

附录三 "洪水"时代的感情与"薄冰"时代的幽情

张叹凤

摘　要：新文学是标志着古代正统文学霸主地位终结的新生事物，是对两千年封建权威压制的反抗与剥离，"超脱古范""别求新声于异邦"，融入世界进步大潮。新文学早期发展状况可以以创造社的刊物名称"洪水"来加以形容，浪漫主义思潮一度风行全国，催生了不少新文学名篇佳作，也激发了国人尤其是广大青年的才情志向。以后文学多种流派风格并行，由于特殊原因，其间也不免有转向传统去寻求慰藉与寓居的现象，但这已不尽是复古，也不全是守旧，更多是"借题发挥""古为今用"，甚至是带有现代派色彩的新古典主义。不论何种题材风格，"主体性"与"现代性的反思"都是重要的指标。

关键词：文学　感情　古代　现代性

哈佛大学王德威先生曾在《被压抑的现代性：晚清小说新论》一书中提出这样的命题："没有晚清，哪来五四？"他的学术论断影响广泛，近年他更将新文学的源头追溯至晚明时期，从而提出新的见地：

晚明文人杨廷筠信奉天主教，接受了西方传教士艾儒略等对文学的看法后，在他的文集里思辨什么是文学。（注：

杨廷筠于1627年逝世，1635年，友人将其遗作《代疑续篇》刊刻，在《代疑续篇》中，杨廷筠将艾儒略中译的"文艺之学"一词改为"文学"。）这是一个模棱两可的话题。在中国，文学这个词可以上溯到汉代以前。但杨廷筠受了西方耶稣会传教士的影响，认为文学有审美的层面。因而文章的写作者认为，这是近现代文学各种开端里比较早的一个。

台湾"中研院"的一位学者也提出，在1932年、1934年，周作人和嵇文甫就分别从"右派"和"左派"的立场、人文主义和革命主义的立场，将中国文学、思想的"现代性"上溯到了晚明。有同事不认为如此，他们觉得这个太早了，真正谈到文学还应该是19世纪。我作为编者就要谨慎，避免作者把话讲得太确定了。这大概和我们想象的文学史的开放性是不符合的。在文字上我做了很多功夫，来修订这些话语上的表达方式。

另外一篇文章来自普林斯顿大学的一个荷兰籍教授。他讲在明清之际，崇祯亡国的事情怎么经过当时的外交和商旅途径，传播到欧洲去，在未来几年或几十年里，成为欧洲戏剧的题材。

我们所谓的中国现代文学，也同时是中国的世界文学或世界的中国文学。中国怎么进入到世界体系，这是我隐含的一个论证。中国文学的世界性是这个文学史的主轴之一。①

以上谈话基于王教授最近领衔推出共千余页的长编巨制——《新编中国现代文学史》（英文版）所激起的学界反响，其前言

---

① 见王德威答《南方周末》记者朱又可问，载《南方周末》2017年8月27日，原题为《原来中国文学是这样有意思！》。

附录三 "洪水"时代的感情与"薄冰"时代的幽情

《"世界中"的中国文学》发表后①,陈思和、陈晓明、丁帆、季进等国内现当代文学领域知名学者都跟进发言,讨论集中见于《南方文坛》2017年第5期,有的还是长文,总体支持这一大型工程竣工,乐观其成,亦大致赞同王教授在该书"前言"里的基本观点,并期待这部长编的中文版早日问世。正如陈晓明教授所阐述:

> 实际上,王德威并非仅仅是武断地画下这一时间节点,也不是从社会历史的原因为文学的"现代"寻求依据。德威先生提供了中国现代文学源起的多样性方案,这些时间节点可以做并存,相互容纳。晚明只是其中一个选项,在他看来,晚明杨廷筠融汇基督教传教士引进的西方古典观念与儒家传统诗学相碰撞,形成的"文学"观念"已经带有近世文学定义的色彩"。②

《新编中国现代文学史》可能是继夏志清先生当年《中国现代小说史》后又一部有震撼力也难免会有激烈争论的新文学史编。不论如何,论者所强调的"世界中",是现代文学学者比较相通的认识,也是笔者等教研工作者一贯强调与书写的课题。现当代文学史与传统古典文学史的不同即在于,前者是融入世界潮流作为世界分支与应合、互文所存在的文学形态,而后者则沉睡于历史,基本处于一种线性发展,不断被重温与纪念的状态。

就感情方面而言,士大夫文学基本是秉持"道统""中庸",如孔子所倡导的"中行而与之","乐而不淫,怨而不怒,哀而不伤","和乐且湛",感情表达方面历来是相当含蓄收敛和有所保留的,更多粉饰以及歌功颂德、"不亦乐乎"见载史册。鲁迅曾

---

① 王德威:《"世界中"的中国文学》,《南方文坛》2017年第5期。
② 陈晓明:《在"世界中"的现代文学史》,《南方文坛》2017年第5期。

经批判为"僵尸的乐观""汗或血的鲜味",认为"即使竭力调和,也只能煮个半熟;伙计们既不会同心,生意也自然不能兴旺——店铺总要倒闭。""要想进步,要想太平,总得连根拔去了'二重思想'。因为世界虽然不小,但仿徨的人种,是终竟寻不出位置的"。历史上像李白那样放肆、杜甫那么沉郁、李商隐那么伤感,及至李卓吾、金圣叹、曹雪芹那么逆反的人,少之又少,属于另类。现代文学破除了禁区,解放了人性,自从门户开放以来,浪漫主义以及西方各种文学思潮风涌而入,深刻影响并引领了文坛,创造社主将、成员的"眼泪"滂沱,可是两千余年文人压抑已久的痛苦发泄,寄于"呐喊"与长歌,"仰天大笑""嚎啕痛哭",都可以在文学中自由表达。

王德威《现代抒情传统四论》,引德曼《抒情与现代性》(*Lyric and Modernity*)说:

> 抒情诗一方面被认为是历史彼端,最纯真的原初文字表现,一方面也被视为是截断传统,重新铭刻时间的首要元素;换句话说,抒情诗一方面体现亘古长在的内烁精神,一方面又再现当下此刻的现实。[①]

现代文学重在共时性、现代性,倡导主体性与当下意义。这其间的"世界中"论断,显而易见。我们曾在本科中文系学生中做过一个调查,不喜欢郭沫若《女神》诗集的占被调查者的多数,主要认为不好记诵,感情过于铺张,语言少有节制等。但极少有同学否认《女神》在现代文学史上的影响以及文本的示范意义。一言以蔽之:那是革命时代的"洪水"开闸,正如当时《创造》《洪水》等刊名。不独创造社,鲁迅参与或指导的《新生》

[①] 王德威:《现代抒情传统四论》,台北:台大出版社,2014年版,第31页。

《莽原》《沉钟》《奔流》等，莫不题义相彰，共指并标举出变革时代的感情激荡。浪漫主义与唯美主义、现实主义、现代主义，浪漫主义往往被冠以"感伤的浪漫主义"。感伤与悲剧意识正是新文学得以解放后的显著特征，包括"虚无主义"。"领异标新""新潮""欧化""西化""新派""洋气"的确形成当时的风尚，也形成文学体式的某种特点、特长。

这是那个时代的审美。汉语往往把源泉涌出形容为"滥觞"，即便泛滥一点儿其实也没关系的，关键如鲁迅《呐喊·自序》所指："所以我们的第一要著，是在改变他们的精神，而善于改变精神的是，我那时以为当然要推文艺，于是想提倡文艺运动了。在东京的留学生很有学法政理化以至警察工业的，但没有人治文学和美术；可是在冷淡的空气中，也幸而寻到几个同志了，此外又邀集了必须的几个人，商量之后，第一步当然是出杂志，名目是取'新的生命'的意思，因为我们那时大抵带些复古的倾向，所以只谓之《新生》。"鲁迅在序中首次用到"铁屋子"这一形容词，"假如一间铁屋子，是绝无窗户而万难破毁的，里面有许多熟睡的人们，不久都要闷死了，然而是从昏睡入死灭，并不感到就死的悲哀。现在你大嚷起来，惊起了较为清醒的几个人，使这不幸的少数者来受无可挽救的临终的苦楚，你倒以为对得起他们么？/然而几个人既然起来，你不能说决没有毁坏这铁屋的希望"。《我们现在怎样做父亲》进一步阐述："自己背着因袭的重担，肩住了黑暗的闸门，放他们到宽阔光明的地方去；此后幸福的度日，合理的做人。"这都说明了新文学的入世、警世甚至是救世的干预意义。

从古典权威制约的桎梏中脱离出来，我们发现一个奇怪现象，不少文人、诗人多少又会有复古的倾向，如上引鲁迅文中所讲。有些作家中晚期甚至蹈入传统的古典文学，故作高深，也不大重视自己早年"少作"了，反以古奥雅正为衣钵。鲁迅先前好友钱玄同是一例。不止于此，我们熟悉的一些新文学名家，如闻一多、朱自清、苏雪林、陈梦家、刘大杰、林庚、余冠英、台静农等，后来几乎都以致力古代文学研究为专长。高校多少年厚古薄今，风气一向使然。再者解放、兴奋的青年时代与高潮过去，"太阳之下原无新事"，似乎古文更适于"躲进小楼成一统"。不可否认，在一些特殊的时期，语言有禁忌，文艺容易得罪，而研究古代文学往往更不触及时弊，更能"言不及义"。毕竟在那些特殊敏感时期，放胆创作的氛围条件已不复存在，作家不免都"如履薄冰""如临深渊"，"谨小慎微"与"摸着石头过河"自然成为明哲保身的护身符。即使写作新文学体裁，也多取古代题材，如郭沫若、曹禺、吴晗等人都写作历史剧，即使这样，像吴晗也正因为历史剧跌入深谷。郭沫若年过七旬，伏案著述《李白与杜甫》（1971年版），亦算是夹缝里求生存，也算是"洪才河泄"。

许多看似无足轻重的"幽情"，其实仍是创造时期的激情残留，只不过表现更加曲折幽微，更加成熟内敛罢了。其实选择古代题材写作新文学，由来已久，从鲁迅的《故事新编》到施蛰存等人的"新感觉派"，以石秀、武松、鸠摩罗什等人为原型，写作心理小说。还有何其芳、姚雪垠、聂绀弩、萧军、端木蕻良以及活跃于宝岛台湾的余光中、洛夫、蒋勋、张大春等名家，选择古史题材创作，也未必不是新文学的一条道路，也并非复古的目的，恰好印证了新文学的宏大气象以及包罗万象的张力。新古典主义令古代题材焕发生机，变异为"六经注我"，真正的"古为今用"。李欧梵教授有论述：

> 无论是前台或幕后，经典永远伴随着我们，就像卡尔维诺的英文译者马丁·麦克罗林所说，"经典应该是保持自身

的现代性意识,却时刻不忘传统经典的作品(如同卡尔维诺的文本那样)"①。

经典与现代性的结合,也成为新文学的一项重要"转换"和"转场"。有不少"华丽转身"的成功的例子。"比较文学"应运而生,中西比较,古今比较,都有许多的话语空间。"在全球化急遽变动的风景里展现他的理论和实践之旅,其基调仍不离现代性反思,各类文本与文化脉络错综纠葛,其色块与光影交相辉映。"②

新文学的道路并不平坦,无论潮起潮落、风云跌荡,它的趋势已不可改变。你可以澎湃汹涌,也可以幽微冷峭,甚至小资小我、古色古香,新文学给各类书写各种生存方式提供了广阔的园地与空间。我们重要的是要呵护这来之不易的大好局面,在百年新文学历程中的今天,清醒地看到,走向世界并拥抱世界的新文学是一条必由之路,是顺应甚至引领世界新潮的不二选择。而作为致力研究新文学或还创作新文学的我们,如何更具有主体精神、全球意识与现代性的反思,对新文学作品更有精深入微的领略见解,更多新知创见,这显然是我们随时需要思考的问题。

按:本文原题《四川现代作家研究的新视野·导论》,原载陈思广主编《中国现当代文学前沿问题研究》,四川大学出版社,2018年版,第120~125页。此次收入本书"附录"时,作者有较多修改。

---

① [美] 李欧梵:《李欧梵论中国现代文学》,上海:上海三联书店,2009年版,第96页。
② [美] 李欧梵:《李欧梵论中国现代文学》,上海:上海三联书店,2009年版,见封底文。

附录四　早期创造社郭沫若、郁达夫等人的"泪浪"

张叹凤

摘　要：早期创造社作品中颇多眼泪的渲染，由此还引出一场"泪浪"事件，即徐志摩撰文对郭沫若作品举例讽刺、批评，创造社成员则予以反击。今天来看，这场争论无关个人恩怨利害，实际牵涉文学流派、作家个体之间不同的文学审美取向与创作情趣。就创造社主将郭沫若、郁达夫等人的作品及其当时所形成的感伤气息、风尚，它所产生的时代影响与言说，今天都有必要加以探讨与总结，从审美的角度分析作品的价值。

关键词：创造社　郭沫若　郁达夫　"泪浪"

一

早期创造社文学干将郭沫若、郁达夫等人的作品有一个比较共通的特点，即感情世界表现异常丰富以至脆弱、纤细，对外部世界十分敏感，作品多带自传色彩，作者虽是男儿，但眼泪的描写与渲染却特别多，似乎泪腺发达。为此郭沫若早期的作品还带出一个小小的"泪浪"事件，即引发一场有关文学创作审美的争议。我们从前因后果以及创作变化考察，对这个"泪浪"事件以及早期创造社成员风格的类同特征及其时代影响，仍旧值得加以研究与总结。

附录四 早期创造社郭沫若、郁达夫等人的"泪浪"

"泪浪"一词缘自郭沫若1921年10月5日创作的一首新诗,题为"泪浪",此诗后收入《沫若文集》第1卷《集外》(一)辑中,全诗照抄如下:

> 别离了三阅月的旧居,
> 依然寂立在博多湾上。
> 中心怦怦地走向门前,
> 门外休息着两三梓匠。
>
> 这是我许多思索的摇篮,
> 这是我许多诗歌的产床。
> 我忘不了那净朗的楼头,
> 我忘不了那楼头的眺望。
>
> 我忘不了博多湾里的明波,
> 我忘不了志贺岛上的夕阳。
> 我忘不了十里松原的幽闲,
> 我忘不了网屋汀上的渔网。
>
> 我和你别离了百日有奇,
> 我大胆地走到了你的楼上,
> 哦,那儿贴过我往日的诗歌,
> 那儿我挂过贝多芬的肖像,
> 那儿我放过米勒的《牧羊少女》,
> 那儿我放过金字塔片两张。
> 如今呢,只剩下四壁空空,
> 只剩有往日的魂痕荡漾。
>
> 飞鸟有巢,走兽有穴,游鱼有港,
> 人子得不到可以安身的地方。

> 我被驱逐了的妻儿今在何处？
> 抑制不住呀，我眼中的泪浪！①

诗歌风格明白如话，描写诗人重返日本旧居，寻找妻小，不禁触景生情，追昔忆往，结合现实的苦楚（漂泊，无所定居），于是泪如泉涌。诗用"泪浪"形容，则因为海边海浪的大环境、氛围的烘托，并不使人感觉到突兀与生造，相反感觉合情合理，可以体会。倒是诗中"我"字人称稍嫌多余，因为白话（早期白话诗故意浅白如话甚至刻意通俗），循环往复，一咏三叹，重在渲染，读去也倒不觉得怎么累赘。20世纪30年代中后期写作自传《革命春秋》中《创造十年》卷，郭沫若忆及早年那一段重返旧居的光景，感从中来道："我留在福冈的妻儿是被家主驱逐出了从前的旧居的……就单只这样的一个情景已经就使我的眼泪流了出来。……看起来真是家徒四壁，这些不消说又是催人眼泪的资料了。"② 提及当年的诗作《泪浪》，他说：

> 我那《泪浪》的一首诗，被已故的"诗哲"骂我是"假人"，骂我的眼泪"就和女人的眼泪一样不值钱"的那首诗，便是在这一天领着大的一个儿子出去理发时做的。我们绕道在以前的旧居处缠绵了一会。那里还没人住，仅仅有两三个木匠司务在那儿修缮。我也就走进去，在那楼上眺望了一回，那时候的眼泪真是贱，种种的往事一齐袭来，便又逼得"泪浪滔滔"了。③

---

① 郭沫若：《沫若文集》，北京：人民文学出版社，1957年版，第277页。
② 郭沫若：《沫若自传·革命春秋》，上海：新文艺出版社，1956年版，第100~101、83、85页。
③ 郭沫若：《沫若自传·革命春秋》，上海：新文艺出版社，1956年版，第100~101、83、85页。

附录四 早期创造社郭沫若、郁达夫等人的"泪浪"

可见虽然时光迁逝，境遇改换，生活处事风格包括政治信仰也都有改变，但郭沫若诗文述及当年那一段处境时，仍然不能抑制伤感，低徊久之。对于那段时间，他在文中常形容自己的眼泪是："我的不值钱的眼泪。"例如："我的不值钱的眼泪，在这时候率性又以不同的意义流泻了出来。"① "我的不值钱的眼泪，在这里又汹涌了起来。"② 等等。"不值钱"的缘故，于今不言自明，那时候国人的境遇、情况如郭氏所述："想来是谁都会痛哭流涕的。"③ 那一段留日生活印象在郭沫若记忆中特别深刻难忘。文中所指"已故的'诗哲'"，想应指于1931年11月19日因空难去世的著名诗人徐志摩。如果不是"诗哲""已故"，想来郭沫若笔下或许还会要挖苦些、尖刻些。查郭沫若1946年3月6日写作的评论名文《论郁达夫》，里边就还有顺带点名的"批判"，这些行文读者都较熟悉，为了说明问题，不妨再加以摘引：

在创造社的初期达夫是起了很大的作用的。他的清新的笔调，在中国的枯槁的社会里面好像吹来了一股春风，立刻吹醒了当时的无数青年的心。他那大胆的自我暴露，对于深藏在千年万年的背甲里面的士大夫的虚伪，完全是一种暴风雨式的闪击，把一些假道学、假才子们震惊得至于狂怒了。为什么？就因为有这样露骨的真率，使他们感受着作假的困难。于是徐志摩"诗哲"们便开始痛骂了。他说：创造社的人就和街头的乞丐一样，故意在自己身上造些血脓糜烂的创

---

① 郭沫若：《沫若自传·革命春秋》，上海：新文艺出版社，1956年版，第100～101、83、85页。
② 郭沫若：《沫若自传·革命春秋》，上海：新文艺出版社，1956年版，第100～101、83、85页。
③ 郭沫若：《沫若自传·革命春秋》，上海：新文艺出版社，1956年版，第100～101、83、85页。

伤来吸引过路的人的同情。这主要就是在攻击达夫。①

虽然是在拿郁达夫说事,但也无异于"夫子自道",明显有借他人之杯酒浇自己块垒的意思呀。

对于所谓"泪浪事件",核查徐志摩文集,见徐志摩原刊于1923年4月22日、5月6日《努力周报》第49、51期上的连载文章《杂记》,是一种文艺随笔体裁,长文中《坏诗,假诗,形似诗》题目下有如下一节行文(格式照录):

> 我记得有一首新诗,题目好像是重访他数月前的故居,那位诗人摩(原文如此,引者注。)按他从前的卧榻书桌,看着窗外的云光水色,不觉大大的动了伤感,他就禁不住
>
> 泪浪滔滔
>
> 固然做诗的人,多少不免感情作用,诗人的眼泪比女人的眼泪更不值钱些,但每次流泪至少总得有个相当的缘由。踹死了一个蚂蚁,也不失为一个伤心的理由。现在我们这位诗人回到他三月前的故寓,这三月内也并不曾经过重大的变迁,他就使感情强烈,就使眼泪"富裕",也何至于像海浪一样的滔滔而来!
>
> 我们固然不能断定他当时究竟出了眼泪没有,但我们敢说他即使流泪也决不至于成浪而且滔滔——除非他的泪腺的组织是特异的。总之形容失实便是一种作伪,形容哭泪的字类尽有,比之泉涌,比之雨骤,都还在情理之中,但谁能想像个泪浪滔滔呢?②

---

① 郭沫若:《论郁达夫》,《创造社资料》(下),福州:福建人民出版社,1985年版,第803~804页。
② 徐志摩:《徐志摩散文全编》,杭州:浙江文艺出版社,1991年版,第444、451、453页。

徐志摩文中挖苦"那位诗人",《徐志摩散文全编》专门加有脚注予以说明:"这位诗人指郭沫若,下边引述的诗句见郭沫若《泪浪》一诗。徐志摩这里对郭沫若的批评,很快遭致创造社批评家成仿吾的反击。在此之前,徐志摩与创造社方面关系甚洽,这事使成仿吾觉得他心口不一,于是便将徐写给他的几封信(内有称赞郭沫若及其诗作的话)在《创造周刊》上发表,以示揭露。为此,徐志摩又写了《'天下本无事'》一文澄清。"①《"天下本无事"》一文较长,内容主要是徐志摩辩解自己是对事不对人,指责"泪浪滔滔"仅是出于文学艺术修辞方面的分析,就事论事。而且即便否定这一句、这一首诗,并不代表否定郭沫若的全部创作,而且志摩向来是高度评价郭沫若的诗歌,其云:"比如每次有人问我新诗里谁的最要得,我未有不首推郭沫若的,同时我也不隐讳他初期尝试作品之不足为法。"② "我说'泪浪滔滔'这类句法不是可做榜样的,并不妨碍我承认沫若在新文学里最有建树的一个人。"③ 徐志摩行文恳切诚实,抱着与人为善、析解纷争的态度,苦苦申明自己的本意与其单纯的用心。但当初用笔犀利,文章产生相当影响,所以徐志摩似乎并没有怎么取得创造社成员尤其是郭沫若本人的谅解,甚至在其身后。虽然徐志摩与创造社成员关系不错,特别是和郁达夫既同乡又为中学同学("平生风谊")。这件文坛纷争,亦成为20世纪二三十年代新文学阵营里一场小小的风波与遗憾吧。

---

① 徐志摩:《徐志摩散文全编》,杭州:浙江文艺出版社,1991年版,第444、451、453页。
② 徐志摩:《徐志摩散文全编》,杭州:浙江文艺出版社,1991年版,第444、451、453页。
③ 徐志摩:《徐志摩散文全编》,杭州:浙江文艺出版社,1991年版,第444、451、453页。

今天看来，徐志摩应不是郭沫若文中所指的"假道学、假才子"的代表，徐志摩的为人，其真诚、热情、单纯，世所共知。同为新文学的闯将，志摩所代表的新月派、现代评论派风格与郭沫若、郁达夫等人创造社初期的风格，在审美取向与创作路数方面其实存在异同，有扞格，有隔膜，有误会，有不相融解处。于今来看，这些现象都是正常的，是风格路数的歧异与多样化，也是有着理论争论意义的（促使新文学的成熟与繁荣）。双方昔年的纷争倒正好作为今天我们研究新文学发轫与初期文学探索所留下的行文轨迹与审美启示。

我们以为，留学日本与留学欧美归来的新文学作家在五四时期表现出有所不同的着力点、侧重点与伸展领域，这在今天多是常识，勿庸赘议。总体说来，新月与现代评论派的文学比较唯美、理智，同时浪漫、幽默，多表现欧美绅士风，代表新实用主义、人文主义（徐志摩、胡适、西滢、梁实秋等堪为代表），另一批像李金发、戴望舒、闻一多、卞之琳、朱湘等则更趋同象征主义、表现主义以及新古典主义的道路，也是欧美风气较浓，较为内敛并充满张力。而留学日本的初期创造社成员创作路数主要采取感伤的浪漫主义，以及十八世纪以来欧洲自传体式的"忏悔录"作派，并从中糅合了日本不无病态与感伤的如"私小说"那样的个性暴露、情感夸张外溢等审美特征。加之留日学生生源出身的普遍的底层化，他们所感受到的比较特别的政治经济地位低下，大国弱小，寄篱岛国，忍气吞声，"飘泊"与"屈辱"，今昔对比（唐朝中土是多么绚烂，当下情况完全相反）、"世态炎凉"诸多感触，可能要比留学欧美的青年知识分子更加来得深刻、浓重、直接。总之留日学生出身的文学家的文学创作，不约而同，魂魄交织，对此郭沫若1928年1月撰文有如下精到论述：

中国文坛大半是日本留学生建筑成的。

附录四　早期创造社郭沫若、郁达夫等人的"泪浪"

创造社的主要作家都是日本留学生，语丝派的也是一样。

此外有些从欧美回来的彗星和国内奋起的新人，他们的努力和他们的建树，总还没有前两派的势力的浩大，而且多是受了前两派的影响。

就因为这样的原故，中国的新文艺是深受了日本的洗礼的。而日本文坛的毒害也就尽量的流到中国来了。

比如极狭隘，极狭隘的个人的生活的描写，极渺小，极渺小的抒情文字的游戏，甚至对于狭邪的风流三昧……一切日本资产阶级文坛的病毒，都尽量的流到中国来了。[①]

情趣相投，"拿来"利用，必然会不免泥滓俱下。值得注意的是郭沫若这篇文章写于后期创造社时代，那时郭氏思想与创作风格都发生较大转变，其中行文，不免也有些情绪化和偏激，后来知道他主要是针对当时创造社内部所产生的裂痕，有感而发，主要是对郁达夫撰文攻击广州同仁事件有所不满，带有批判的意识。但从客观来看，文章也真实地揭示了五四文学尤其是留日归来学生创作所受日本文学影响的某些特征与不可避免的弱点。在文章中，郭沫若特别呼吁走出新路，抛弃摹仿与"剽袭"，"努力做一个社会的人吧！"如何才是"一个社会的人"呢，显然即革命者，郭沫若带头向创造社成名的"感伤主义"发起了攻击与决裂，宣布自己要走向"革命文学""无产阶级文学"，他批评包括他自己在内的当年的同伴们："他们都是些很舒散的很舒散的个人无政府主义者。他们只是想绝对的自由。他们一点也吃不得苦——稍微吃了一点苦，嗳呀。不得了！鼻脓鼻涕都流出来了。

[①] 麦克昂（郭沫若）：《桌子的跳舞》，载《创造社资料》（上），福州：福建人民出版社，1985年版，第196、203页。

啊，我是受人虐待了！我是受人虐待了！我真孤独哟！我真悲哀哟！""病寮的呻吟布满了全中国。"对此，郭沫若宣告："我们应该改悔了吧！""感伤主义是一条歧路，它是可以左可以右的。它是中间阶级（Intelligentsia）的动摇现象。"他于文中大力倡导"无产阶级文学"——他说：

> 最勇猛的斗士大概是最健全的。
> 文艺是阶级的勇猛的斗士之一员，而且是先锋。
> 他只有愤怒，没有感伤。
> 他只有叫喊，没有呻吟。
> 他只有冲锋前进，没有低徊。
> 他只有手榴弹，没有绣花针。
> 他只有流血，没有眼泪。①

这些像诗行一般的口号，也许不能全看作郭沫若情绪化的宣泄，实质上代表了创造社部分主要成员前后期思想与创作风格所发生的转变，以及艺术风格上主观的追求，尤其代表了郭沫若自己文学道路与风格的转向。当然事实上实行起来又是另一回事。如上所述，郭沫若自己仍旧存在思想上的矛盾，故而在回忆录中并未忘情，亦并未"没有眼泪"。

我们于今看来，也许没有早期创造社的"感伤主义"，没有那么多文艺眼泪乃至"泪腺特别发达"的"泪浪"的渲染，也就没有郭沫若、郁达夫、张资平等人当年的"横空出世"，没有他们所产生的广泛而深刻的影响，也就没有创造社流派的应运而生。我们不在这里探讨前后期创造社风格变化的得失或是非，我们只要从文艺审美方面来回顾与总结，五四新文学时期创造社所

---

① 麦克昂（郭沫若）：《桌子的跳舞》，《创造社资料》（上），福州：福建人民出版社，1985年版，第196、203页。

谓感伤主义倾向的文学所留下的历史痕迹与审美取向。

二

早期创造社文学的确受到18世纪以来欧美浪漫主义文学尤其是20世纪初期日本感伤的、唯美的、暴露的个性文学的影响，留下浓重的创作痕迹。但文学摹仿是自然的过程，借鉴与融合，更是中国现代文学发生与发展的必由之路与鲜明特征之一。放在当时的环境、心境与语境中，即便有些生硬的摹仿（包括当时文学界的所谓"硬译"），也是有其合理性与存在价值的。在当时产生广泛的社会影响与进步意义，催生新的文学风格样式的树立，就是最好的作用与证明。当时的文学青年受到启迪与熏陶，鲁迅的沉郁而激愤的乡土题材小说是一类；胡适、徐志摩等清新明白、婉转抒情是一类；郭沫若、郁达夫等人感伤、暴露乃至嚎叫的个性文学亦是一类；各有千秋，不分轩轾。他们都是新文学建立与开拓时期不可废弃的尝试，不可剥离的合力。

郭沫若的"泪浪"渲染放在他当时的处境与语境中，并不过分，于今看来仍然可以感同身受、情志相同，感觉到他自然清新、真实直率的风尚，文本并没有大的硬伤与稍多虚假，较之他人生晚年的不少创作应景迎合，包括浮夸与牵强，倒觉得更为真实自然、朴实地道，有余味可品，总的来说弥足珍贵。

那时的风气，较之郭沫若的"泪浪"，郁达夫似乎更喜欢渲染、暴露眼泪的艺术，从他的《沉沦》到《南迁》《还乡记》《零余者》等大量作品中，感伤的眼泪可说滔滔汩汩，随时可掬，说文字在眼泪中浸泡也不过分。这似乎形成了郁达夫创作风格的一个定势与程式，只因有人性的合理成分在内，加之文笔膺扬矫健，并不讨厌或致反感（从众多追随模仿者可见一斑）。与郁达夫相好的文友都有近同的感受，其人与文殊，如郑伯奇说："达夫给我的印象是一个非常聪明活泼而且比较乐观的人。他没有他作品所表现的那样富于忧郁性的色彩，反使我感到轻微的失望。"① 老舍也有观感："快开会，一眼看见了郁达夫先生。久就听说，他为人最磊落光明，可惜没机会见他一面。赶上去和他握手，果然他是个豪爽的汉子。他非常的自然，非常的大方，不故意的亲热，而确是亲热。"② 其他同时代的作家文友也多有类似的回忆与记录，形容对郁达夫不无意外的观感。例如讲到朋友见面时，郁达夫总是唱主角，性格热情开朗、豪爽奔放。作品与生活中，究竟哪一个郁达夫才是真实的，也许不能一概而论，更不能片面作判断，这是常识，人有双重性和其隐蔽性。我们读了郁达夫作品不得不承认他文中的忧郁形象与泪哭渲染，确是他创作风貌中一个鲜明的特色。从《沉沦》到《日记九种》，如"痛哭一场""又哭了一阵""一个人泣到了天明"等人所熟悉的语式，可称如线贯珠，"淋"琅满目。这方面较之他的同道郭沫若，或许要"有过之而无不及"，所以后期闹矛盾时连郭沫若也批评他的"感伤主义"。纵观创造社主要成员，大抵如此，他们相对来说，敢爱敢恨，特别感伤、多情、敏感、愤怒、脆弱甚至神经质，这似乎成为他们下笔创作的无形推手与催生剂。

张资平的自传体小说代表作《冲积期化石》，其中就有与郭沫若、郁达夫"泪浪"异曲同工、一木所本之作：

> 他的热泪像新开的温泉，滚滚的由眼眶里奔流出来，经过他的双颊，流到他的口角唇边，有点没有给风吹干的泪珠儿，还悬在口角边，不时作痒。他无意识的用舌头去舐了那

---

① 郑伯奇：《怀念郁达夫》，见《回忆郁达夫》，长沙：湖南文艺出版社，1986年版，第33页。
② 老舍：《我这一辈子》，南京：江苏文艺出版社，2011年版，第121页。

附录四 早期创造社郭沫若、郁达夫等人的"泪浪"

颗泪珠。他此时才感觉到眼泪是含有盐份的。①

如果按徐志摩当年的评判标准,"眼泪像新开的温泉""滚滚的奔流"怕也会有言过其实之弊,有"假"的修辞成分与语病。但这实际上是仁者见仁智者见智的问题,是经历与审美取舍有所不同的接受结果。留日学生的苦楚与形容,也许只有他们自己或与之抱有同感的人才会有深的体会。《资平自传》更多有郭沫若式"不值钱的眼泪",有些段落又活像郁达夫如《沉沦》的翻版:

> 我把行李安置好了后,走出甲板上面来看时,轮船已经蠕动了,我朝着广州方面,暗默地叫了一声:
> "祖国!别了!学不成名死不还!我不知道今后要在什么时候才能看见你啦!"
> 我当时的心情有些像初出征的军人一样,异常的悲壮,但同时也起了很多廉价的感伤。至于我的精神是十分痛快的,只恨缺少一个情人来为我挥泪了。②

郭沫若与张资平都自陈"廉价的感伤",但他们却都摆不脱当时这种情感路数与创作惯性。"廉价"(人微言轻,更看不到明天)或正是真实自然、自我写照的正确反映。

茅盾在 20 世纪 30 年代中期与杨澜君讨论"中国文坛上是个充满了悲观——沉闷和感伤。'因为所描写的都是社会中没落分子底事迹。因此,从内容到形式上都呈现着颓丧和悲哀。'"③ 茅盾不赞成将作者与作品中的人物画等号:"问题不在描写的是不

---

① 张资平:《冲积期化石》,上海:上海书店,1986 年影印版,第 41 页。
② 张资平:《资平自传》,北京:中国华侨出版社,1994 年版,第 59~60 页。
③ 茅盾:《论所谓"感伤"》,《茅盾文艺杂论集》上册,上海:上海文艺出版社,1985 年版,第 498、499 页。

是没落分子的事迹,而在作者对这些没落分子抱什么态度。"①当时所谓的"没落分子"实际上也包括了时代的边缘人、"零余者"("畸零人")这些常出现在创造社作品中的"小人物",故而眼泪搁在这些人面颊上,来得特别贴切、容易,倒并不让人感觉多少造作与虚伪。这一渲染对时代文学创作风气的影响,不可低估。自陈"受五四文学余波影响"的沈从文当年写有《论郁达夫》一文,其中即有颇为精辟的评论:

> 在作者的作品上,年青(轻)人在渺小的平凡生活里,用憔悴的眼看四方。再看看自己,有眼泪的都不能悭吝他的眼泪了。这是作者一人的悲哀么?不,这不是作者,却是读者。多数的读者,诚实的心是为这个而鼓励的。多数的读者,由郁达夫的作品,认识了自己的脸色与环境。②

比较有趣的是,沈从文还比较了郭沫若与郁达夫二人之间的不同:

> 作者所长是那种自白的诚恳,虽不免夸张,却毫不矜持,又能处置文字,运用词藻,在作品上那种神经质的人格混合美恶,揉杂爱憎,不完全处,缺憾处,乃反面正是给人十分尊敬处。郭沫若用英雄夸大样子,有时使人发笑,在郁达夫作品上,用小丑的卑微神气出现,却使人忧郁起来了。③

---

① 茅盾:《论所谓"感伤"》,《茅盾文艺杂论集》上册,上海:上海文艺出版社,1985年版,第498、499页。
② 沈从文:《论郁达夫》,邹啸编《郁达夫论》,上海:上海书店,1987年影印版,第36、37页。
③ 沈从文:《论郁达夫》,邹啸编《郁达夫论》,上海:上海书店,1987年影印版,第36、37页。

附录四 早期创造社郭沫若、郁达夫等人的"泪浪"

沈从文认为郭沫若有夸张过头的倾向，而郁达夫则长于刻画当时无助无告的"青年人心灵的悲剧"。[①] 与沈从文同样没有留学日本的经历但深受创造社文学影响的作家如王以仁、许杰等人，亦能认识与间接体会到留日学生当年创作的处境与精神气质，特别加以摹仿、吸收、借鉴，差不多成为创造社的编外成员。在那个时代还可举出多例作者作品，如郁达夫的一名学生叫彭基相的，他大学作文中就有一段生动描写，很能说明问题：

> 我在第一天上郁先生教的《少奶奶的扇子》一出戏剧时，我凝神的注视他；看他蓬松的头发，面孔现着一副尖利而和爱的样子；等到听到他底声音时，觉到声音里面时藏有讥刺与不平的声调。这时我对他已暗洒了许多同情之泪，不是同情之泪，却是同感之泪。……郁先生！穷人的心理已被你在这一段顺笔写来的公开状中描写尽了。[②]

可见感伤是当时国内外知识青年的风气，倒并不一定局限于留日的创造社成员。后期创造社虽然宣布走上革命文学道路，侧重于社会政论体裁，但像叶灵凤那样的抒情作家，仍旧很大程度沿袭与发挥着感伤的气息，像这样的形容："我受了这意外的惊动，将头略略移了一移。我感觉有两道清冷的东西，从颊上流到了我的唇边。"[③] 在叶灵凤《灵凤小品》以及小说创作中，不难枚举这样多情伤感而兼唯美的眼泪，他的风格颇似早期创造社的延续。

以上引文足见郭沫若、郁达夫等创造社发起成员在当时与以

[①] 沈从文：《论郁达夫》，邹啸编《郁达夫论》，上海：上海书店，1987年影印版，第36、37页。
[②] 彭基相：《读了给一位文学青年的公开状以后》，载《郁达夫论》，上海：北新书局，1933年版，第62页。
[③] 叶灵凤：《灵凤小品集》，上海：现代书局，1933年版，第245页。

后文坛读者中所引起的强烈感触与共鸣，所形成一时的风气与延伸不绝的文学审美认同，将其"泪浪"称为一种"专利"，或也不觉乖离吧。

三

对于20世纪初中国所处贫穷多难、风声鹤唳的险境，勿庸辞费。从文学审美方面探讨创造社成员创作中的眼泪渲染与其审美导向，可得深趣与认识。其实当时不仅创造社，就是文研会、语丝社、狂飙社、沉钟社以至新月社（包括徐志摩自己），都不乏感伤的渲染。朱自清的《背影》在20世纪80年代曾被台湾诗人余光中撰文批评其感伤矫情，举例一个大男孩怎么可能看见父亲背影就那么容易流泪云云，实质也是脱离当时的时代背景与个人的特殊境遇，我们不能强人所难，或许也不能强人不流泪，《红楼梦》当时人（永忠）就叹说："传神文笔足千秋，不是情人不泪流。"文坛允许并鼓励多样化，有些流派较为亢直、劲朗，有些优雅、从容，有些突梯滑稽，而这都不能说明创造社以及其他同时代作家感伤存在的不合理。近百年的新文学尝试，创造社文学始终占有一席之地，不可旁绕，郭、郁等人"泪浪"、泪痕未干，这似乎已说明问题。

"泪浪"看似受到西洋文学（包括东洋文学）的影响，实际上也是暗合与继承了我国历史上比较优良的文学精神传统（郭沫若、郁达夫等人都深谙并吸收古典文学），特别是悲剧的艺术，从《诗》"国风""小雅"到《离骚》（"长太息以掩涕兮"）以下至黄仲则（郁达夫有《采石矶》小说写他）、《红楼梦》，中间的"沉郁顿挫""蜡炬成灰泪始干"等感伤意识与象征，一脉相承，不绝如缕，特别叙写出人生的苦难与心灵的悲剧，特别表现出文人的多愁善感，这看似脆弱、消极，实则与正统的、官样的文学形成对抗，走的是一条性情文学、真实文学的道路。即如崇拜徐志摩的梁遇春《泪与笑》中所写：

眼泪真是人生的甘露，当我是小孩时候，常常觉得心里有说不出的难过，故意去臆造些伤心事情，想到有味时候，有时会不觉流下泪来，那时就感到说不出的快乐。现在却再寻不到这种无根的泪痕了。哪个有心人不爱看悲剧，亚里斯多德所说的净化的确不错。我们精神所纠结郁积的悲痛随着台上的凄惨情节发出来，哭泣之后我们有形容不出的快感，好似精神上吸到新鲜空气一样，我们的心灵忽然间呈非常健康的状态。……中国的诗词说高兴赏心的事总不大感人，谈愁语恨却是易工，也由于那些怨词悲调是泪的结晶，有时会逗我们洒些同情的泪，所以亡国的李后主，感伤的李义山，始终是我们爱读的作家。……

这些热泪只有青年才会有，它是同青春的幻梦同时消灭的，泪尽了，个个人心里都像苏东坡所说的"存亡惯见浑无泪"那样的冷淡了，坟墓的影已染着我们的残年。①

文中将热泪与青春期画等号而排除人生的迟暮虽然有些偏颇片面，却也从另一方面提醒我们，当时确是那样一个年轻人更易于激动与感伤的幻灭的时代。当时的新文学作者尤其是创造社成员都还很年轻，郭沫若是创造社中的老大哥，写《泪浪》时也不过二十八九岁（周氏兄弟五四时期也只三十余岁）。二三十岁的作者，情感丰富，处境特别，易于感伤，泪如泉涌，形成"泪浪"，这同古代李白"白发三千丈，缘愁似个长"一样看似夸张荒谬而实质契合，可以理解。这都不足为病，不足为怪，反而使

---

① 梁遇春：《泪与笑》，上海：开明书店，1934年版，第4、5页。

新文学别开生面,给人发掘出人性中最真实与深刻的东西,也给人文本的新异感以及持久性。夏志清批评郭沫若、郁达夫等人"这种文体暴露了最糟的矫揉造作的伤感"①,语虽通达,领异标新,却是无损郭郁成就,反见刻舟求剑,"不觉前贤畏后生"。郭沫若、郁达夫等人的"泪浪"渲染作品,是我国新文学早期的青春文学,为一时之选,较之他们近代及当时的老气横秋、腐儒精致之作,显然更有生命活力,也更能踩到世界大同文学的节拍,给人以宇宙式的悲哀与饱满的审美喜悦。"生存意欲越是得到智力的照明,它就越清晰地看到了自己的悲惨景况。在那些禀赋极高的人身上经常可见的忧郁心境可以以阿尔卑斯山最高峰白朗山峰作为象征。"② 这倒像是专指郭沫若、郁达夫及其他们一代"感伤主义"的文友而言。

郭沫若自己写于1922年的认识与理论也颇值得回味与重视:

> 文艺是苦闷的象征,无论它是反射的或创造的,都是血与泪的文学。不必在纸面上定要有红色字眼才算是血,不必在纸面上定要有三水旁边一个戾字的才算是泪。个人的苦闷,社会的苦闷,全人类的苦闷,都是血泪的源泉,三者可以说是一根直线的三个分段,由个人的苦闷可以反射出社会的苦闷来,可以反射出全人类的苦闷来,不必定要精赤裸裸地描写社会的文字,然后才能算是满纸的血泪。无论表现个人也好,描写社会也好,替全人类代白也好,主要的眼目(泪?),总要在苦闷的重围中,由灵魂深处流写出来的悲哀,

---

① [美]夏志清:《中国现代小说史》,上海:复旦大学出版社,2005年版,第75、76页。
② [德]叔本华:《叔本华思想随笔》,韦启昌译,上海:上海人民出版社,2008年版,第15、16页。

然后才能震撼读者的魂魄。……

我承认一切艺术，她虽形似无用，然在她的无用之中，有大用存焉。她是唤醒人性的警钟，她是招返迷羊的圣箓，她是澄清河浊的阿胶，她是鼓舞生命的醍醐……①

"泪浪"文学，正有着这样的灵魂与气息。

2012，11，7 改定于成都霜天老屋

本文系四川大学中央高校基本科研业务费研究专项（哲学社会科学）项目——学科前沿与交叉创新研究一般项目，批准号Skqy201338。此文原载《文学评论》2013年第1期。

---

① 郭沫若：《论国内的评坛及我对于创作上的态度》，《创造社资料》（上），福州：福建人民出版社，1985年版，第15、16页。

附录五 论郭沫若早期诗歌海洋特色书写中的文化地景关系

摘　要：作为大陆内地四川人的郭沫若，五四时代于日本留学期间创作新诗成名，轰动文坛，大量有着海洋风光特色气息的作品，蕴含着深刻的文化地景观念，在建构内陆与海洋文化关系的冲突、应和中，表现着强烈的解放精神与创造意识，对世界进步浪潮的投入拥抱。文化地景观使其海洋诗境雄浑奔放，错综复杂，特具张力与双重话语空间，突破了诗歌因循守旧的传统版图，以海洋象征了健康的力与美以及新世界的希望。

关键词：郭沫若　诗歌　海洋　文化地景　力与美

郭沫若于日本留学期间尝试新文学创作，时值祖国五四新文化运动序幕拉开，代表世界先进趋势的欧洲现代文艺思潮，早已成型发展，席卷世界文坛，影响达百余年。正如德国哲学家黑格尔早年行文所揭示："我们不难看到，我们这个时代是一个新时期的降生和过渡的时代。人的精神已经跟他旧日的生活与观念世界决裂，正使旧日的一切葬入于过去而着手进行他的自我改造。……升起的太阳就如闪电般一下子建立起了新世界的形

附录五 论郭沫若早期诗歌海洋特色书写中的文化地景关系

象。"① 黑格尔于18世纪末的描绘，形容中国19世纪末20世纪初的文艺思潮端倪，恰到好处。古老的中国传统文学，正在世界浪潮冲击下，日渐式微，思新求变风气以不可遏制的姿态，唱响东方。文学创造社发起主将郭沫若在结社前后所代表的，正是这样一个叛逆者与革新者的形象。他浓郁的富有海洋气息的作品，是传统文学的一个异数与突破，是新文学大纛高帜的亮相。郭沫若《女神》以史无前例的创新象喻与探索精神，刷新了中国文学审美习尚，女神既是对先秦文学如楚辞篇章中女性瑰伟意象的承接，更是对西方文学中现代精神的横植。"新精神的开端乃是各种文化形式的一个彻底变革的产物，乃是走完各种错综复杂的道路并作出各种艰苦的奋斗努力而后取得的代价。"② 通过"维新运动""洋务运动""保路运动""反正前后"（辛亥革命），郭沫若的出现是文学趋势的造化。正如黑格尔所说，"一个彻底变革的产物"。郭诗《女神》《凤凰涅槃》《立在地球边上放号》等大量具有视听冲击效果、洋溢海洋生态气息的作品，如同驶向世界大潮船头的高歌呼号，在陌生的语文效果中，刺激与掳掠着读者的心智、审美共鸣。

海洋，当时代表着外部世界，象征时代潮流。郭沫若至今的文学影响与里程碑，仍以早期创作为重，可称划时代贡献。正如宗白华述："当时，沫若正在日本留学，他从国外向《学灯》投寄新诗。沫若的诗大胆、奔放，充满火山爆发式的激情，深深地

---

① ［德］黑格尔：《序言：论科学认识》，《精神现象学》上，北京：商务印书馆，2013年版，第8页。
② ［德］黑格尔：《序言：论科学认识》，《精神现象学》上，北京：商务印书馆，2013年版，第8页。

打动了我。"① 对郭沫若创作有微辞的人,也不否认郭沫若早期的贡献。如沈从文:"让我们把郭沫若的名字位置在英雄上,诗人上,煽动者或任何名分上,加以尊敬与同情。"② 再如夏志清:"《女神》出版以后,立刻引起社会注意的是郭沫若的大胆作风,把早期白话诗不死不活的印象主义(imagism)一扫而光。"③ 以开启新诗一代浪漫主义雄风评价郭沫若作品,仍旧公道。"创造社初期的主要倾向虽说是浪漫主义,因为各个作家的阶层、环境、体格、性质等种种的不相同,各人便有了各个人独自的色彩。只就最初四个代表作家来看,各个的特色便很清楚。郭沫若受德国浪漫派的影响最深,他崇拜自然,尊重自我,提倡反抗,因而也接受了雪莱、惠特曼、太戈尔的影响;而新罗曼派和表现派更助长了他的这种倾向。"④ 本文认为,郭沫若早期诗歌特色表现中,内陆身份与文本建构海洋在场的身份形成鲜明对比,构成尖锐冲突与遥相呼应,相反相成,一种多层次的反内陆封闭状态的艺术风貌与诗兴张力,是其诗歌异军突起、刷新阅读体验纪录的重要因素。概言之,郭沫若具有鲜明特色的海洋气息抒情诗,是内陆传统诗歌的悖论与革新,在文化地景书写方面,可称冲出重围,置身海洋世界,标志着一种新的向力建构,这无疑是其生命力所在。以下详论之——

---

① 宗白华:《秋日谈往——回忆同郭沫若、田汉青年时期的友谊》,邹士芳、赵尊党整理,《北京日报》1980 年 10 月 19 日。又见郭沫若、宗白华、田寿昌(田汉):《三叶集》,上海:上海亚东图书馆,1920 年版,1981 年上海书店影印版,"附录"第 2 页。

② 沈从文:《论郭沫若》,载《沫沫集》,上海:大东书店,1934 年版,上海书店 1987 年影印本,第 19 页。

③ [美]夏志清:《中国现代小说史》,刘绍铭、李欧梵等译,上海:复旦大学出版社,2005 年版,第 70 页。

④ 郑伯奇:《中国新文学大系·小说三集·导言》,上海:上海良友团书公司,1935 年版,1981 年上海文艺出版社影印版,第 13 页。

附录五 论郭沫若早期诗歌海洋特色书写中的文化地景关系

一、内陆人身份与海洋在场的冲突和谐

内陆人的身份是郭沫若喜欢标示的文化符号，海洋氛围则是他创作的前沿阵地与新名片。他最早创作并被日本诗坛翻译成日文的新诗是《死的诱惑》以及《抱和儿浴博多湾中》。前首在《女神》集中有尾注："这是我最早的诗，大概是1918年初夏作的。"① 后首未见收入《女神》，据《三叶集》记载，田汉与郭沫若见面前，已从日文翻译发表得见，并手抄日文诗赠郭沫若，信中赞赏道："我虽没有读过这首诗的原文，可就这首译诗已有可传的价值了。"② 后田汉访郭沫若，仍然畅谈："至海岸，寿昌说：——这便是博多湾么？你抱你和儿海浴的便在这儿么？"③ 可见诗作于二人见面前后都占据话语空间，成为谈锋。《凤凰涅槃》系列作品，发表前后为志趣相投的学人、诗人宗白华、田汉等充分欣赏，亦见影响。《女神》一集涉及大海、海洋的字词光景书写可说俯拾皆是，浓墨重彩专题表现的，如《晨安》《笔立山头展望》《浴海》《立在地球边上放号》《光海》《太阳礼赞》《沙上的脚印》《新阳关三叠》《辍了课的第一点钟里》《雾月》《岸上》《日暮的婚筵》《海舟中望日出》，等等。可以这样说，《女神》几乎就是海洋的拟人化象征，是其立在大海边上的放号。作者豪情满怀："你请替我唱着凯旋歌哟！/我今朝可算是战胜了海洋！"(《海舟中望日出》)因为逃课去看海、亲近海，十分感谢

---

① 郭沫若：《女神》，北京：人民文学出版社，1958年版，129页。又见《沫若文集》(1)，北京：人民文学出版社，1957年版，119页。
② 郭沫若、宗白华、田寿昌（田汉）：《三叶集》，上海：上海亚东图书馆，1920年版，上海书店1981年影印版，第80页。
③ 郭沫若、宗白华、田寿昌（田汉）：《三叶集》，上海：上海亚东图书馆，1920年版，上海书店1981年影印版，第123页。

为之开门放行的门卫:"工人!我的恩人!/我在这海岸上跑去跑来,/我真快畅!工人!我的恩人!/我感谢你得深深,/同那海心一样!"(《辍了课的第一点钟里》)亢奋之间,随地取材,即成歌咏,充分表现了内陆深居者对大海的好奇与憧憬,对自由天地的向往拥抱。《死的诱惑》只有两阙,后半阙——

> 窗外的青青海水
> 不住声地也向我叫号。
> 她向我叫道:
> 沫若哟,你别用心焦!
> 你快来入我的怀儿
> 我好替你除却许多烦恼。

《抱和儿浴博多湾中》共只五行——

> 儿呀!你快看那一海的银波。
> 夕阳光里的大海都被新磨。
> 儿呀!你看那西方的山影罩着纱罗。
> 儿呀!我愿你的身心像海一样的光洁
> 山一样的清疏!

同类题材还有未见收入《女神》的印在《三叶集》书信中的《新月与晴海》,后半阙——

> 儿见晴海,
> 儿学海号。
> 知我儿心正飘荡,
> 追随海浪潮。

《光海》书写海景表现奔放、酣畅的情怀:"海也在笑,/山也在笑/太阳也在笑/地球也在笑/我同阿和,我的嫩苗,/同在笑中笑。"对大海有着异居者、迁居者撞击般的新奇，本身即构成一种活力和张力。大海固有的惊涛骇浪、阴森恐怖、深不可测、瞬息万变等，被审美情趣选择左右，作了有意忽略、避而不谈。这正代表浪漫主义以及革新主义者雄健唯美的倾向。

五四时代谱写大海"传奇"、抒发海洋情怀的当然不只郭沫若一人，例如生长于福建海滨的女作家冰心，还有一些留洋跨海或生活于海疆的诗人作者，间有涉及，却没有一个像郭沫若这样集中地高蹈发扬，极尽描写，十分冲动，显然是有意为海洋世界做圣颂者、鼓吹手。海洋在他笔下超离物质疆域世界，象喻了世界新鲜空气与潮流。这正是《女神》的魅力之一。

二、遥相呼应，构建双重共建话语空间

尽管极力讴歌大海的雄奇美丽，反复歌咏，但并不显得单调，相反文本意蕴丰富、变化有致。秘密在于郭沫若长于开拓话语空间维度，他一方面极力渲染海洋的魅力，一方面不忘本土陆居者的身份，随时唤回往日的封闭记忆，将自己的传奇经历加以渲染，强化冲突效果，让诗歌内容跌宕起伏，吻合大海的波涛音调。诗歌版图无限延伸，时空交错，构成一种浅白形态中交织深刻复杂关系的语文模式。内地四川大山一隅出生的诗人，置身辽阔海洋边上，奔跑于无尽的海岸线与思想疆域，这一脱胎换骨、洗心革面般的嬗变，无疑制造了诗歌的兴奋点，陆海交构冲突的情怀，在当时其他诗人笔下甚为罕见，如冰心就完全没有。而在郭沫若笔下，形成艺术真空与文化地景，主题鲜明，持续发酵，产生影响。如阿英评论得当："如果称沫若做一个小说家，总不如称他为诗人的恰当。像他的《女神》里那些诗歌，在中国的诗坛上，很难找到和他可以对立的作家……沫若是一个诗人，中国新文坛上最有成绩的一个诗人！……《女神》里不但表现了勇猛

的，反抗的，狂暴的精神，同时还有和这种精神对称的狂暴的技巧。大部分的诗都是狂风暴雨一样的动人，技巧和精神是一样的震动的，咆哮的，海洋的，电闪雷霆的，像这样精神的集子，到现在还找不到第二部，致于语句的自然，当然也是以后的诗歌所赶不上的。"① 这不是过誉之词。当时诗人描写海洋多止于静态印象式的，乃至旅行的浮光掠影的点缀。多阅不免单调。郭沫若擅于制造落差悬殊与惊奇，这是时代使然，也是他的文艺冲动与意识使然。

他从中国大陆内地求学到日本海滨、海洋边上，较长时间居处岛国异乡，海洋环抱，感受新异，而生活的奇遇与现实的处境，岛民生活，婚恋，生子，拮据的家庭开支，艰辛的劳作，以及异国的边缘化感受等，无不冲击他的感官神经与思想，错综复杂，交织澎湃，自有旁人难及的深度。其受欧洲文艺影响，锐意变革，今昔之感包括忏悔的情怀、牺牲的决心等，皆发为诗文，形成明喻与隐喻、互文等多层话语空间关系。"海也者，能发人进取之雄心者也。陆居者以怀土之故，而种种之系累生焉。试一观海，忽觉超然万累之表，而行为思想，皆得无限自由。"② 地理文化的差异，反映到思想中，于其诗歌致因明显。留日期间郭沫若受到欧美文学、哲学影响，犹以歌德为著，兼之法国卢梭，英国拜伦、雪莱，美国惠特曼等，见贤思齐之心昭著。"陆居者"身份不免"怀土之故"，不能切割的血肉联系与文化矛盾纠结，于文本调子中，昂扬中有着压抑，惊奇中有着苦痛，浪漫激昂情怀间又常不能回避现实问题，波澜起伏，见分裂于统一。确有后

---

① 钱杏村：《诗人郭沫若》，载《中国当代文学研究资料·郭沫若专集》（1），成都：四川人民出版社，1984年版，第211页。
② 梁启超：《梁启超哲学思想论文选》，北京：北京大学出版社，1984年版，第76页。

来批评家所谓不够和谐完善乃至于矫造之处（如沈从文、夏志清等指），但这在探索创造的初期，付诸自然，正如江河奔腾，泥沙俱下，无碍恢宏气势。所以阿英认为这一震动的、"海洋的""语句的自然"，有章可循。郭沫若的生长经历，正好做了海洋生活坚实的铺垫。海洋更多表现了涤荡尘垢、洗涮旧我的象喻希冀。距离生产美，互文性增加了内容的层次。"'自由'是'精神'的惟一的真理……世界历史无非是'自由'意识的进展"①，"东方各国只知道一个人是自由的，希腊和罗马世界只知道一部分人是自由的，至于我们知道一切人们（人类之为人类）绝对是自由的……"② 也许郭沫若海洋抒情诗，正是黑格尔最后一句的题释与图解。为了表现切近真实，诗人往往把自己的名字（"沫若哟"）、家庭、经历遭遇及至隐私，都加以择写入诗，大胆吟咏暴露。故他的抒情诗，亦不妨可看作自传体作品，是诗歌的"自叙状"，是《三叶集》、自传、小说多部曲的伴奏或前奏。甚至连古代的题材寓言，也不排除"先入为主"，"六经注我"，与现实结合，并自我插入，自我写照，例如：

> 诸君！你们在乌烟瘴气的黑暗世界当中怕已经坐倦了吧！怕在渴望着光明了吧！作这幕诗剧的诗人做到这儿便停了笔，他真正逃往海外去造新的光明和新的热力去了。（《女神之再生》）

> 我们飞向西方，/西方同是一座屠场。/我们飞向东方，/东方同是一座囚牢。/我们飞向南方，/南方同是一座

---

① ［德］黑格尔：《历史哲学》，王造时译，上海：上海世纪出版社集团，2014年版，第16、17页。
② ［德］黑格尔：《历史哲学》，王造时译，上海：上海世纪出版社集团，2014年版，第17页。

坟墓。/我们飞向北方,/北方同是一座地狱。/我们生在这样个世界当中,/只好学着海洋哀哭。(《凤凰涅槃》)

古今沆瀣一气,是时间的互文。海边与内地映衬,是空间的互文。正是多维空间与向心的鲜明主题,看似与海洋无关的古代题材,也因作者身处海域这一文化地景关系,变得关系密切了。在直接的海洋景观抒情中,不时穿插抒发自己的真实生活经历、感想、回忆,泄露最真实的心语,如《光海》一首:"十五年前的旧我呀,/也还是这么年少,/我住在青衣江上的嘉州,/我住在至乐山下的高小。/至乐山下的母校呀!/你怀儿中的沙场,我的摇篮,/可还是这么光耀?/唉!我有个心爱的同窗,听说今年死了!/……"又如:"我本是一滴的清泉呀,/我的故乡,/本在那峨眉山的山上。/山风吹我,/一种无名的诱力引我,/把我引下山来;/我便流落在大渡河里,/流落在扬子江里,/流过巫山,流过武汉,流过江南,/一路滔滔不尽的浊潮/把我冲荡到海里来了。"(《黄海中的哀歌》)近同散文化的叙述,驾着诗歌激情浪潮的翅膀,也是一气呵成,率真自然。写海时不断的"插曲",不仅没有因陆居描写而背离主题,反而从旁烘托了大海的在场身份与气息,突出了昂扬亢奋的情怀,如:"阿和,哪儿是大地?/他指着海中的洲岛。/阿和,哪儿是爹爹?/他指着空中的一只飞鸟。/哦哈,我便是那只飞鸟!/我要同白云比飞,/我要同明帆赛跑。/你看我们哪个飞得高?/你看我们哪个跑得好?""一切的偶象都在我面前毁破!"(《梅花树下醉歌》)"我又是个偶象崇拜者哟!"(《我是个偶象崇拜者》)"海湾中喧豗着的涛声/猛烈地在我背后推荡!"(《岸上》)义无反顾,勇往直前,形成海潮韵律般的惯性力量,拍打着读者的心扉。这样的诗歌前所未有。在陆海交构纠缠的记忆冲突、异质文明对照中,表现新生、自由的力量与光明的理念。再如《女神》集外的《月下的故乡》《梦醒》《峨

附录五　论郭沫若早期诗歌海洋特色书写中的文化地景关系

眉山上的白雪》《巫峡的回忆》等多篇,均有如此"陆居者"的"怀土"之思,以海洋情怀涤荡,相映生辉,这样的比兴得到作者自己这样的诠释:"我月下的故乡,那浩淼无边的大海又近在我眼前了!""我们谁不是幽闭在一个狭隘的境地……但我只要一出了夔门,我便要乘风破浪!"虽然不免陆居之思,但毅然决然,在诗中多处表白决不走回头路,不愿回到旧我:"我是永远不愿回乡。"(《梦醒》)"但我总觉得不适宜于这样雄浑的地方。"(《巫峡的回忆》)事实上直到全面抗战时回乡省亲,郭沫若已长达二十六年未返故乡,这不单是天涯路遥、时代原因,也是信念选择的冲突与牺牲。"在这个超感官世界里,凡是前一世界里受轻视的东西便受到尊重,而在前一世界受尊重的东西便遭受轻蔑。按照前一个世界的规律,惩罚使人耻辱,并且毁灭人,而在与它相反的世界里,惩罚便转变成一种宽恕的恩典,这恩典保存了他的性命并给他带来了光荣。"[①] 郭沫若倘不毅然决然走出夔门,奔向世界,兴许也不会有后来那么大的光荣。"前一个是'现象世界',另一个是'自在世界',前一世界之存在是为另一世界而存在,反之另一世界却是自为的世界。"[②]《女神》恰到好处地诠释了自由的世界,而前后世界的冲突与指喻,是其艺术惯用手法。"地理学与文学都是有关地方与空间的书写,两者都是表意作用(signification)过程,也就是在社会媒介中赋予地方意义的过程。"[③] 因为郭沫若,不仅故乡乐山更有名了,日本九州福冈

---

① [德]黑格尔:《序言:论科学认识》,《精神现象学》上,北京:商务印书馆,2013年版,第121页。
② [德]黑格尔:《序言:论科学认识》,《精神现象学》上,北京:商务印书馆,2013年版,第121页。
③ [英]迈克·克朗:《文化地理学》,王志弘、余佳玲、方淑惠译,台北:巨流图书股份有限公司,2008年版,第45页。

"博多湾"海滨也成为一处有人文纪念意义的胜地。"这种浪漫派的地景观点,找寻的是自然的庄严雄伟,亦即超越渺小人类的'崇高'。这些诗本身就是历史事件"①。郭沫若文学初期海洋地景气息弦律的诗篇,无疑早已公认是"历史事件。"

三、海是雄壮、健康、创造的象征

虽然以"女神"题寓诗集,郭沫若的诗歌视阈与原型更多还是以男性创造者、活力崇拜者取喻抒怀,"女神"只是一种欧化的观念与现代意识,是自由的象征。他诗中更多的表达是赞美雄壮、解放、果敢的创造力,更吻合男性的拟人化与讴歌。也许海洋在当时象喻雄健更为贴切恰当,更符合陆居者奔向世界拥抱世界的冲动,也更能呼应知识体系中像希腊神话中的勇士以及像"浮士德"那样的悲剧英雄,像尼采、雪莱、拜伦、惠特曼那样的剽悍作风。最典型者莫过《立在地球边上放号》——

> 无数的白云正在空中怒涌,
> 啊啊!好幅壮丽的北冰洋的晴景哟!
> 无限的太平洋提起他全身的力量来要把地球推倒。
> 啊啊!我眼前来了的滚滚的洪涛哟!
> 啊啊!不断的毁坏,不断的创造,不断的努力哟!
> 啊啊!力哟!力哟!
> 力的绘画,力的舞蹈,力的音乐,力的诗歌,力的律吕哟!

海洋在远离大海的陆居者的笔下,往往将其美好一面集中展示与夸饰,表达向往之情,这在近现代乃至当代文学中颇为常

---

① [英]迈克·克朗:《文化地理学》,王志弘、余佳玲、方淑惠译,台北:巨流图书股份有限公司,2008年版,第61页。

见。西方文学对海洋背景与场域恶魔式的"基型"(如弗莱论)描写很少见诸我国文学家笔下,这和"距离产生美"以及我国传统文学乌托邦(世外桃源)气息习尚切合,这当另文讨论。惊涛骇浪、惊心动魄、无边的荒凉,海洋气象都被郭沫若当作了生命力的高调猛进加以歌颂。后之批评者有"把这种浪漫主义手法和态度拿来混用,自然可以把当时没有读过西洋诗的读者弄得目迷五色。这种诗看似雄浑,其实骨子里并没有真正内在的感情;节奏的刻板,惊叹句的滥用,都显示缺乏诗才"[1]。公正地说这批评失之武断,忽略了历史的向维与时间的检验。事实上近百年后的今天阅读《女神》诸篇,仍能感受五四时期激情澎湃的时代气息扑面而来,海潮指喻外部的开放的世界与新生事物。不可否认,郭诗已是当时创造不羁的典范之作。

海洋描写与题材由边缘化占据表现中心,文学家将之作为有喜剧气息、欢乐颂元素的宝藏加以开发利用,这是新文学的一个特点。这也是中国文学由内地文学向世界海洋文学靠近、融入的动态与趋势。海洋辽阔、新奇、突破与自由的象征意义以及健康活力的崇拜体现,修辞语境都给新文学带来新鲜血液与崭新面貌,别开生面。而这恰以郭沫若《女神》等作品为显例。"早安!所有的事物都愉快而美丽!"(Good morning, Life-and all Things glad and beautiful)[2] 在海洋面前,久羁保守的中国人,迎着欧风美雨,面貌心情都焕然一新。这是浪漫主义的时代。即便有着哀愁、悲伤、挫折,都无损扬帆远航的动力。郭沫若《死的诱惑》,有投入"青青海水"这样"涅槃"畅想的唯美感伤情

---

[1] [美] 夏志清:《中国现代小说史》,刘绍铭、李欧梵等译,上海:复旦大学出版社,2005年版,第70页。
[2] 傅孝先:《西洋文学散论》,北京:中国友谊出版公司,1985年版,第184页。

怀,即为一例。死亡在美的映射下,不是可怕而是一种抒情、象征方式,所以爱与死的题材充斥新文学。"精神的生活不是害怕死亡而幸免于蹂躏的生活,而是敢于承当死亡并在死亡中得以自存的生活。"① 郭沫若在《三叶集》中表达真诚坦率的心曲,如宗白华追忆:"我们和当时的青年一样,受到时代潮流的冲击,感到半封建半殖民的旧中国太令人窒息了,我们苦闷,探索,反抗,在信中谈及人生,谈事业,谈哲学,谈诗歌和戏剧,谈婚姻和恋爱问题……互相倾诉心中的不平,追求着美好的理想,自我解剖,彼此鼓励。我们的心像火一样热烈,像水晶一样透明。"② 这样取喻的物象、意境都莫过海洋最能担当与形神皆备。郭沫若自己形容:

> 我想诗人底心境譬如一湾清澈的海水,没有风的时候,便静止着如像一张明镜,宇宙万汇底印象都涵映着在里面;一有风的时候,便要翻波涌浪起来,宇宙万汇底印象都活动着在里面。③

由一个文学的浪漫主义者、革新探索者走上社会革命、共产主义信仰者的道路,坦率、担当、追求光明美好的勇气,一开始即从《女神》等作品中喷发出来。这种精神也是新文学涉及海洋题材特别专注于雄壮自由元素取材的因由。

将海洋赋予美的自由的象征意义,无疑也有地理文化的新

---

① [德]黑格尔:《序言:论科学认识》,《精神现象学》上,北京:商务印书馆,2013年版,第24页。
② 宗白华:《秋日谈往——回忆同郭沫若、田汉青年时期的友谊》,邹士芳、赵尊党整理,《北京日报》1980年10月19日。《三叶集》,上海:上海亚东图书馆,1920年版,上海书店1981年影印版,"附录"第3页。
③ 郭沫若、宗白华、田寿昌(田汉):《三叶集》,上海:上海亚东图书馆,1920年版,上海书店1981年影印版,第7页。

附录五 论郭沫若早期诗歌海洋特色书写中的文化地景关系

意,从封闭到开放,实现疆域的无限的突破。"这现象界便是特殊目的的领域,各个人代表他们的个性而活动,使这个性能充分地开展和客观地实现,借以求得这些特殊目的的完成,这种'立场'又是快乐和悲哀的立场。这样的人是快乐的,假如他发现他自己的环境适合他的特殊的性格,意志和幻想,因此便能在这种环境里自得其乐。"①《女神》调子"自得其乐"正在于此。"一个向着全人类吟诵的真正的诗人应该被称为'和谐'大师。"②《凤凰涅槃》宣示:"我们热诚,我们挚爱。/我们欢乐,我们和谐。/一切的一,和谐。/一的一切,和谐。/和谐便是你,和谐便是我/和谐便是他,和谐便是火。"一往无前、摧枯拉朽的气势,表现着强有力的刚健清新,从形式到内容,都刷新了中国诗歌的传统版图与范式。

郭沫若极力渲染海洋光明、雄壮、神奇的力量,且与家乡四川盆地昔日沉闷阴郁、狭隘落后乃至颓废病态现象对比,构成常在的呼应与对抗、冲突关系。海边生活阳刚、雄健,是男性的、父性的。川中生活更多时候是阴郁、低沉、孱弱、女性化(病态)的,愁闷、颓唐、悲调。这在《沫若文集》中总名为《少年时代》的多部自传中可见首尾。直到《革命春秋》、"漂流三部曲"等作品还有继响与表现。川中生活远离海洋也即远离世界先进浪潮,表现为较为封闭、保守、落后的体量场景,名山大川如高墙铁牢封锁。能够背叛突破这样的藩篱,只能以英雄气势与革命精神。郭沫若对家乡生活的描写,沈从文有嫌笔墨累赘冗长之弊,这于郭氏确有长大篇幅争取更多版税维持生活的考量,但更

---

① [德]黑格尔:《历史哲学》,王造时译,上海:上海世纪出版社集团,2014年版,第24页。
② 王锦厚:《罗曼·罗兰身边的两个中国青年》,《郭沫若学刊》2015年第1期。

重要也更直接的，还是他不肯隐忍、敢于暴露的率真激烈态度作风使然。这在《三叶集》中已有充分说明，他并非刻意模仿卢梭或其他的人，"我写的只是这样的社会生出了这样的一个人，或者也可以说有过这样的人生在这样的时代"①。要在真实记述生活、历史，反映变革。《女神》中的自传色彩与鲜明对比，思想艺术张力，海洋健康气息冲击，与前后两种地景文化遭际密切相关，形成阴柔病态与阳刚健康的冲突反差。家乡青少年时代，郭氏早慧而较为顽劣、颓唐，如性的觉醒、幻想，狎邪之游，"倡优之蓄"即"戏子""妓女"等接触，逃学、斗殴，近乎同性恋、畸恋等。这之间固然有时代、地方风俗原因，也有反抗体制权威故意为之的夸张成分，但历史的真实大体如此，不容粉饰回避，他在川中两次遭到开除学籍的处分，生活方面的混乱，人生道路的仿徨，皆反映出一个"封建社会向资本制度转换的时代"②。压抑与突破，晦暗与光明，在海洋世界进步文化空气激荡中得到净化与提升，仿佛溶入所谓"光海"，焕然一新。他译《浮士德》诗句形容：

> 两个心儿，唉！在我胸中居住在，
> 人心相同道心分开；
> 人心耽溺在欢乐之中，
> 固执着这尘浊的世界；
> 道心猛烈地超脱凡尘，
> 想飞到个更高的灵之地带。③

---

① 郭沫若：《少年时代·前言》，《沫若文集》(6)，北京：人民文学出版社，1958年版，第2页。

② 郭沫若：《少年时代·前言》，《沫若文集》(6)，北京：人民文学出版社，1958年版，第2页。

③ 郭沫若、宗白华、田寿昌（田汉）：《三叶集》，上海：上海亚东图书馆，1920年版，上海书店1981年影印版，第1页。

附录五 论郭沫若早期诗歌海洋特色书写中的文化地景关系

《女神》《三叶集》等作品抒写心声,淋漓尽致。是其生命交响曲中"欢乐颂"一段,是作为一名丈夫、父亲身份乃至新文化弄潮儿、创造者的担当与勇气。由阴郁彷徨走向雄健阳刚的生命历程,形象而铿锵有力地反映到《女神》新制中。"一个灰色的回忆不能抗衡'现在'的生动和自由。"① 黑格尔曾在《历史哲学》中详论东西文化关系,指出温带农业河流区域与海洋如地中海区域民族精神的不同,前者静态更偏向于阴柔守旧,后者动态更偏向于冒险、雄健、创新。美国学者迈克·克让(Mike Krang)分析:"家园感觉的创造,是文本中深刻的地理建构。……家被视为依附与安稳的处所,但也是禁闭之地。……移动能力、自由、家园和欲望之间的变动关系,被视为男性气概之空间经验的寓言。……英雄不再寻求回归某个安定的家,事实上,他们抛弃了这种意图。然而,我们仍能看到男性英雄的明显区别,逃离了承诺,迈向开阔的道路,避开禁锢他们的女性化的家园。"② 郭沫若前后生活的"变动关系",正好反映出这一趋动变化。"欧化"的海洋色彩与地景文化观念,是郭沫若诗歌显著的表征与突破,从而打破"那个永无变动的单一"③。

> 啊我年青的女郎!
> 我自从重见天光,
> 我常常思念我的故乡,
> 我为我心爱的人儿

---

① 黑格尔:《历史哲学》,王造时译,上海:上海世纪出版集团,2014年版,第6页。
② [英]麦克·克朗:《文化地理学》,王志弘、余佳玲、方淑惠译,台北:巨流图书股份有限公司,2008年版,第63、64页。
③ [英]麦克·克朗:《文化地理学》,王志弘、余佳玲、方淑惠译,台北:巨流图书股份有限公司,2008年版,第107页。

燃到了这般模样!

——《炉中煤》

太阳当顶了!
无限的太平洋鼓奏着男性的音调!

——《浴海》

"男性的音调"象征了作者的革新与自强。

四、方言土语与欧风美雨、海洋词汇的交融结合

郭沫若书写带有海洋气息特色的诗歌篇章,富有地理文化景观特色,还表现在将四川方言土语大胆尝试、自然率真写入诗行,与欧化的思想文体、多国语言典章结合杂糅、交汇,相映生辉,彼此互文,取得创造的奇趣与陌生化的新异样式,自由体诗的无拘无束、新颖活泼,与海洋风光意味熔为一炉,堪称新文学的一次壮观探险。

涌着在,涌着在,涌着在,涌着在呀!
万籁共鸣的 aymphony,
自然与人生的婚礼呀!
穹穹的海岸好像 Cupid 的弓弩呀!
人的生命便是箭,正在海上放射呀!

——《笔立山头展望》

雪的波涛!
一个银白的宇宙!
我全身心好像要化了光明流去,
Open-secret 哟!

——《雪朝》

太阳哟,你便是颗热烈的榴弹哟!
我要看你"自我"的爆裂,开出血红的花朵。

——《新阳关三叠》

反抗婆罗门的妙谛,倡导涅槃邪说的释迦牟尼呀!
兼爱无父,禽兽一样的墨家巨子呀!
反抗法王的天启,开创邪宗的马丁路德呀!
西北南东去来今,
一切宗教革命的匪徒们呀!
万岁!万岁!万岁!

——《匪徒颂》

像这样组合新词新意的建构尝试书写,充溢《女神》。正如"命名了那被叫做'灵魂'的东西的本质"[①]。通过诗歌创作表现人类挣脱枷锁、自由发展创新,也即"一个还乡的种类的美"[②]。透过四川方言土语的改造呈现,使奔赴海洋的进程意味更加浓厚。纵观其早期诗文,方言土语在诗人灵魂燃烧、激兴湍飞时,不吝挥洒,有机地、自然地组合到新的乐章中。阿英"语句的自然"的评骘,兴许也包括语言词组造句的率真不拘。以下将《女神》中有川土方言特色的诗句字词选取一部分(重复段不列),可见一斑:

《序诗》:"'女神'哟!"川南地区(郭沫若生长地)如乐山、雅(安)、宜(宾)、泸(州)等片区入声音韵方言隶属中国古音韵承传区域,惯用惊叹词"哟"!如"哟喂""哟嚄"等。这一用

[①] [德]海德格尔:《在通向语言的途中》,孙周兴译,北京:商务印书馆,2004年版,第34页。
[②] [德]海德格尔:《在通向语言的途中》,孙周兴译,北京:商务印书馆,2004年版,见第75页。

法遍见《沫若文集》,如"沫若哟!""我是个偶像崇拜者哟!"等等。

《女神之再生》:"怕在这宇宙之中,有什么浩劫要再!""你们在乌烟瘴气的黑暗世界当中怕已坐倦了吧!""怕",四川方言常用作推测词,推测判断事情发生的结果,这种不定的语气有畏惧的本意,有时还指代喜事,如"怕有喜""怕有客""怕要开花""怕要发财"等。

出同上:"那样五色的东西此后莫中用了!""莫",川南方言常用古音韵文,如"莫来""莫去""莫听"等。

《湘累》:"他们随处都叫我是疯子。""疯子",川方言指称精神分裂、狂人,常作修辞指代,如"酒疯子""诗疯子""画疯子",等等。

出同上:"我想不到才有这样一位姐子!"川语称"哥子""姐子""老子""娘子""啥子"等,"子"作尾缀词常见。

《凤凰涅槃》:"请了!请了!"四川人聚会辞别时惯用礼貌语,此例也见《三叶集》中郭沫若致宗白华书信。

《天狗》:"我在我脑筋上飞跑。"四川人常称思想、头脑为"脑筋",如"动脑筋""脑筋灵活""脑筋不好使""脑筋有问题"等。

出同上:"飞跑。""飞",川语形容极快之意。如"飞香""飞辣""飞痛""飞咸""飞高""飞闹"等,状极之意。此例亦见于郭诗《新生》:"飞跑,飞跑,飞跑……好,好,好。"

《无烟煤》:"可要几时才能开放呀?""几时"有文言色彩,川南口语普遍使用。江西等地亦常用,如"红军哥哥几时回"等,疑为客家话入川,郭沫若父系即广东迁蜀客家人。

《光海》:"我反把你揎倒。"川人多用动词"揎"代"推",如"揎车""揎人""揎一把"等。

《新阳关三叠》:"我独自一人,坐在这海岸边的石梁上。"四川人习惯将高坦平实的大石称"石梁"。

"你看我们哪个飞得高?"四川人口语一般不用"谁",以"哪个"代替。如有人敲门,问:"哪个?""哪个"也不仅独指某一人,有众类指称。如面对一群人问:"哪个愿去?"或"哪个来?"不限一人。

《夜》:"硬要生出一些差别起。""硬要""硬是"川语常用,意指固执倔强。"起",尾助词,表示时态,如"拴起""悬起""雄起""倒起"等。

《新月与白云》:"解解我火一样的焦心?"川人将着急、恐惧、担忧等情状,统用"焦心""心焦"。《死的诱惑》中:"沫若,你别用心焦。"

《火葬场》:"我这瘟颈子上的头颅。""瘟",川中常用为贬斥语,如"瘟丧""瘟神"等。对无精打采、若丧考妣者,常称"瘟颈子"。

《春蚕》:"终怕是。"该词常用于川方言。如"终怕是好不起来了""终怕要下雨"等。

《岸上》:"只惊得草里的虾蟆四窜。"四川人将青蛙、癞蛤蟆、跳虫等统称"虾蟆"。

《日暮的婚筵》:"夕阳,笼在蔷薇花色的纱罗中。"川语将"笼"名词动用,如:"笼手笼脚""笼鸡鸭""笼起",等等。

《海舟中望日出》:"黑洶洶""白晶晶"。川语常用叠声连韵形容词。

《西湖记游》:"我一心念着我西蜀的娘,/我一心又念着我东国的儿。""一心念着",川语惯用,如"为娘一心念你""一心念读书"等。

还有很多介乎于普通话与四川方言土语之间的词汇句式,较为通用，但用在普通话与川话中，其神韵各有侧重。总之四川方言土语写入现代诗，在郭沫若《女神》中触处皆是，信手拈来，加之文集、书信、散文、回忆录、小说、戏剧等大量著作，堪称巴蜀词语大典，川语王国。其大胆掇拾、合理穿插应用、巧妙结合，点缀得极为精彩。方言的大量使用，标志着强烈的地方性，强化了自我身份意义，表现出浓郁的生活气息（四川人特有的诙谐幽默），更加强化了内地与沿海文化的对应、冲突与互文关系。

郭沫若原名郭开贞，笔名取家乡水系沫水、若水，字义嵌合。"郭沫若"三字的川南方音谐汉代司马相如《谕巴蜀檄》中"关沫若"一语①，这要四川人尤其是川南人念读时才能心领神会。毫无疑问，郭沫若的地理意识与文化景观在其作品中的表现鲜明突出，川方言土语与海洋书写中欧风美雨的新名词概念奇异组合，宛如奇葩怒放，在陌生化的艺术效果中见到惊奇与深刻，为新诗前所未有，从而凸显了"自我身份"与"文本身份"的有机结合。"身份是任何自我发送符号意义或解释符号意义时必须采用的一个'角色'，是与对方、与符号文本相关的一个人际角色或社会角色。……意义的实现，是双方身份对应（应和或对抗）的结果，没有身份就没有意义。"② 郭沫若的四川人身份，在海洋特色诗歌创作中彰显突出，正是"应和或对抗"的效果。郭沫若早期诗歌在海洋接受与体验的生活抒情中，多惊奇，多自我，也更多新世纪的激情，包括错愕、矛盾、知识、剖白、忏悔

---

① 关于郭沫若的笔名来由，见其自述，如《沫若自传·革命春秋》，上海：新文艺出版社，1956年版，第184、185页。司马相如"关沫若"三字被他提到，认为这"便是那两条河并举的开始了"。但郭沫若三字川南发音谐合"关沫若"，则是本文笔者自己的经验判断。特此说明，仅供参考。
② 赵毅衡：《身份与本文身份，自我与符号自我》，《外国文学评论》，2010年第2期。亦见赵毅衡：《符号学原理与推演》，南京：南京大学出版社，2012年版。

意识等，文本内容丰富邃密，充满奇幻。

> 我想永远在这健康的道路上，自由自在地走着，走到我死日为止。海涅底诗丽而不雄。惠特曼底诗雄而不丽。两者我都喜欢。两者都还不足令我满足。所以讲到无所需要一层，我还办不到。我狠想多得哥德底"风光明媚的地方"一样的诗来痛读，令我口角流沫，声带震断。雄丽的巨制我国古文学中罕见，因为我尤为喜欢的是赞颂自然的诗，能满足我这个条件的文章，可惜我读书太少，我还不曾见到。木玄虚底《海赋》，郭景纯的《江赋》都是好题目，可惜都不是好文章。①

在欧风美雨和世界思潮的冲击中，川语方言的脱口成秀和原生态特色，是郭沫若以巴蜀地景的雄浑之势推助大海的波澜起伏，进一步抵达与向往"雄丽"境界的一种方式。

综上所述，郭沫若《女神》等作品，洋溢着海洋特色风光气息，以及世界进步浪潮、声讯信息，以一个远离海洋的内陆自我身份标识，在文本中率真、坦荡、"雄丽"地反映了走向世界、追求真理的革新勇气。鲜明突出的文化地景书写，冲突对抗、矛盾情结，加深了思想内涵及艺术张力，是新文学海洋风光题材的罕见力作。

本文主要参考书目：

［德］黑格尔：《历史哲学》，王造时译，上海：上海世纪出版集团，2014年版。

---

① 郭沫若、宗白华、田寿昌（田汉）：《三叶集》，上海：上海亚东图书馆，1920年版，上海书店1981年影印版，第143、144页。

［德］黑格尔：《精神现象学》，北京：商务印书馆，2013年版。

［英］麦克·克朗：《文化地理学》，王志弘、余佳玲、方淑惠译，台湾：巨流图书股份有限公司，2008年版。

梁启超：《梁启超哲学思想论文选》，北京：北京大学出版社，1984年版。

黄维樑：《中国文学纵横论》，台湾：东大图书公司，1988年版。

傅孝先：《西洋文学散论》，中国友谊出版公司，1985年版。

郭沫若、宗白华、田寿昌（田汉）：《三叶集》，上海：上海亚东图书馆，1920版，上海书店1981年影印版。

郭沫若：《女神》，北京：人民文学出版社，1958年版，129页；《沫若文集》（1），北京：人民文学出版社，1957年版。

郭沫若：《沫若自传·革命春秋》，北京：新文艺出版社，1956年版。

郭沫若：《沫若自传·少年时代》，载《沫若文集》（6），北京：人民文学出版社，1958年版。

郭沫若：《郭沫若选集·诗歌卷》，成都：四川人民出版社，1978年版。

［德］海德格尔：《在通向语言的途中》，孙周兴译，北京：商务印书馆，2004年版。

钱杏村（阿英）：《诗人郭沫若》，载《中国当代文学研究资料·郭沫若专集》（1），成都：四川人民出版社，1984年版。

沈从文：《论郭沫若》，载《沫沫集》，上海：大东书店，1934年版，上海书店1987年影印本。

［美］夏志清：《中国现代小说史》，刘绍铭、李欧梵等译，上海：复旦大学出版社，2005年版。

郑伯奇：《中国新文学大系·小说三集导言》，上海：上海良友团书公司1935年版，上海文艺出版社1981年影印版。

宗白华：《秋日谈往——回忆同郭沫若、田汉青年时期的友谊》，邹士芳、赵尊党整理，《北京日报》1980年10月19日。亦见《三叶集·附录》，上海：上海亚东图书馆，1920年版；上海书店1981年影印版。

王锦厚：《罗曼·罗兰身边的两个中国青年》，《郭沫若学刊》2015年第1期。

赵毅衡:《身份与本文身份,自我与符号自我》,《外国文学评论》2010 年
　　第 2 期。
赵毅衡:《符号学原理与推演》,南京:南京大学出版社,2012 年版。
张叹凤:《海洋文学简史——从内陆心态出发》,成都:巴蜀书社,2015
　　年版。

2016.1.26 再改

　　注:本文系四川大学中央高校基本科研业务费研究专项项目
skzx2015－sb50/skqv201514 成果。原载《现代中国文化与文学》
2017 年第 4 辑。

附录六　通过荒诞完成审美喜悦

——郭沫若自传体长卷散文艺术探奥

张叹凤

摘　要： 郭沫若是中国现代文学史上自传体散文作品最高产的作家，无论欣赏他还是批评他、贬低他的人都无法否认，他是一位异常勤奋的作家。"他的自传，是中国知识分子史的重要文件"。而其文学影响，更致深远，是20世纪二三十年代自传写作高潮的滥觞与标杆。为什么我们历经岁月（出版迄今已逾八十年）仍然不从书架去除多卷本《沫若自传》，这在文学审美上有深一层的奥秘，本文旨在深入郭沫若自传写作的艺术堂奥，探寻其荒诞艺术的现代审美架构。

关键词： 郭沫若　自传　荒诞　审美

一

郭沫若先生在文史哲领域均有卓越建树，是公认的五四新文学巨擘之一，其重大成就与影响无人可以抹杀。即便持不同见地与倾向去看低郭沫若文学创作成就的人，也不得不承认："郭沫若是个孜孜不倦的多产作家……而他的自传，是中国知识分子史的重要文件。"① 20世纪二十年代末及三十年代，是中国自传体文学发起与兴盛的时代，这种风气毫无疑问是受到西方人文主义、实验主义以及社会科学种种思潮影响，经过历史发酵特别是变革时代所经历的思想驱动的结果。这种文体的产生，是对我国封建时代重权威、多"禁忌""讳言"，采取隐忍与压制个性，并轻视平民社会、忽略人的本体作用的传统习俗与械梏的一种自觉破除。留存今天的许多杰出的自传体散文，几乎都是那个时代应运而生并有意革新、尝试、树立的榜样。郭沫若的自传体散文无疑是这其间的排头兵、成功的嚆矢。正如胡适在1933年6月写他的《四十自述》序文中所述："我的这部《自述》虽然至今没写成，几位旧友的自传，如郭沫若先生的，如李季先生的，都早已出版了。自传的风气似乎已开了。我很盼望我们这几个三四十岁的人的自传的出世可以引起一班老年朋友的兴趣，可以使我们的文学里添出无数的可读而又可信的传记来。我们抛出几块砖瓦，只是希望能引出许多块美玉宝石来；我们赤裸裸的叙述我们少年时代的琐碎生活，为的是希望社会上做过一番事业的人也会赤裸裸的记载他们的生活，给史家做材料，给文学开生路。"②信奉新的人文、实验主义的胡适重视传记文学，自有其社会改良思想作主导，所谓"赤裸裸"，在于求真务实与留存宝贵的社会政治及人生经验史料。而倾向浪漫主义情感更加激越、张扬的创造社派作家，自然对传记文学别有一番顶戴、垂青，同时也很吻合"给文学开生路"的时流前沿想法与主张。例如众所周知的将文学创作视为作家的"自叙状"的郁达夫，他从理论到实践，身

---

① [美]夏志清：《中国现代小说史》，上海：复旦大学出版社，2005年版，第70~74页。
② 胡适：《四十自述·序》，上海：上海亚东图书馆，1939年版，上海书店1987年影印版，第6页。

体力行，小说散文里都无不存在他自身的影子，创作出《悲剧的出生》等系列自传色彩浓厚的散文，同他的小说《沉沦》《南迁》等一样风靡文坛。张资平也于 1933 年 6 月杀青了他的《我的生涯》"之一部"《资平自传》。别的社团流派作家自传色彩浓郁的散文也颇令人瞩目，如脍炙人口的鲁迅的《朝花夕拾》，晚些时候沈从文的《从文自传》，谢冰莹的《从军日记》以及老舍后来的长卷《我这一辈子》等。冰心在《我的故乡》一文中也特别提到早年在英国，弗吉尼亚·伍尔芙（Virginia Woolf）曾热情鼓动她写自传的故事。① 可见当时写自传确为现代世界文学潮流之一脉。自传作品勤而丰、"早而慧"，且构成鸿篇巨制规模的，中国现代文学领域则非郭沫若莫属。为什么这样说呢？近年"中国现代作家自述文丛"编者的概括颇为具细：

> 在中国现代作家中，自传数量最多的首推郭沫若，从《我的童年》至《苏联纪行》，他总共撰写了十八部自传（包括《五十年简谱》），编为四卷，累计达一百一十万字。此外，自称"不喜欢小说"的郭沫若还写过近四十万字的小说，其中不少采用了自叙传体式，如《鼠灾》《月蚀》《漂流三部曲》《行路难》《亭子间中》《矛盾的统一》《湖心亭》《圣者》《后悔》《宾阳门外》《三诗人之死》《红瓜》《未央》等，其中不少篇填补了他自传的空白。②

要说自传体与小说体例是不相等同的，但因为创造社作家群体比较类同的风格——即认为文学创作皆为作家的"自叙状""供述"，描绘自己的心灵诉求、身世情感的经历遭遇，这样的作

---

① 冰心：《冰心散文选》，北京：人民文学出版社，1983 年版，第 258 页。
② 陈漱渝、刘天华：《中国现代作家自述文丛·总序》，见《资平自传》，北京：中国华侨出版社，1994 版，第 3~4 页。

品写来才最为真实动人,并有时代的特色。所以创造社成员体裁界线(主要是散文与小说、自传与小说)往往比较模糊,或故意不绳墨苛刻(采取互为补充,今所谓"互文"手段)。恰如沈从文在20世纪30年代初撰写的《论郭沫若》里所评论到的:"《创造》后出,每个人莫不在英雄主义的态度下,以自己生活作题材加以冤屈的喊叫。到现在,我们说创造社所有的功绩,是帮我们提出一个喊叫本身苦闷的新派,是告我们喊叫方法的一位前辈,因喊叫而成就到今日样子,话好像稍稍失了敬意,却并不为夸张过分的。他们缺少理知,不用理知,才能从一点伟大的自信中,为我们中国文学史走了一条新路……"① 沈从文对创造社以及对郭沫若自传作品《我的幼年》(又题作《我的童年》)、《反正前后》的看法与微辞(主要认为艺术上文字不节制,有些情节过于夸张,加之篇幅太长书价太贵),或许因彼此风格追求有所不同,或自传与小说本身体裁的侧重、肯綮有所不同,仁者见仁智者见智,各抒己见,未为不可。探讨起来,沈从文更倾向小说描写文字艺术的俭省与含蓄,但他的批评行文中忽略了一个基本出发点,即郭沫若写作的并非小说而是传记文学。虽有不满意处,但沈从文仍十分认可创造社作家的创新性与对后人的巨大震动、启发,认可郭沫若的文学地位,沈从文说:"这力量的强(从成绩上看),以及那词藻的美,是在我们较后一点的人看来觉得是伟大的。若是我们把每一个在前面走路的人,皆应加以相当的敬仰,这个人(郭沫若)我们不能作为例外。"② 毫无疑问,1934年出版的同样成为经典名作的《从文自传》,受到鲁迅乡土文学

---

① 沈从文:《沫沫集》,上海:大东书店,1934年版,上海书店1987年影印本,第18~19页。
② 沈从文:《沫沫集》,上海:大东书店,1934年版,上海书店1987年影印本,第13页。

题材创作的启发，亦同样受到郭沫若自传体散文的影响，只是在写作风格追求上有所判别而已。

综上所述，郭沫若20世纪20年代后期开始创作出版的自传体散文，特别是长中篇自传总题《少年时代》中的《我的童年》(1929.4)、《反正前后》(1929.8)、《黑猫》(1931.1)、《初出夔门》(1936)及以后包括《创造十年》《创造十年续编》在内的《革命春秋》《洪波曲》等共三卷本文集《沫若自传》，是20世纪二三十年代自传体例特别是中长篇自传散文写作的奠基扛鼎之作，是中国现代文学史上一道亮丽的风景线，由此弥补了有史以来我国此类体裁（自传）的弱项与不足，起到了号召当时、惠及后代的巨大作用，成为文学宝库中可资宝贵的一笔文学遗产。因郭沫若其他方面的成就同样丰硕与具有开拓性质，如诗歌、戏剧、杂论等，盛名甚至盖过了其自传体散文，加之艺术上仁智各见的关系，其自传作品相对而言历来评骘不多，但其开风气的性质与其重大影响是历史事实与现实存在，正如创造社同人郑伯奇先生1942年总括郭沫若早期文学创作时所述：

> 沫若的二十五年来的精神活动，简直是一部雄伟瑰奇的史诗。以伟大的中国革命为背景，这部史诗是交织着悲壮的诗，激烈的剧，遒劲的散文和深锐的思索，而上面还须加上鲜明浓厚的时代色彩。[1]

这固然是形容他瑰奇的人生，但"遒劲的散文"，仍然给人恰到好处的联想。与郭沫若真实人生最为贴近且最能体现时代精神、风云际会的传记体中、长篇散文，不是一样值得我们加以特别的注意与需作深入的分析研究吗？我们是文学研究者，我们对

---

[1] 郑伯奇：《二十年代的一面——郭沫若先生与前期创造社》，载《创造社资料》下卷，福州：福建人民出版社，1985年版，第768页。

人对事只做客观公正、科学的评剖，不能因人废言，更不能因其人生经历中的缺点、遗憾乃至于败笔而抹杀其整体，像当今网上呈现的不少谩骂甚至诬构之辞，只能徒显行文的浅薄、苛酷与某种反讽自嘲。任何人都不可能拔着头发离开他所处的实地，"伟大的歌德也有平庸的一面"，我们又更何必苛求甚至歪曲自己的同胞先贤呢？还是回到文学本身，回到正题，如何来看待郭沫若自传体散文不减的艺术魅力，试以详缕之。

二

郭沫若自传系列尤以前边几部即后来合集为《少年时代》（可称发轫之作）耐读，有代表性，特别经得起时光的淬验。后边的创作也许从《创造十年》开始，逐渐显得有些"事浮于人""忙于应酬"，也许当时他更重视亲身经历的重要的历史事件记述，不再像早年那些描摹细腻、充满创造气息的文学沉吟与酝酿。过去的学者杨凡《评郭沫若的创造十年》有"个人的流水账"一说也许并非全是出于"诬蔑"。[①] 对于深谙其历史背景和有心致力于研究的人来说，兴许阅读郭沫若的这些文字仍旧会趣味盎然，不惮发掘；但就一般读者来说，从审美的范畴与接受美学程度来说，《我的童年》《反正前后》《黑猫》《初出夔门》诸篇更显得引人入胜、如诗如画，特具文学风采，其情节的张弛有度，真实有力，以及自我世界的坦陈与率真感情的暴露、浪漫的气息，无疑都首屈一指，可称精品。从这些作品出版以后引起的轰动效应与长达数十年间的深入影响、家喻户晓，即可见其生命

[①] 张毓茂：《中国近代革命历史风云的画卷——试论郭沫若的传记文学》，载《中国当代文学研究资料——郭沫若专集》（1），成都：四川人民出版社，1984年版，第919页。

力的不衰。

郭沫若正式写作自传始于 1928 年 2 月再赴日本后，即他的"日本的十年流亡生活"。研究者都知道，这十年是他创作的高产期，原因一在于其正当壮年，才情横溢；二在于养家糊口，需要靠卖文为生；三在于远别家乡与昔日的生活，隔海而每起乡愁遥思，陈酿情怀，故产生创作冲动。恰如后来的编辑者所述："在此期间，他除了撰写自传、历史小说、翻译外国文学作品而外，更多的精力从事于中国古代社会历史的研究。"[①] 左右开弓，双管齐下，他的辛苦可想而知。写自传，如其自述既是他庞大研究计划之余的一种调剂、精神放松的享受，也是他养家糊口所必需的一项稿费进账。我们除了惊叹作者的才华与精力、坚韧的意志外，确可以理解他越往后越不能精雕细刻的匆忙。可贵的是，不论艺术追求进退程度，他坦率的本真与实录不捐的史家精神始终保持如一（如胡适所谓"赤裸裸""琐碎生活"）。在《少年时代》（《沫若自传》第一卷）各篇中，因酝酿成熟，下笔腾挪有致，更显得从容不迫，艺术上更见功力、魅力。

值得注意的是，历史上贫穷都青睐天才（杜甫："文章憎命达"），郭沫若在他困顿的年代，创作出了多部不朽之作，代表了他创作成就的高峰，他一生特别敬佩德国大文学家歌德、海涅、席勒等人，翻译过他们的文学作品。歌德有诗《谚语》："当我处境很好的时候，我的诗歌之火相当微弱。但在逃离迫在眉睫的灾害时，它却熊熊燃烧。优美的诗歌就像彩虹，只能描画在暗淡的背景。诗人的才情喜欢咀嚼忧郁的心情。"[②] 郭沫若的自传，即

---

① 肖斌如、邵华：《郭沫若传略》，载《中国当代文学研究资料——郭沫若专集》（1），成都：四川人民出版社，1984 年版，第 7 页。
② 转见［德］叔本华：《论天才》，载《叔本华思想随笔》，韦启昌译，上海：上海人民出版社，2008 年版，第 15～16 页。

为他当时另一种"诗歌"创作,如上述沈从文形容:"力量的强,词藻的美。"作为郭沫若同乡的后来者,我们在阅读中所感受的趣味,引发的亲切,兴许超过别的地方的读者(他多用方言土语传神写照、韵味十足)。虽然经过了八十余年的岁月洗炼,这些名篇佳作仍然是表现近现代四川题材写实文学的不二之选。有人预感"郭沫若作品传世的希望最微"[①],或许这种预言还没有破产,有待时光继续检验,但就迄今而言,事实已证明郭沫若的自传如果从近百年文学史中抽去,结构虽不致坍塌,也会成为重大缺陷与一种畸形。笔者少年时代接触过《沫若自传》,眼下阅读,隔着四十年的风云,仍感觉审美的惊喜。当我们闭上眼睛,那些乡土气息浓郁并时代特色鲜明、思想感情突出、烘托特别细腻的光景、情节仍不由浮现于眼前:峨眉山下、大渡河边,小小少年,世纪末的情怀,他的敏感,他的勇敢,他的冲动,他的悲伤,他对悲剧的特别体验与烘托,以及没有遮拦的才情,无不跃然纸上、化腐朽为神奇。例如那些轿夫、"长年"、家人,在河边上寻觅与呼叫着"八老师"的声音,犹然在耳畔;与年轻的五嫂月下相逢踟蹰,拘于礼节而不无同情、感伤的扼腕叹息;同学的沉浮"闹学";被支配的如"隔着麻布口袋买猫子"的旧式婚姻;以及陪同大嫂乘船往赴成都并在成都就学、见证推翻帝制、走出夔门、困于北京、赴日本的火车上得到一个苹果捱饥等情节的追述,无不绘声绘色,精彩纷呈,给人长久的回味。其余如乡土风俗、史地人文、行帮匪患等地方现状知识等,无不具细突出,讲解有致,描绘与点缀生动活泼,给人以深刻的警醒。

那些脍炙人口的行文我们这里无烦占用篇幅加以引用,但诵

[①] [美]夏志清:《中国现代小说史》,上海:复旦大学出版社,2005年版,第70页。

读之余，口角留香，从悲剧效果中得到充足的审美快感与享受，却是不争的事实。特别是作者生长的环境氛围，如非具有扛鼎之笔，决不可能那样驾轻就熟，下笔有神，随时有李杜苏黄等前贤文豪诗文的快感、信息。也许作者的生长地"嘉州"并不因郭沫若才具有名气，但你不得不承认，有了郭沫若，"嘉州"更有名气，也更加具有文学特别是现代文学的吸引力、张力、能指。"'现代'赋予整个过去以一种世界史（Weltgeschichte）的肌质……"① 郭沫若正是在"世界史"的观念中结构他的自传文学，所以他的作品有着强烈的现代精神气质。黑格尔在《精神现象学》中曾有如下阐述：

> 我们不难看到，我们这个时代是一个新时期的降生和过渡的时代。人的精神已经跟他旧日的生活与观念世界决裂，正使旧日的一切葬入于过去而着手进行他的自我改造。现存世界里充满了那种粗率和无聊，以及对某种未知的东西的那种模模糊糊的若有所感，都在预示着有什么别的东西正在到来。可是这种颓废败坏……突然为日出所中断，升起着的太阳犹如闪电般一下照亮了新世界的形相。②

移置郭沫若自传体长卷散文的主题诠释与阅读的审美感受，颇为切中。也许这就是郭沫若文学所体现出来的现代性与前沿价值。身处19、20世纪交界点，新旧嬗变，笑看风云卷舒，郭沫若的新文学创作包括他的自传体散文，意味无穷，新义自在，不因时光消磨而消泯。

---

① ［德］于尔根·哈贝马斯：《现代性的哲学话语》，南京：译林出版社，2004年版，第7页。
② ［德］于尔根·哈贝马斯：《现代性的哲学话语》，南京：译林出版社，2004年版，第7页。

附录六　通过荒诞完成审美喜悦

如其 1947 年《少年时代》序文中明确表示:"通过自己看出一个时代。……无意识的时代过去了,让它也成为觉醒意识的资料吧。觉醒着的人应该睁开眼睛走路,睁开眼睛为比自己年轻的人们领路。"更早写于 1928 年的《我的童年》的序中,更像是诗的宣告,列在前边:

> 我的童年是封建社会向资本主义制度转换的时代,
> 我现在把它从黑暗的石炭的坑底挖出土来。
> 我不是想学 Augustine 和 Rousseau 要表述甚么忏悔,
> 我也不是想学 Goethe 和 Tolstoy 要描写甚么天才。
> 我写的只是这样的社会生出了这样的一个人,
> 或者也可以说有过这样的人生在这样的时代。

这和胡适所倡导撰写自传来表现时代、为历史存底的想法没有冲突,显然都是当时那个重在弘扬与崇尚科学、民主价值观念的时代的同构。如周作人与郁达夫分别为《新文学大系 20 年代散文序》中相近同的看法,那时候的散文:个性突出,自由抒写,是王纲解纽、破除正统观念的产物。当时人到中年的郭沫若,回首他自己的过去,具有科学的头脑,加之他已接受社会主义思想,主张社会改造,有意识、有理想,于行文中挥洒自如,真如古人所谓"治大国若烹小鲜",虽为长卷,结构浑成严密,一气呵成,时代精神充沛饱满张扬,这成为情节贯穿首尾的红线。与别的作家有所不同,浪漫主义时代与创造社出身所留下的大胆暴露与自我情感世界宣泄的方式,或许比别人的自传,更带感情,更夸张、浪漫、坦率,然却不失诗意,情节往往跌宕起伏,令人惊奇,令人啼笑皆非,给人复合、系统的审美快悦。这是郭沫若自传散文风格最为明显的一种特色。

三

我们要研究这种特色的内在张力与审美构件。进一步清理你会发现，他的写作艺术往往是通过事件的荒诞性质的暴露与悲剧结局的揭示，以之来达到与发挥思想感染的效力，完成审美喜悦，虽然这种喜悦夹杂着叹息甚至是悲哀的过程。这或许就是西方文学传诵不绝的古罗马贺拉斯"愤怒出诗人"以及近代西方美学："悲哀夹杂着愉快，愉快夹杂着悲哀"的说法。我国古代诗论中亦多有悲喜交加、相互促成的文论，兹不赘述。郭沫若显然深谙其理路，在艺术上如探骊得物、游刃有余，给人看到幻灭的过程与接受其表述方式的满足感。因他的情节多采自亲身经历或周遭熟悉所闻，所以得来全不费功夫，往往真实、自然、熨帖。也许得来太容易，有时候不免夸张过甚，有过虐过露之嫌，这在沈从文的批评文章中，已有指出。我们的确看到个别行文段落，如《黑猫》，如多篇中涉及与描写学校师长的章节，即有稍过之嫌。但这种用笔的轻率不等于作风轻薄，如《黑猫》中所揭露出来的旧式婚姻的无主性与悲剧性，本身可称典型。特别实叙在母爱的责备下："我是同意了的。"这种不加掩饰的诚恳检讨态度，足可化解行文中嘲谑稍露之弊。而当时教师职守的抱残守缺、不少愚昧荒唐的教育方式，也切合自传中笔锋给予的讥刺。而且当时对这种腐迂师教予以嘲讽，也是革命时代风气，如鲁迅、李劼人等人都有写及。长卷的自传作品，不免有赘笔、败笔，可贵的是，更多切实的内容与精彩、诗意，远过于不足。

通过对荒诞事物的层层剥示，将悲剧社会人生（乖谬、荒唐、黑暗、愚昧麻木等）予以陈列展览，用作理喻、解剖，以史为镜，以史为鉴，以审美认知作为结构经纬。这是郭沫若长卷自传散文所呈现出来的一个显著的思想艺术特征。如《少年时代》

中父亲出身破落,经营正当生意难以为继,后靠贩鸦片烟发家致富;母亲是因苗乱被仆人从死人堆里带着逃出来的(关于母亲的身世,郭沫若另有散文《芭蕉花》叙写具细);老师不通却冬烘自愚、刚愎自用;情窦初开产生"扪触"异性兴趣的对象却是自己的三嫂;"视学"王畏岩先生的小女儿本来是说给郭沫若自己的,却因一场病错过而成了他的五嫂;那一场怪病来势凶猛,家人都为其准备料理后事了,不想一阵乱下猛药后侥幸生还,留下终身耳疾;学校的闹学先后被开除出校,绝望中却又"绝处逢生",后被成都名校录取继而开除;以及在读期间逛胡同(坐妓怀)、打戏场、同性恋等不经;结婚更是悲喜剧的高潮;轿夫是些摇摇晃晃如行尸走肉般的"烟枪";从县府请来的壮丁保安等人竟也是烟中饿鬼;另如炮打乡场恶人杨朗生家院;"反正前后"成都官场的戏剧性"乱轰轰你方唱罢我登台";出夔门赴天津应考的"拓都与么匿"莫明其妙考题;火车上没有日本钱只能佯装不饿,得到日本女郎赠送一只苹果,等等。举凡所述人物情节,莫不在一种可悲可啼、可笑可叹、堪称极不正常的氛围境域中,登台演出,如走马灯过场。作者的一枝笔,驾轻就熟,摇曳多姿,刻画处往往入木三分,跃然纸上,适当运用配合乡俚方言,更增强丰富性与表现力。有的情节之间,配以奇论,让人阅之不免心惊肉跳,有身在陷阱之感。如少年的作者偷看《西厢》被大嫂发觉告诉母亲从而受到责备,作者对此议论道:

> 但是责备有什么裨益呢?已经开了闸的水总得要流泻到它的内外平静了的一天。这种生理上的变动实在是无可如何的,能够的时候最好是使它少受刺激性的东西。儿童的读物当然也是一个很重大的问题上,回想起来,怕我们发蒙当时天天所读的甚么"窈窕淑女,君子好逑"的圣经贤传,对于我的或和我同年代的一般人的性的早熟,怕要负很重大的责

任吧？

　　淫书倒不必一定限于小说，就是从前发蒙用的《三字经》也可以说是一本淫书。譬如说：

　　　　蔡文姬，能辨琴。谢道韫，能咏吟。
　　　　彼女子，且聪敏。尔男子，当自儆。

　　像这样好像是含着勉励的教训话，其实正是促进儿童早意识到性的差别。又那些天经地义的圣人的典礼，甚么"男女七岁不同席"，"叔嫂不通问，长幼不比肩"之类，这比红娘、莺莺的"去来，去来"，所含的暗示不还要厉害吗？近来听说还有些大人先生们在提倡读经，愚而可悯的礼教大人们哟，你们为你们自己的儿女打算一下罢！（见《我的童年》第一篇末）

像这样的奇崛之论，遍布集中，展示着作者得到科学启蒙与个性解放后的充沛才识、觉悟。因其现代知识（主要取自西方）的体系，愈发凸显出旧传统不合理事物的荒诞性、颓败处。读者或许不完全赞同作者的言论，但不得不佩服他文采的腾挪跳跃与笔走龙蛇。五四时代的自传体散文都喜欢类似揭示事物荒诞性质的表现手法，如鲁迅《朝花夕拾》述为父亲抓药、陈莲河医生的"天方夜谭"般的方子；胡适《四十自述》中少年不羁酩酊大醉睡卧于街首泥淖之中；沈从文《从文自传》自述在投身地方武装时目睹了过多的砍头杀人，包括一个女"山大王"的故事；周作人《初恋》遭遇一个天真无邪的少女"阿三"，却被"宋姨太"诅咒"将来总要流落到拱辰桥去做婊子的"。类似例子举不胜举，盖因当时中国新文化处于反封建的最前沿，文学家担当着社会变革的使命与自觉意识。没有谁比郭沫若付出更多的精力来写他自己的一生，写他的遭遇经历，如上所述除了"卖文"的一层因由外，他立志纪录"革命春秋"，有着充分的历史观念、革命精神与激情澎湃的文学创作才情，这无论如何是不容抹杀的。

曾经留学日本的创造社作家，大多有着很好的德文底子，深受德国文学、哲学的熏陶影响（留日学生多如此），郁达夫直接用尼采《悲剧的出生》（又译《悲剧的诞生》）作为自己的自传散文题名，郭沫若虽然没有沿用德文原题，但他受德国文学、哲学乃至自然科学的影响，似更在郁达夫之上（郭沫若说过郁达夫英文更好），这从郭自传中的科学知识与德文词汇（多医学、哲学术语）引用注解可见一斑。同样重要的是，他深谙悲剧艺术，他写的历史事件虽然多属于悲剧，但他能够通过悲剧的过程来揭示其荒诞可怕，倡导人性的、理性的自由思想与健康的审美精神。即如尼采援引希腊神话与莎士比亚作品说事论艺：

> 一个人意识到他一度瞥见的真理，他就处处只看见存在的荒谬可怕……他厌世了。
>
> 就在这里，在意志的这一最大危险之中，艺术作为救苦救难的仙子降临了。惟她能够把生存荒谬可怕的厌世思想转变为使人借以活下去的表象，这些表象就是崇高和滑稽，前者用艺术来制服可怕，后者用艺术来解脱对于荒谬的厌恶。[①]

郭沫若最早出名是因为创作了一首表现厌世思想有自杀念头的《死的诱惑》（1918年），这首小诗被日本文坛翻译后作为中国现代诗的一个样板予以介绍。就其整个前期创作来说，郭沫若大多是描绘黑暗的际遇与心情，寻求"凤凰之再生"的辉煌奇迹。系列自传散文正是这组弦律中的一种，他之所以勤于表现荒

---

① ［德］尼采：《悲剧的诞生》，周国平译，桂林：广西师范大学出版社，2002年版，第55页。

诞的故事，书写故土衰落的文明，一则事实当时大体如此；二则他的信奉（认同普遍真理，二十年代后主要接受马列思想的社会主义）使然。他文中表现出"崇高与滑稽"，表现出诗意的庄严与温暖，将"可怕"与"厌恶"成功转换为一种文学加工、过滤后的审美喜悦。篇中凡涉河山壮丽、人文史乘、民风古朴等，均极力渲染，如数家珍，这种激情渗透，一如读到他浪漫主义作风的诗歌。

"每部真正的悲剧都用一种形而上的慰藉来解脱我们：不管现象如何变化，事物基础之中的生命仍是坚不可摧和充满欢乐的。"① 这就是我们书架上不论时光如何迁徙、流转始终保持与重视着的多卷本《沫若自传》的理由。

2012.11.10 再改于红枫岭

后注：本文援引的郭沫若原著行文系《沫若文集》第6卷人民文学出版社1958年版，谨以此文献给书的原主人——我母亲张瑞琼女士在天之灵。原载《天府新论》2013年第5期。

---

① ［德］尼采：《悲剧的诞生》，周国平译，桂林：广西师范大学出版社，2002年版，第51页。

附录七　鲁迅文学创作中乡愁主题的承接与变异

张叹凤

摘要：鲁迅是在五四现代文论中正式界定与使用"乡愁"语词的文学家。他自身的创作也多有涉及乡愁主题，但他从不肯轻言乡愁，对传统的文学范式保持着警惕与界别，不过从他的旧体诗里可以看到与传统的惯性对接，而新文学创作中，则将此乡愁情结扩大为一种忧愤深广的情怀，这无疑是对传统乡愁主题的变异处置与升华。

关键词：鲁迅　乡愁　主题　新文学

一、对于主题的界定

笔者曾撰文阐述乡愁文学的现代性型，以及新文学运动旗手鲁迅对乡愁主题类型文学的基本态度。以下以鲁迅作品为例，具体探讨乡愁主题在新文学作品中的延伸、深化与变异。

笔者以为，鲁迅并不满足"只见隐现着乡愁"的文学作品，言下之意，是要将旧时代文士单纯的意向退缩的乡愁调子划分开去，将乡愁这种人之常情在新时代的语境中予以考量、重构，使之有更多的包容性与思想性，以及时代主题的锐意性。他在《新文学大系小说二集导言》中点评了一批新文学青年作家的乡土文学作品，褒贬允宜，指示肯切，有着深刻的提示性与认识价值。

他甚至不避嫌疑地评论到了自己的作品——

> 在这里发表了创作的短篇小说的,是鲁迅从一九一八年五月起《狂人日记》《孔乙己》《药》等,陆续的出现了,算是显示了"文学革命"的实绩,又因那时的认为"表现的深切和格式的特别,颇激动了一部分青年读者的心。然而这激动,却是向来忽慢了绍介欧洲大陆文学的缘故……但后起的《狂人日记》意在暴露家族制度和礼教的弊害,却比果戈理的忧愤深广,也不如尼采的超人的渺茫。此后虽然脱离了外国作家的影响,技巧稍为圆熟,刻划也稍加深切,如《肥皂》《离婚》等,但一面也减少了热情,不为读者们所注意了。[1](P.125)

这段自评对于我们有如下领会意义:(1)坦承了自己中国新文学拓荒者的地位。(2)强调了新文学与外国文学的密切关系。(3)强调了新文学"表现的深切和格式的特别"。(4)指出了"忧愤深广"的深刻主题和"阴冷"的现代主义调子。在这样的语境中,渗透于这些主要取自于乡间人物题材的作品中的乡愁,其情调显然与旧时代类型有泾渭之别,"忧愤深广"四个字,应是这时代乡愁主题的主要特征。

自然,其内涵与外延,皆已逾越单单怀乡恋旧、希望回到过去,或逃入一个避风港式的桃花源或乌托邦中去的常态性主题。而将个人的隐忧、情怀与愁绪,系与时代人物,后所谓"普罗大众","衷悲所以哀其不幸,疾视所以怒其不争"。这虽是在《摩罗诗力说》中评介拜伦的话,但移植鲁迅与其乡间题材作品,一样命中。再如鲁迅评台静农:

> 要在他的作品里吸取"伟大的欢欣",诚然是不容易的,但他却贡献了文艺,而且在争写着恋爱的悲欢,都会的明暗

的那时候，能将乡间的死生、泥土的气息，移在纸上的，也没有更多，更勤于这作者的了。[1](P.141)

以此视阈考量鲁迅作品，一样有其合理性。这种乡间的悲欢以及泥土气息，亦即一种乡愁的具象的表现与形态构成，其主题视阈显然更加阔大、更加深刻。其探索性、变异性标志了这一主题取向的崇高建构。如在《摩罗诗力说》结尾所激情表白：

"今索诸中国，为精神界之战士者安在？有作至诚之声，致吾人于善美刚健者乎？有作温煦之声，援吾人出于荒寒者乎？[1]

鲁迅的乡土文学包括他表现乡愁情结的主题文学，正可以概括为这样的"至诚之声""温煦之声"，这同从前的一味叹息、无奈的悲鸣、灰颓之志大为不同，鲁迅的乡愁情思中，更多的是"援救"的用意，在悲剧文学形态与质地中，展现了"精神界战士"的奋勇与孤立，不仅予人审美情操上的洗雪涤荡，更在认知与智能方面获得巨大震动与教益。所以鲁迅的乡愁是一个思想家的乡愁、一个先行者与斗士的乡愁。正如他笔下的过客，以至《铸剑》中的复仇者，有着勇猛精进、毫不妥协、敢于牺牲的彻底革命的大无畏精神。在里边我们自然看到西方世界思想斗士的一些影子（如普罗米修斯、伽里略、尼采等人），但更多的铸成与中坚，是自己国家的历史进程与时代进步、人民解放需求下的挺身而出、披荆斩棘。

这一由乡土文学中表现出来的"进化"思想与特征在鲁迅身上也不是一蹴而就的。鲁迅仍然走过了他踬步艰辛的探索者的心路历程。

二、创作轨迹

鲁迅的文学创作也经过了由旧而新、由一己之发抒而情牵大众的变革。

在早期文学创作中,鲁迅表现乡愁主题的作品基本上是承继着清季以来知识分子寻觅改良、益智兴邦、忧国怀乡、寄意手足的苦吟形态出现的,形式上也仍然是传统文学的模式。其时传统文学中循环往复、生生不息的乡愁特征在留学生鲁迅身上,依然表现得十分明显。其作于1898年的《戛剑生杂记》写道:

> 行人于斜日将堕之时,暝色逼人,四顾满目非故乡之人,细聆满耳皆异乡之语,一念及家乡万里,老亲弱弟必时时相语,谓今当至某处矣,此时真觉柔肠欲断,涕不可仰,故予有句云:日暮客愁集,烟深人语喧。皆所身历,非托诸空言也。[2]

这一"客愁"表述正是乡愁的直抒,这番异乡氛围十足的动情描写,是比较典型的游子的情怀。放在古代乡愁文学作品中,可称得体。

鲁迅另有旧体诗《别诸弟》三首也发自真情,堪称典型的乡愁文学之作,兹录于下:

(一)

> 谋生无奈日奔驰,有弟偏教各别离。
> 最是令人凄绝处,孤檠长夜雨来时。

(二)

> 还家未久又离家,日暮新愁分外加。
> 夹道万株杨柳树,望中都化断肠花。

(三)

> 从来一别又经年,万里长风送客船。
> 我有一言应记取,文章得失不由天。

附录七 鲁迅文学创作中乡愁主题的承接与变异

词句清顺意挚，熔裁精当，颇有唐宋绝句风采。像这样传统意绪的文本方式乡愁题写，鲁迅旧作中还有多篇。而今熟悉鲁迅作品的读者，未必知晓与熟悉上引那些行文精致而调子悒郁、旅愁无边的旧体文学作品了。正如新加坡华人文学家郑子瑜先生所论：

> 这种旧诗人式的离情别绪，自然和他们所处的那个时代息息相通的。随着时势的推移，五四狂潮从迸发，而高涨，而退落，周家兄弟所走的人生道路与文学方向也日渐分歧；鲁迅经过"荷戟独徬徨"的"上下求索"之后，终于走向革命；而周作人则从"叛徒"变成"隐士"了。这种不同的路向反映到文学作品上面，思想内容固然是各走极端，文学风格也是泾渭分明的。鲁迅的杂文固然是充满战斗性，就连偶一为之，用以酬唱或抒情的旧体诗，也都发射着"投枪"与"匕首"的锋芒；可是周作人的小品文和杂事诗，却同样的表现出平和冲淡，甚至阴沉忧郁的气氛……莫名的哀愁，异乡的情调，怀古的幽思，都汇集到他的笔下，发为阴沉惨澹的诗文。[3]

评说兄弟二人，虽然早就有异，但我们从旧体文学上衡量，似乎还看不出有多少区别。这里显然仍旧是一个文学由旧而新的探索路径问题。

三、转型与变异

鲁迅以后投身文学变革，偶时或还有旧体作品，但与前期相比，变化很大，主要是由士子型的文学体例向无产阶级大众文学的质地转型。所谓旧体文学却已是旧瓶装新酒，承载着时代的强音与精神，但其中不无乡愁意绪的作品或句式：

自题小像
灵台无计逃神矢,风雨如磐暗故园。
寄意寒星荃不察,我以我血荐轩辕。

无题
万家墨面没蒿莱,敢有歌吟动地哀。
心事浩茫连广宇。于无声处听惊雷。

人生得一知己足矣,斯世当以同怀视之。(写给瞿秋白题款)

类似这样的情调意绪,在他的白话诗、打油诗乃至杂文中不时涌现,表现了他怀旧情文的现代转型。但鲁迅影响最深广、为人所传诵的作品,要数他后来的新文学尝试,尤其是小说散文体裁。在新文学作品里,他的乡愁主题如上所述实现了某种特性变异,总体说,从传统而世界化,由"客子"型而"战士"型,由简单清顺、悒郁徘徊而晦涩、忧愤、浓重有力,总体是表现得更加激扬、前沿、深刻、现代,同时更具有时代创造的新意与思想者锐志果决的色彩。

《呐喊》《坟》《彷徨》《野草》《朝花夕拾》等诸文集是这一转型、变异特征的代表成果,其中多以家乡人事、回忆为线索,抒发"风雨如磐暗故园"的深刻"寄意"与忧愤。显然单用"乡愁文学"主题概括这里边的大部分作品是远不够的。但毋庸置疑,这里边的许多作品都寄寓着鲁迅现代性的乡愁情怀,构成主题的复合意义与系统符号。其关联性在变异学视角的主题分解中,脉络分明,成分重要。如海德格尔在《林中路》中所揭示:

在作品中发挥作用的是真理,而不只是一种真实……这种被嵌入作品之中的闪耀(Scheinen)就是美。美是作为无蔽的真理的一种方式。[4](P.37)

附录七 鲁迅文学创作中乡愁主题的承接与变异

鲁迅的乡愁是一种真实,但它在新文学创作中已经实现变异与升华,成为"嵌入作品中的闪耀"。具备着悲剧特质的美,并发挥着真理的作用与能量。

在《野草·题辞》里鲁迅宣示:

> 过去的生命已经死亡。我对于这死亡有大欢喜,因为我借此知道它曾经存活。死亡的生命已经朽腐。我对于这朽腐有大欢喜,因为我借此知道它还非空虚……天地有如此静穆,我不能大笑而且歌唱。天地即不如此静穆,我或者也将不能。我以这一丛野草,在明与暗,生与死,过去与未来之际,献于友与仇,人与兽,爱者与不爱者之前作证。

"静穆"在古代也是乡愁的一个近义词与语义场。鲁迅宣告旧的死亡,用其一生迎接新的创造与未来。《野草》开创了以后中国现代散文诗体裁的文学创作,文本信息显然涉及国外尼采、波德莱尔、安德列夫等诗体的审美角度与影响,语词与句势显出相当的陌生化,张力十足,更显露出冷峻批判与挑战的锋刃,这就传统方式来说的确是晦涩,但在这晦涩中表现着探索与决裂的胆识。《野草》抒发了新旧交替时代毅然决然、摧枯拉朽的前行者意识,以及告别旧我,告别旧时代阴影的意志。这也难怪在《希望》篇结尾特地发出:"绝望之为虚妄,正与希望相同!"这不啻是悲剧艺术宣言,正是从这种"绝望"的情怀中,感受到鲁迅"世上本没有路,走的人多了,便成了路"的人生哲学思想的合理内核与其探索者的坚韧性。乡愁这一古老情怀,在这里无疑得到了极好的升华与变异,成为一种现代情怀的、隐含真理的"在场"意识。

从原型学的视角看,鲁迅也取用故乡风物回忆来做文章,如他述及莱蒙托夫作品"孺子魂梦,不离故园"(《摩罗诗力说》)。

鲁迅的故园意识与故园风物场景，是鲁迅作品中特征最具显、最具前台示意的符号标识，研究者都予以高度重视。周作人后期还以笔名（周遐寿）写了几本有关鲁迅作品故乡人物原型的专著，这也说明其家乡的符号意义。在这些故乡风物的取舍上，令鲁迅感到一种原型转换的自由抒发的美的愉悦与力量，他视为"还非空虚""有大欢喜"。他在《野草·雪》一篇中抒写道："在无边的旷野上，在凛冽的天宇下，闪闪地旋转升腾着的是雨的精魂……"《风筝》篇中说："现在，故乡的春天又在这异地的空中了，既给我久经逝去的儿时的回忆，而一并也带着无可把握的悲哀。"

在《朝花夕拾·小引》中更明确抒发：

> 我有一时，曾经屡次忆起儿时在故乡所吃的蔬果：菱角，罗汉豆，茭白，香瓜。凡这些，都是极其鲜美可口的；都曾是使思乡的蛊惑。后来，我在久别之后尝到了，也不过如此；惟独在记忆上，还有旧来的意味留存。他们也许要哄骗我一生，使我时时反顾。

古斯塔夫·缪勒在评价《荷马史诗》时说：

> 荷马努力使自己的世界具有一种柔和的光泽，因而，他使自己的事件摆脱了平庸的世界，而进入到一种美丽高贵的"过去"的世界。但他笔下的人所经历的一切都来自于永恒存在的人的经验，并会进入任何一个时代的中心。[5]

将此移评鲁迅乡土文学作品，也许不尽合适，但倘若我们将荷马与鲁迅都放置人类历史长河中予以衡量，星斗满天，其文学的永恒意义，证明他们同样的取裁"过去"，标识时代，有着人性与文学审美链接的同样的不朽意义。

鲁迅文中所谓的"哄骗"即一种原型意义上的乡情，这种"反顾"也即追怀、回归。形成乡愁的构成原点与向心力。鲁迅

附录七　鲁迅文学创作中乡愁主题的承接与变异

取材丰富，用笔不羁，他所怀念的人除了他的亲人如病中的父亲、盼归的母亲、幼小的兄弟之外，另如儿时的玩伴、学友、工友、师长、侄辈乃至保姆。散文名篇《阿长与〈山海经〉》堪为一时之选，作者刻画入微，情景俱现，在结尾处深情呼唤："仁厚黑暗的地母啊，愿在你怀里永安她的魂灵！"

鲁迅对新文学乡愁主题作品的贡献还应特别指出其文本意义，他开创了乡土小说这一崭新领域，作品多以第一人称"我"入题，亲与其事，亲临其景，如自叙状，借鉴西方现代小说手段，剖析人物心理，细致入微，意味十足。如《在酒楼上》《祝福》《社戏》《故乡》《伤逝》等多篇，抒写乡愁曲折而形象。以《故乡》结尾一段为例——

> 老屋离我愈远了；故乡的山水也都渐渐远离了我，但我却并不感到怎样的留恋……那西瓜地上的银项圈的小英雄的影像，我本来十分清楚，现在却忽地模糊了，又使我非常的悲哀。
>
> 母亲和宏儿都睡着了。
>
> 我躺着，听船底潺潺的水声，知道我在走我的路。我想：我竟与闰土隔绝到这地步了，但我们的后辈还是一气，宏儿不是正在想念水生么……
>
> 我想到希望，忽然害怕起来了。闰土要香炉和烛台的时候，我还暗地里笑他，以为他总是崇拜偶像，什么时候都不忘却。现在我所谓希望，不也是我自己手制的偶像么？只是他的愿望切近，我的愿望茫远罢了。
>
> 我在朦胧中，眼前展开一片海边碧绿的沙地来，上面深蓝的天空中挂着一轮金黄的圆月。我想：希望本是无所谓有，无所谓无的。这正如地上的路；其实地上本没有路，走的人多了，也便成了路。

海德格尔赞赏荷尔德林诗句："依于本源而居者吗，终难离弃原位。"[4](P.57)这指出了天下一切乡愁主题的哲理性。

高旭东在评及鲁迅小说的悲剧美时指出："在描写传统的中国人时，鲁迅就将笔触深入到中国人的灵魂深处，在'几乎无事的悲剧'中显露出不可见之泪痕悲色，并沉痛反省造成中国人心灵悲剧的文化历史原因，使作品显得'忧愤深广'。在鲁迅小说面前，传统小说的和谐理想与团圆主义显得顿然失色。"[6]这大体代表了当代学者对鲁迅小说的审美考量与价值认知。现代小说是新文学运动探索的一种新样式，鲁迅的作品无疑奠定了基础，做出了表率，尤其是悲剧的审美意识，"直面惨淡的人生"，"记得一切深广和久远的苦痛，正视一切重叠淤积的凝血"（《野草》），从而显示出超凡的战斗性与文学的启蒙意义。

鲁迅的乡土文学为乡愁主题的现代抒写与领异标新，走在时代前列，实现全球语境层面的文学对接、对话，带了好头，树立了榜样。

参考文献：

[1] 鲁迅. 中国新文学大系小说二集导言［A］//中国新文学大系导论集［M］. 上海：上海良友复兴图书公司，1940：125.

[2] 鲁迅旧诗笺注［M］. 广州：广东人民出版社，1959：193.

[3] 郑子瑜. 论周氏兄弟的杂事诗［A］//诗论与诗纪［M］. 北京：友谊出版公司，1983：78－79.

[4] ［德］海德格尔. 林中路［M］. 上海：上海世纪出版集团，2008.

[5] ［美］古斯塔夫·缪勒. 文学的哲学［M］. 桂林：广西师范大学出版社，2001：8.

[6] 高旭东. 跨文化的文学对话［M］. 北京：中华书局，2006：94－95.

此文原载《西南民族大学学报》2016年第6期

附录八　论冰心文学书写中的西南地理文化呈现

摘要：冰心于全面抗战时期辗转中国西南滇、渝两地，前后生活居处长达七年之久，其文学书写呈现出鲜明的地理风貌、人文关系特色，在其一生主要以东南沿海、北国故都以及海外为背景场域的写作取材中，西南时期内陆后方山居生活创作较为"另类"，也更见其特立独行的气质抱负与坚持不懈的家国情怀，西南地理文化形胜无疑是冰心家园书写的重要一环与明显的审美构成。

关键词：冰心　文学书写　西南　地理文化

在新文学世界，冰心的成就世人皆知，她的题材建树多在反映我国东南沿海地区、北国故都以及海外游学境域的生活经历与景观文化、社会观察感受等，她下笔亲切、晓畅、从容、和谐、自然，包容人世间爱与智、进步精神的大家风范体例，影响尤其深远经久，在成名当初即有"冰心体"的社会赞誉与认可，其文学开风气之先，是新文学女作家中首屈一指的代表。近一百年来，冰心文学并未因时光远去而褪色、逊色，反而随着时光的陶冶取舍益见其价值，女性的关爱与母性的圣洁，是她作品中最鲜明的永不凋谢的主题。现代文学研究者所论五四文学中那种"抒情与史诗"①、史诗时代的抒情声音特质风貌,在冰心文学中即颇能形象体现。她西南时期的写作,增进与强化了"史诗"的内容质地。

徙居内陆大西南地区(主要是云南、川渝两地,1938—1945年),这时的文学书写,是冰心一生创作的重要节点,虽然在她创作生涯中篇目数量不是最多的时期,但处境特别,事关全局,可说取材宏大、酝酿经久、作风沉雄、含英咀华,尤能反映迁居异地他乡的新奇审美与地方文化接收传播效应以及世界联系等内容,这时期的创作自成特色。历史上进入巴蜀并旅居边疆的作家也不算少,尤其是在战争年代,像众所周知唐"安史之乱"以及唐五代割据时期,但女性文学家来川并留下作品比较罕见。新文学创作中像冰心这样的著名女作家,辗转迁居滇、渝等地长逾七年,这于西南内地文化来说,不啻一件大事。她身经世变,笔下对西南内地文化的观察汲取与反映,也从"他者"的视野,结合亲身经历体验,构织了西南地理文化与文学书写的特殊魅力,也为地方文化增添了新的元素与符号,如其旧居包括周遭风光名胜以及作品中所涉及的具体内容、细节描写等,直至今天,仍然是地方旅游文化景观与名胜风物的风味所在,令人遐思。文学的所指与能指的效应空间,在相当长的时期,预料仍将持续体现。这是冰心文学的魅力,也是新文学的强大,是地理文化所折射出来的互文、丰富效应。正如唐代的杜甫描写成都,宋代的苏轼描写岭南,明代的杨慎描写云南一样,异域的新奇陌生感,反而构建了当时与所在的精准、敏感、新奇、丰富寓意,往往形成作家身

---

① [捷克]亚罗斯拉夫·普实克:《抒情与史诗》,上海:上海三联书店,2010年版。关于海外汉学对冰心文学的详细探究,请参见拙作《欧美汉学界的冰心文学研究述略》,载《现代中国文化与文学》第18辑,成都:巴蜀书社,2016年版,第248页。

份文本（既有的知名度）与文学文本（新的创作）的共鸣绝唱，对地方文化来说是精彩注入、补充与提升。而地理文化也激发了文学家创作的热情，带给文学家更多的昭示与联想。《文心雕龙》所谓："精理为文，秀气成采。鉴悬日月，辞富山海。"亦可理解为山川地理人文风貌特色，对文学家的特别滋养，而文学的表现，亦无疑提升了地方文化的知名度，甚至使之不朽。这类事例在名山大川胜景、方志文化典物中，不胜枚举。

冰心在全面抗战时期旅居滇、渝两地的创作，超越了早期比较抽象的爱的教义式的抒写，也超越了相对狭小意义的"问题小说"范畴，她对大西南形胜风貌、社会抗战主流精神以及大后方人文坚守信念等"写生"，往往举重若轻，宏大中有细微，沉雄中见婉约，构织坚贞品格，这于冰心文学创作生涯乃至整个现代文学史述中，意义都不可小觑。这时期冰心别具一格、特色显著、行文洗练坚实的名篇佳作，不分体裁，都体现与贯注着强烈的时代精神，突出表现作者光明磊落的情怀个性，以及艰苦备尝乃至不惜牺牲的斗志，从而寄寓抗战必胜的乐观情操。体裁多小品文、速写、书信体散文以及演讲稿等，于今诵读，仍觉壮志如山，风光如绘，人情踊跃，无不形于眼前。以下试作分析阐述——

一、山川形胜、地缘文化

我国西南地区主要以云、贵、川三省（含今重庆直辖市）交集组成，这些区域在历史上都不曾是国家行政首都或文化中心区域（全面抗战时期"陪都"重庆例外）。历史上云、贵、川大体为内陆西南边疆多民族杂居地区，行政管辖权归属中央政府，有过分封与土司建制，也有过封建割据分裂时代。西南总体距离北方古都、中原以及江南（长江三角洲）名都盛会都比较遥远，交通路况险要逼仄，堪称天堑，故向有"蜀道之难难于上青天"的传诵。从汉代司马相如的"使西南夷"到当代的"三线建设"，以至近年的开发西部地区、建设大西南，这片广袤雄奇、源远流长的山川土地，都有边远、边疆、边土、"边缘化"的现实语义与独特的地缘文化特色。诗圣杜甫当年来川中，作诗感叹道："我行山川异，忽在天一方。但逢新人民，未卜见故乡。"（《成都府》）即可说明身处西南、风貌迥异的感受。历代文人在西南地区的"羁旅"作品，多见诸史料典章。西南考古学，也有别于通常意义的华夏考古。从地理关系来说，这是一个非中心也非聚焦点的人居散置场域。冰心于全面抗战初期迁徙并置留于西南滇、渝两地，在昆明两年（1938 夏—1940.8.4），四川重庆五年（1940.8——1945.9，其间有到访成都等地演讲、参访一类的短期逗留）①。像这样长时间的"入川""深入生活"，差不多可与历史上的杜甫、黄庭坚、陆游等省外来"剑南"寄居的文豪"媲美"。冰心当时将自己在云南治山的住所题为"默庐"，将重庆山居题为"潜庐"，顾名思义，显然都有"持久""沉默""坚持"的打算与寓意。如她自己行文解释："四川歌乐山的潜庐和云南三台山的默庐一样，都是主人静伏的意思。"（《力构小窗随笔》）② 结合当时全民抗战、大西南坚持支援前线、无私奉献、英勇牺牲的民族精神而言，冰心的心境与"默庐""潜庐"正相契合，其文学作品与山川风貌、人文特色颇能构成呼应对照的文学关系。

地理文化空间的改变与身临其境，给冰心文学感官焕然一新

---

① 具体时间参见李波主编、康清莲等编著：《山路上的繁星——冰心在重庆·年谱》，重庆：重庆大学出版社，2010 年版，第 128～130 页。
② 卓如编：《冰心全集》（3），福州：海峡文艺出版社，1994 年版，第 320 页。按：以下冰心作品引文皆引自该集，恕不一一赘注。

附录八　论冰心文学书写中的西南地理文化呈现

的触动，这一比较陌生化的际遇，令其书写表现自来习惯东南沿海与北方古都景致审美的笔调风格，豁然有所变化与转向，有如迎面怀抱旷野高原的骀荡春风与雄奇山水，清新雄壮的一页令其创作空间不免拓展刷新，加之诸多全面抗战时代主流精神的见闻、社会活动的亲身参与，其写作的营养与灵感不期而至，往往来得真切自然，不吐不快。这有如西方人文地理学者所论："我们必须考虑历史脉络下，文学生产的特殊关系。这让我们能够诠释特定时期里，具有独特历史牵连的有关某地的'感觉结构'（structures of feeling）……家园感觉的创作，是文本中深刻的地理建构。"①

冰心关于云南呈贡与重庆歌乐山的作品，即多着重"家园感觉"。"家国感觉"，体现的正是"文本中深刻的地理建构"。滇、渝风光与心景恰好构织出鲜明的"感觉结构"。迁徙艰困的社会生活，较多的社会活动，使冰心不能安心写作，但她这一时期数量不算太多的作品，却充盈着蓬勃的生机活力与昂扬的斗志以及清新自然的艺术表现，形成西南生活时期特有的风貌，如反映当时生活的《小橘灯》等作品至今仍脍炙人口，给人山道弯弯、石阶逶迤，以及黄葛树、橘子、西南土语等类似"巴国布衣"等种种生活细节中的印象，这毫无疑问都是地理意识建构中直接的取材，升华为文学作品的意境。与其以前脍炙人口的海滨印象抒怀与京师人文创作相比，冰心的西南书写别开生面，更多躬亲实践的内容。这令人联想到我国诗歌中的边塞诗，在旷野苍劲、苦寒沉雄中透射出特有的清新、自然、奔放气息。这时期冰心的创作正有如新文学中的"边塞诗"。而较以前的创作，则显得更加

---

① ［英］麦克·克朗：《文化地理学》，王志弘等译，台北：巨流图书股份有限公司，2008年版，第61~63页。

"单纯、明白"。有著名学者探讨冰心作品的文学价值,极为肯定其"清新、单纯"的美,认为:"在冰心的单纯里,恰恰关联着埋藏在人类心灵深处的最重要、最不可缺少的东西。在这个非常限定的意义上,她也是深刻的。""中国人的心灵里,包括整个民族心灵每个个体的心灵里,经过数十年各种斗争的洗礼,现在缺乏的正是冰心的这种单纯。……鲁迅和冰心对人生都有一种真诚的关切,只是关切的形态不同。"[①] 我们认为,在冰心滇、渝时期的创作中,单纯中更加突出坚贞的品格质地以及民族的风义,这与作家人到中年经历忧患而心系国家的责任感紧密相关,也与其写作风格日臻成熟与大器相吻合。"共克时艰""坚持胜利"是当时抗战文学的鲜明主题,也是冰心在这一"黄河大合唱"中自己的声部。虽然她这一时期的作品未必一味悲壮或程式化,却往往表现得更加有个性、更加率真,而且还有一些脱俗的风趣,这都是当时爱国者、文化人信心、坚持与乐观必胜信念的自然支撑体现。

流离跋涉的迁徙生活无疑是艰苦危险的,有时甚至命悬一线,惊心动魄(如遭敌机轰炸袭击),但云南高原与山城峰峦叠起的西南风光,都给了冰心身心方面的安慰与美的滋养。她下笔有情味、有神奇,颇多远近写生的工笔细描与特色渲染,如《默庐试笔》一文中:"呈贡山居的环境,实在比我北平西郊的住处,还静,还美。……回溯生平郊外的住宅,无论是长居短居,恐怕是默庐最惬心意。……没有一处赶得上默庐。我已经说过,这里整个是一首华兹华斯的诗!"《摆龙门阵——从昆明到重庆》一文中:"昆明那一片蔚蓝的天,春秋的太阳,光煦的晒到脸上,使

[①] 刘再复:《李泽厚美学概论》,北京:生活·读书·新知三联书店,2009年版,第170页。

人感觉到故都的温暖。"《致梁实秋》书信体文:"日常生活,都在跑山望水,柴米油盐中度过……"山川地理文化气息,无不洋溢于文中。这时期除重新发表颇受读者喜爱的"冰心体"散文、书信、随笔之外,还有诗作问世。《呈贡简易师范学校校歌歌词》堪为代表,寄寓深厚,琅琅上口,字里行间充满了力与美,诵之唱之,无不感到荡气回肠,爱国爱乡之情油然而生,中如——

> 西山苍苍洱海长
> 绿原上面是家乡
> 师生济济聚一堂
> 切磋弦育乐未央

首端二句,写出云南地域之美,可称传神之笔。整个作品将高原形胜风貌特色与人文教育思想气息熔为一炉,洗练又如水乳交融,颇为自然贴切。这在当时,对当地师生民众的鼓励是可想而知的,而在冰心的文学里,也是主题鲜明、肩负天下责任的难能可贵之佳作。至今流传、弦诵于当地。虽然时过境迁,但作品所表现的精神操守在人间却始终如一,这也是冰心文学"单纯"、坚贞的最好印证。

冰心在重庆歌乐山蛰居长达五年时光,除抚养小儿女、料理烦琐家务外,仍积极参与大后方抗战救亡运动、妇女组织、文化宣传教育、演讲等系列社会公益活动,其感受诸多,虽然伏案的时间较之以前少了,却总能忙中偷闲,率性书写,重庆山城时期的作品较之云南增多(近年学界又搜集到颇多未收入冰心文集的佚文[①]),也更为读者熟悉。甚至连居住的"歌乐山"也因冰心存在而更加有名气。从《摆龙门阵——从昆明到重庆》到《从重

[①] 熊飞宇编著:《重庆时期冰心的创作与活动研究》,桂林:广西师范大学出版社,2015年版。

庆到箱根》，晚至 1957 年根据当年素材改写创作的短篇小说《小橘灯》，此前还有写于重庆期间（四十年代初叶）《再寄小读者》系列等，其写山城歌乐山高处倚松筑屋居住，山城长江、嘉陵江均于一望中，心寄天下，思前想后，不时有神来之笔，尤其是地理人文风光方面的采写运用如诗如画，堪称如有神助。五四时代作者表现于文中大姐姐的循循善诱、平易近人，以及求新求知的精神风貌再次展现，这时期显然更加多了现实社会的内容以及重大的主题，作品基调显得更加沉稳、成熟、直观，突出了川东雾都重庆地理文化的风貌特征。对此作者往往直抒胸臆，形诸笔端，如："昨夜还看见新月，今晨起来，却又是浓阴的天！……我是如同从最高峰上，缓缓下山，但每一驻足回望，只觉得山势愈巍峨，山容愈静穆，我知道我离山愈远，而这座山峰，愈会无限度的增高的。"《力构小窗随笔》中描写尤其详尽，如同画出，如写居处：

> 潜庐只是歌乐山腰，向东的一座土房，大小只有六间屋子，外面看去四四方方的，毫无风趣可言！倒是屋子四围那几十棵松树，三年来拔高了四五尺，把房子完全遮起，无冬无夏，都是浓荫逼人。房子左右，有云顶兔子二山当窗对峙，无论从哪一处外望，都有峰峦起伏之胜。房子东面松树下便是山坡，有小小的一块空地，站在那里看下去，便如同在飞机里下视一般，嘉陵江蜿蜒如带，沙磁区各学校建筑，都排列在眼前，隔江是重庆，重庆山外是南岸的山，真是"蜀江水碧蜀山青"，重庆又常常阴雨，淡雾之中，碧的更

碧，青的更青，比起北方山水，又另是一番景色。①

山城的生态气息，雾都地理，包括当年李白的畅咏"蜀江水碧蜀山青"等，都恰到好处糅合自然，浑然一体，像一幅山水画。

还有如："重庆是个山城，台阶特别的多，有时高至数百级，在市内走路，走平地的时候就很少，在层阶中腰歇下，往上看是高不可攀，往下看是下临无地，因此自从到了重庆以后，就常常梦见登山或上梯。"（《力构小窗随笔·做梦》）重庆特有的"爬坡上坎""通天之梯"在冰心笔下渲染颇多，生动形象。像这样的地理文化光景，有七年时间加以体验，身亲笔述，可称"如行山阴道上，目不暇接"。这种地理描写亦形成她山城重庆作品的一大亮色。如前所述，冰心的"家园感觉"还不仅限于居处环境这一"小处"，更有国家完整这一宏大意识，所以她虽然在昆明呈贡、重庆歌乐山寄居，描绘当地居处的远近风光，颇有"家山北望""归去来兮"即收复失地、回归北国故都这一心愿情结，这令其地理文化建构、人文意识、现实关怀，行文总能以少总多，以小见大，表现更多的地理人文关系、地标情结与内容。正是："地方不只是一组累计的资料，更牵涉了人类意向。"② 感情色彩浓郁的描绘，艺术特色更加鲜明、丰富，将今昔、南北、山区高原与平原沿海、大后方与抗战前线等，有机结合，互为融通照

---

① 关于冰心歌乐山旧居，冰心曾写到："'潜庐'我决定不卖，交给保管委员会去管。——作周末休息之用。我请他们保管一切依旧，说不定我还会回来。"（《致赵清阁》）。见《冰心全集》（3），第371页。笔者1986年春旅经重庆，因胞妹供职重庆职业技术学院，时在歌乐山腰，寝室即冰心旧居一间。笔者上山探视，冰心旧居房屋、周围形胜风光，一仍其旧。现已拆建不存。

② ［英］麦克·克朗：《文化地理学》，王志弘等译，台北：巨流图书股份有限公司，2008年版，第143页。

应，打造出坚实的文章质地，颇多映衬之美以及联想的空间之维。这时期的作品读之有大义、有情节、有自然巧妙的审美结构，益智增知，明心励志，在单纯中都包容了更多的丰富。这与地理版图更多的形象入文、入题以及传神达意的话语空间密不可分。

二、人文精神、民族气节的直接表现

在这时期饶有地理特色建构的写作中，冰心的情怀更加畅朗、奔放、率真，显然，山川人文精神与民族气节是其内容的有力支撑与活跃因子，这也是地理文化的肌质与灵魂作用。如黑格尔哲学所指："助成民族精神的产生的那种自然的联系，就是地理基础。……要知道这地方的自然类型和生长在这地方上的人民的类型和性格有着密切的联系。"① 黑格尔认为"精神的理念"赋予时空更加鲜活的生命力与联系。对此其他学者也持共识，如："'民族历史'让民族成员产生一体之同胞情感，民族国家借此来动员其国民；'历史地理'让民族成员认识民族之共同领域资产，现有的及'原有'的。"② 冰心西南时期文学书写（包括演讲稿、讲义、通讯）中，都彰显民族救亡图存主题，讴歌时代精神、牺牲精神、奉献精神。她表现抗战情怀所涉及的人物类型颇多，可称林林总总，有当地人民、外地人（多系北方迁徙西南后方的知识分子、文化工作者），还有自身见闻以及心目中的人物。类如当地人中涉及普通劳动者、房东、学校师生、小职员等，作品如《张嫂》中的张嫂、《小橘灯》中的小姑娘，《空屋》

---

① ［德］黑格尔：《历史哲学》，王造时译，上海：上海世纪出版集团，2014年版，第41页。
② 王明珂：《华夏边缘——历史记忆与族群认同》，杭州：浙江人民出版社，2014年版，第24页。

附录八　论冰心文学书写中的西南地理文化呈现

中的虹等，都是正面描写。不时穿插点缀于地理文化景观中的人物形象、民间风俗风貌，充实行文。写外来者因为其接触面，多系知识分子、文化工作者，包括所结交的一些文学友人、名家，如梁实秋、赵清阁、郭沫若、老舍等人，都有写到。描写总能细节纷呈、形神兼备。如昆明时期所写：

> 昆明还有些朋友，大半是些穷教授，北平各大学来的，见过世面，穷而不酸。几两花生，一杯白酒，抵掌论天下事，对于抗战有信念，对于战后的回到北平，也有相当的把握。他们早晨起来是豆腐浆烧饼，中饭有个肉丝炒什么的，就算是荤菜。一件破蓝布大褂，昂然上课，一点不损教授的尊严。他们也谈穷，谈轰炸谈的却很幽默，而不悲惨，他们会给防空壕门口贴上"见机而作，入土为安"的春联。他们自比为落难的公子，曾给自己刻上一颗"小姐赠金"的图章。他们是抗战建国期中最结实最沉默最中坚的分子。（《摆龙门阵——从昆明到重庆》）

这些描写信息量颇丰，不由让人联想到当时西南联大的一些著名教授（如杨振声、金岳霖、闻一多、朱自清、沈从文等人），冰心以简洁生动、妙趣横生的笔调，写出了知识分子在国家民族危难时期坚守不弃的志向情操与乐观态度。

抗战中的生活无疑是异常艰苦的，即便后方也时在敌机瞄准轰炸进攻的威胁中，地方经济本来贫困，外来人大量涌入，物资匮乏，冰心自己一家人也不例外："从前是月余吃不着整个的鸡，现在是月余吃不着整斤的肉（一片肉一元六角）。我们自慰着说，'肉食者鄙'，等抗战完结再作'鄙人'罢。"（《乱离中的音讯（通信）——论抗战、生活及其他》）这时期冰心不过中年初到，但创作已如"幽燕老将"，文笔沉雄洗练，驭重若轻，性情表现耿直,已然不同于初期的朦胧青涩和偏重闺秀气质、温文尔雅。身经世变与患难,她对外寇不免也有深仇大恨,她甚至在写的《鸽子》一诗中设想自己倘若有支枪可以架于歌乐山上击落日寇猖獗的飞机:

> 巨大的眼泪忽然滚落到我的脸上,
> 乖乖,我的孩子,
> 我看见了五十四只鸽子,
> 可惜我没有枪!

相较前期,冰心在全面抗战中的创作较少,这有多重原因,迁徙不定的生活,时有敌机轰炸骚扰的处境,积极奔走参与后方抗战文化建设等。她忙中偷闲不多的作品,仍然引人注目,作品"含金量"很高,也是当地带有文学地标意义的作家之一。冰心在昆明,冰心在重庆,这都随着她的作品在当地报刊揭载而有宣传与现身意义。在《默庐试笔》中,冰心沉痛地描写了日寇占领下北方同胞做了亡国奴的屈辱与悲愤:

> ……最后我看见了景山最高顶,"明思宗殉国处"的方亭阑干上,有灯彩扎成的六个大字,是"庆祝徐州陷落!"
>
> 晴空下的天安门,饱看过千万青年摇旗呐喊,高呼"打倒日本帝国主义"的,如今只镇定的在看着一队一队零落的中小学生的行列,拖着太阳旗,五色旗,红着眼,低着头,来"庆祝"保定陷落,南京陷落……后面有日本的机关枪队紧紧地监视跟随着。

文中书写信念,尤显坚强,如:"我走,我要走到天之涯,地之角,抖抻身上的怨尘恨土,深深的呼吸一下兴奋新鲜的朝气;我再走,我要掮着这方旗帜,来招集一星星的尊严美丽的灵

附录八 论冰心文学书写中的西南地理文化呈现

魂,杀入那美丽尊严的躯壳!"(《默庐试笔》)"前途很难预测,聚散也没有一定,所准知道的只是一个信念,就是'中国不亡',其余的一切也就是身外事了。"(《乱离中的音讯(通信)》)以前冰心作品宣扬爱,人性的爱,普世的爱等,为世人所知。但这时期她也不禁宣泄仇恨,同仇敌忾,这在冰心文学中也是一大变化。全面抗战的大环境,以及最后的河山疆土亦受到侵略威胁的焦虑感与地域重视,这也是政治与地理文化有机结合并产生呼应关系的真切体现。"文化经常是政治性的,且充满抗争;也就是说,文化在不同地方,对不同的人而言,指涉了不同的事物。因此,国家可能从特定的象征区域倡导某种'民族'观念。"[1] 昆明与重庆在冰心创作中,正是"指涉了"这样的"象征区域"。御侮抗敌,发出了西南后方人民的心声,也代表了人类正义的呼声。冰心此时期散文、诗歌也许不是那么含蓄平和,但正如两千年前屈原《橘颂》所吟:"秉德无私,参天地兮。"李泽厚认为:"鲁迅和冰心对人生都有一种真诚的关切,只是关切的形态不同。"[2] 一般而言,鲁迅作品情调侧重表现"恨",冰心作品情调着重表现"爱",但这也不是封闭的,而是相对的,在不同的时候,正可互为转换,爱与恨,原正是"真诚的关切"的两种不同呈现形态。冰心的"恨"正缘于维护与保卫爱。如此说来她的风格是文如其人,是前后相接,一如既往的。

避居大西南共七年的创作中,由于环境、心境或有所不同,在创作风格与笔调方面,也有变化,前中期激烈愤慨些,后期沉稳、内敛些。总体更倾向于明白率真,"指示切要","直言其

---

[1] [英]麦克·克朗:《文化地理学》,王志弘等译,台北:巨流图书股份有限公司,2008年版,第6页。
[2] 刘再复:《李泽厚美学概论》,北京:生活·读书·新知三联书店,2009年版,第170页。

事",但也不失抒情的风采。风格较之五四时代显然有所变化。诗作《献词》写道:"三年来,我们的汗血/滴落在战地,在后方,/开出温慰的香花。……站在明丽的胜利之曙光里,/我们更期望未来无限美满光辉的岁年。"这可以概括冰心西南时期坚持不懈的昂扬斗志与风貌。

三、山居生活的明显影响

冰心远离沿海地区、北方平原都市,暂居大西南高原山野山城,在滇、渝两地生活共达七年时光,这虽然不能说直接影响、改变了她人生创作风格轨迹,但地理文化致因与创作嬗变显而易见,山地生活的影响于其创作心理与审美情怀还是有迹可寻的。冰心向称"海的女儿",她生长于东南海滨城市,幼年随父母移居古都北京。除了"问题小说"创作外,《繁星》《春水》《寄小读者》等系列作品,总体都为沿海区域与北方地理人文的外化背景。如果不是全面抗战爆发,冰心一生也许不会和内地西南边疆地区产生紧密关系,以致索居七年以上。战时生活吃苦耐劳与坚强生存的要求,以及高原盆地山野的葱茏朴实以及雄壮粗犷的风貌,对冰心创作开拓境界、变化风格,包括题材的丰富化,乃至更多倾向男性担当的社会属性等,都在她身上起到催生与促进的作用,影响到写作风格的劲朗趋势。从她自己当时以及后来的表白中,对自己滇、渝两地的居住生活都是不计得失甘苦,勇于面对接受,甚至表示相当知足与满意。这无疑一则为抗战胜利的信念所致,二则为身处河山高地壮丽风景所致,这二者从内到外,都有刷新与影响其创作的作用。古人说:"智者乐水,仁者乐山。智者动,仁者静。"虽然绝对化,也有大理存焉。冰心早年的文学书写,无疑受到水流(主要指大海关系)影响,这是显而易见的,她当时的作品更倾向动态,求知,求新,漂洋过海赴异国留

附录八 论冰心文学书写中的西南地理文化呈现

学,包括倾向宗教情怀的关爱意识等,动态的世界性的特征明显。西南山居生活虽然起于动荡迁徙,但持久抗战的现实,蜗居山隅静待与静观世象世变的心态,加之人到中年,为人妻、人母、人师,各项要求皆是坚定自如、甘苦如怡,毕竟她早已成为一位有着极高知名度的代表作家。选择蛰居山中,冰心自述倾向好静:"我觉得我要写文章,是一定要在很静的环境里才能写。所以我不喜欢在城市里面住,也不愿意在城市里面写,我喜欢在乡间住,过安静日子。……我常常喜欢与自然接触,大城市里缺乏自然的风色。如果你没有在山上,看不到晚霞,甚至于连这些颜色都不容易想象。"(《写作经验》)整个山城时期基本以歌乐山为定居所,直到全面抗战结束离开,歌乐山"潜庐"还颇有不舍,她吩咐受托人在照管时要一切如旧,她时有可能回来继续居住。这种爱山恋"静"与倚凭壮丽的种种元素,注入其文学创作,有潜移默化的影响。这一时期,冰心在文尾往往落款标注"写于四川大荒山"(《关于女人·后记》),"大荒"词语,极赋其静其幽,有着苍莽雄浑多重复杂况味与隐喻,当然,它的出典还令人联想到《红楼梦》开篇"大荒山无稽崖"等形容。总之一是山川雄奇荒凉的处境,二是国家山河支离破碎的现实隐喻,三是有如"野火烧不尽,春风吹又生"的生命家园重建希望等,这都构成冰心当时的"大荒"意识与取喻。

这种"家园感觉"与自然意识,强调了"自然是人类容身的寓所"[①] 这一象征意义。冰心在重庆歌乐山上"潜居"期间,写了一册颇为别致奇异堪称有些奇葩另类的文集,题为《关于女人》,总计十四篇散文,署名"男士",通篇化身并采用男性身份

[①] 叶舒宪选编:《神话——原型批评》,西安:陕西师范大学出版社,1987年版,第187页。

口吻讲述故事、描绘人物。文体介乎散文小说之间，有如一场"华丽转身"，在当时真使读者以为出现了一位才华横溢的新作家。以后创作反映当年背景的作品《小橘灯》等叙事散文，则将人物身份与口吻还原为女性，不再更换性别、掩藏身份。这就颇耐人寻思。我们推测，这可能与山居生活的性别模糊化甚至更多男人意味密切关联。雄山大川总是能够借力，在吃苦全面抗战的年代，男性的道义担当显然也更加急迫一些。冰心当时用男士口吻写作，自述"这些女人，一提起来，真是大大的有名！人人知晓，个个熟认……"所写及的人物，多系她平生故交知己熟人亲谊等原型合成。这些作品不免与西南地理文化紧密相关，如《张嫂》一篇即直接采写山城乡间妇女，没有直接关联的，也因为她自己男士的化身，拉到眼前来，配合时下风景，多有远近交融、旧事新提的涵咏妙趣。"仁者乐山"，处静坚持，冰心其时对生命中至亲至情至性进行了一次检阅，笔风虽不失幽默，但整个是"仁爱"的抒情意味，这在全面抗战时期性命攸关之际，怀念亲情友情人情，尤显弥足珍贵。

　　虽然自述为了写作发挥更加方便自由，以及家庭生活支出所需（稿费），但这部山居小书奇书，并非游戏之作，实为作者精心创作的"得意之作"，多年后，她写道："我对这本书有点偏爱，没事就翻来看看……这就好像一个孩子，背着大人做了一件利己而不损人的淘气事儿，自己虽然很高兴，很痛快，但也只能对最知心的好朋友，悄悄地说说！"① 这些作品当时连载发表于重庆报章，受到读者喜爱（叶圣陶在成都将之选作教材范文），后经巴金介绍出版，加印多次。冰心的新作，也广为人知，包括

---

① 冰心：《关于女人·三版自序》，载《关于女人》，银川：宁夏人民出版社，1980年版。

她山居生活的"男士"笔名。学者认为:"许多作家认为对待土地的方式呼应了对待妇女的办法。"① 冰心这种身份假借与自我异性化的换位思考,不失为一种大胆尝试,想象与西南山居生活的地理人文密切相关。雄山大川,艰苦跋涉,抗战后方无数辛劳奉献的妇女,以及她生命中许多熟悉的坚忍不拔令人感动的女性,都来眼前笔端,作者换位思考,写来更加自由"痛快",也更能代言男性对妇女(母亲、妻子)的感谢爱戴与同情。这一创作风格在闺秀时代的冰心创作中,少有见到。恰如地理人文学者所指:"这种结构背离了某些重要的文化地理,以及某种性别化地理。平心而论,这种结构'驯化了'家园,家被视为依附与安稳的处所,但也是禁闭之地,为了证明自己,男性英雄得离开(或因愚蠢或出自选择),进入男性冒险的空间。"② 西方经典文学的归纳并不能一概而论,但冰心长期静处(从当时流离迁徙被迫滞居"陪都"一隅角度来讲,也有"禁闭"的意味)西南山中,也不禁会产生"离开"尝试与冒险的念头,她可能设想与化名一名"男性英雄"从而"进入男性冒险的空间",她重视自己这件作品,并不当游戏之作,兴许正是她一次勇敢地对自己旧有生活与风格的突围的尝试。其笔风畅达朴实干练,也酷似"男士",这与身处的地域景观文化等多重影响皆密不可分。

四、地标与方言的摄取

强化地理文化的再一表现,是作品中多次并反复出现的地标(Landmark)意义指代,包括当地方言口语的欣然择用,这也形

---

① [英]麦克·克朗:《文化地理学》,王志弘等译,台北:巨流图书有限公司,2008年版,第87页。
② [英]麦克·克朗:《文化地理学》,王志弘等译,台北:巨流图书有限公司,2008年版,第48页。

成了冰心文学当时的地域建构特色。"'地理学'一词的字面意思,其字源为'书写世界',即将意义铭刻于大地之上。"① 冰心文学正有这样的气魄境界。她对云南"昆明""呈贡""西山""黑龙潭""太华寺""华林寺""三台寺"以及"呈贡八景"——"凤岭松峦""海潮夕照""渔浦新灯""龙山花坞""梁峰兆雨""河洲月渚""彩洞亭雨""碧潭异石"等地域标志赞美有加,写入作品不遗余力,这兴许有作家自己的喜好、寄托与渲染夸张习惯,但文学书写本来就是"文学与地景的组合"②。当时、当地、当事人等元素,都完善地组合在一起,这样的作品一入读者视阈,符号学意义特显,衬托出"云南"这样一个强烈的地景地标关系,令后人读之也不免产生按图索骥加以体验的美好冲动。在书写重庆生活时这样的地景地标关系更加繁多细致,因为居处时间更久、更深入。如"山城""歌乐山""嘉陵江""南岸""北碚""沙磁区"(沙坪坝与磁器口)等,多见于行文中,构成牢固而绵延不断的山城风景关系。冰心行文通脱活泼、雅俗共赏,往往能恰到好处化用中外格言警句诗词等,有如画龙点睛。如表现四川地景关系的古诗文"蜀江水碧蜀山青""此地有崇山峻岭,茂林修竹""最难风雨故人来"等,巧妙穿插引用。四川方言如"摆龙门阵""打水漂儿""不安逸""鸡冠花""小橘灯"等日常口语、地方风物名词等,都适当采择运用,使之生动有趣,更能体现地理人文关系的近情与合理。

《〈小难民自述〉序》《〈蜀道难〉序》等文化人的旅行游记、考察笔记前言,都有特意关注与书写,对西南地理风貌的共鸣

---

① [英]麦克·克朗:《文化地理学》,王志弘等译,台北:巨流图书有限公司,2008年版,第59页。
② [英]麦克·克朗:《文化地理学》,王志弘等译,台北:巨流图书有限公司,2008年版,第57页。

等，尤有揭橥。她另外的一些文章，包括近年发现尚未收入文集的不少当年滇、渝两地生活的佚文，其中均对滇、渝、蜀文化有颇多深切关注。滇、川两处地景关系、民风世俗，在其行文中，亦多自然穿插融入，形象生动，往往呼之欲出。

总括冰心西南文学书写中的地理文化景观呈现，我们欣喜地看到相对少有为外人所知晓并罕有名人描写的大西南地景人文风光，经这位五四新文学名家点染勾画、神奇展示，多栩栩如生、诗意盎然，有丰富的象征意蕴。作品经受时间的洗礼与考验，如同将时光定格在生动的空间关系上，如那盏永不熄灭的、脍炙人口的"小橘灯"，在自然雄奇透迤夜晚的山道上，在人心向善向美坚持不懈的奋斗精神中，发出永不熄灭的光芒。

2017 年 5 月 21 日改定于成都霜天老屋

注：本文系四川大学中央高校基本科研业务费研究专项项目 skzx2015—sb50/skqv201514 成果。

附录九　欧美汉学家的冰心研究述略

张叹凤　蒋林欣*

摘　要：欧美汉学界的冰心文学研究，同"五四"以来中国学界的认识与批评一样，存在着某些分歧与犹疑，从夏志清与普实克早期观点相左的评论到后几十年间学者的深入探讨，大致形成对冰心文学由低估到重视、再认识、再发现的动态趋势。对冰心文学反映出来的女性意识与世界性以及文学修辞方面的创新意义，多有阐发。冰心研究在欧美虽然不是一门"显学"，但由来已久、致力遥远，多能发人深省，令人耳目一新，能够打开更多的话语意义空间。

关键词：冰心研究　欧美汉学　女性　文学

在欧美汉学界现代中国文学研究领域，被誉为"美国中国现代文学研究界的首席权威"[②] 的夏志清（Hsia Chih-tsing）先生无疑是最早的拓荒者之一，他那部奠定学术声名的 A History of Modern Chinese Fiction（刘绍铭等人译名《中国现代小说史》）自 20 世纪 60 年代初问世以来，一版再版，确如李欧梵

---

* 蒋林欣，文学博士，四川文化产业职业学院讲师，四川文化产业发展研究中心副研究员。

② ［捷克］亚罗斯拉夫·普实克：《抒情与史诗——现代中国文学论集》，李欧梵《序言》，李欧梵编，郭建玲译，上海：上海三联书店，2010 年版，第 5 页。

(Leo，Ou-fan)等"门生"所评骘："它真正开辟了一个新领域，为美国作同类研究的后学扫除障碍。我们全都受益于夏志清。"① 夏著别出心裁、力排众议，给他自己心许的作家很大篇幅与发掘（例如钱锺书、张天翼、张爱玲、沈从文等人），而有些此前属于标志性的作家，则不大受其赏识（如某些左翼、左联作家）。还好，冰心尚见于专题讨论②，这也说明某种不可旁绕的价值意义。因为是著述小说文体史，不列冰心作单独专章尚可理解。但夏先生对冰心的"问题小说"的评价，不免"率尔操觚"，有立史立论过于随意化、想当然的疏漏与遗憾③。如论称——

> 冰心代表的是中国文学里的感伤传统。即使文学革命没有发生，她仍然会成为一个颇为重要的诗人和散文作家。但在旧的传统下，她可能会更有成就，更为多产。④

抛开审美观念的异同不论，夏志清这番言论与他自己的定论也形成矛盾冲突，显示出认识体系方面的某种紊乱与疏离。如他评说："这些小说充满了对月亮、星星和母爱如醉如痴的礼赞，是不折不扣的滥用感情之作。"⑤ 后边却又道："冰心的作品不多，但她是值得在第一期的作家中占一席重要地位的。虽然她的

---

① ［美］夏志清：《中国现代小说史》，刘绍铭等译，上海：复旦大学出版社，2005年版，见封底。
② 《中国现代小说史》第三章："文学研究会及其他：叶绍均、冰心、凌叔华、许地山。"
③ 如直接评庐隐为"一个相当拙劣的短篇和长篇小说作家"，不仅显出见地偏颇狭隘，写史笔法不严谨规范，似也是对曾经著名的女性逝者的不敬。
④ ［美］夏志清：《中国现代小说史》，刘绍铭等译，上海：复旦大学出版社，2005年版，第53页。
⑤ ［美］夏志清：《中国现代小说史》，刘绍铭等译，上海：复旦大学出版社，2005年版，第53页。

诗和散文因缺乏现实的架构而倾向于伤感，但她的一些短篇小说具有独特的风格，不受她所处那个时代的迷信与狂热所感染。"① 这些不无自相矛盾甚至流于肤浅的见解，置放在20个世纪五六十年代之交，于欧美汉学对中国现代文学研究尚处于空白与荒芜地带，不作苛求，聊备一格，肯定夏著具有的开拓意义，亦是情理间事。

以后欧美特别是英文世界的多项冰心研究成果，多有矫正与辩正从前夏志清等人的观念，于冰心的历史地位、文学风格、现代意义、世界性方面，多所发掘、发微。正如哈佛大学王德威（David Der-wei Wang）教授有感夏志清著作而言："后之来者必须在充分吸收、辩驳夏氏观点后，才能推陈出新，另创不同的典范。"② 王德威在序夏著时也不回避地说："性别主义者可以指陈夏书对女性、性别议题辩证不足，解构学派专家可以强调夏书对立论内蕴的盲点，缺乏自觉。后殖民主义者可以就着全书依赖'第一世界'的批评论述，大做文章，而文化多元论者也可攻击夏对西方典律毫无保留的推崇。"③ 所谓不破不立，承前启后。在欧美英文世界以研究的视阈关注与探讨冰心文学成就，予以较详细的评鹫，夏志清亦有蓝缕之功。

雅罗斯拉夫·普实克（Jaruslav Prusek）是与夏志清在海外齐名的汉学中国现代文学领域研究的泰斗级名家，他是欧洲捷克斯洛伐克东方学者，夏著出版之际，他正客居并任教于美国哈佛

---

① ［美］夏志清：《中国现代小说史》，刘绍铭等译，上海：复旦大学出版社，2005年版，第56页。
② ［美］夏志清：《中国现代小说史》，刘绍铭等译，上海：复旦大学出版社，2005年版，见封底，源自英文本第三版导言。
③ ［美］夏志清：《中国现代小说史》，刘绍铭等译，上海：复旦大学出版社，2005年版，第35页。

大学，对中国文学（古典与现代）多所发抉，他本是一位中国汉学通，与许多中国现代文学名家都有交往。普实克于夏著出版次年（1961）撰写《中国现代文学史的根本问题——评夏志清的〈中国现代小说史〉》① 一篇万言长文痛批夏著"以教条式的褊狭和无视人的尊严的态度""歪曲评价"，"轻率""不公"，有违历史事实与文学规律。不久得到夏志清同样长篇幅论文的反驳②。这场轰动汉学界的笔战发生于法国《通报》（Toung Pao）。虽然最终未分胜负，各执己见，但启迪后学，发人深思，引发海外学人对中国现代文学更多的关注，则是这场争论不争的收获。李欧梵所指出的普实克有些重要的观点，如其"古典诗歌所集中体现的文人文学的抒情性也是一份经久不息的遗产，塑造了五四作家的文学感"③，以及"将文本置于它们所产生的那个时代的社会历史背景中，以便对作品有一种更宽容的理解"④ 等，这些观点移置冰心研究，颇为允当。对夏志清与普实克事实上所代表的两种学术观点、方法、流派，李欧梵后来有如下叙述："我能够恰巧成为两大'对头'（他们后来也成了朋友）的学生，实在是够幸运的。从那以后，我在学术研究中努力追随两位大师：普实克的历史意识和夏志清的文学判断。"⑤

普实克早在 20 世纪三四十年代，即活跃于中国文坛，他与

---

① ［捷克］亚罗斯拉夫·普实克：《抒情与史诗——现代中国文学论集》，李欧梵编，郭建玲译，上海：上海三联书店，2010 年版，第 193~229 页。

② 夏志清此篇长文亦见载本书所引的夏志清《中国现代小说史》"附录"及普实克著《抒情与史诗——现代中国文学论集》"附录"。

③ ［捷克］亚罗斯拉夫·普实克：《抒情与史诗——现代中国文学论集》，李欧梵编，郭建玲译，上海：上海三联书店，2010 年版，李欧梵《序言》，第 2 页。

④ ［捷克］亚罗斯拉夫·普实克：《抒情与史诗——现代中国文学论集》，李欧梵编，郭建玲译，上海：上海三联书店，2010 年版，李欧梵《序言》，第 5 页。

⑤ ［美］李欧梵：《李欧梵论中国现代文学》，季进等编译，上海：上海三联书店，2009 年版，第 181 页。

茅盾、郑振铎、钱杏村等都非常熟悉，他用捷克语写作过系列的名家专访专论、随笔散文，其中有显著篇幅述及冰心[①]。据普实克学生现亦为欧洲（捷克）著名汉学家、中国现当代文学研究名家马利安·高利克（Marián Gálik）介绍，普实克三四十年代在中国常见到冰心，也曾是冰心家中高朋满座的外宾之一，他与吴文藻、冰心夫妇都较熟悉（显然对吴文藻的社会学更感兴趣）。普实克认为冰心文学"实际上是古老的艺术、古老的感情领域与富有创造性的方法之结合。……富于感情，十分可爱，但没有超出个人生活的狭小圈子"[②]。作为具有西方马克思主义人文社会学观念、同情左翼进步文学的普实克对冰心文学研究的未及深入并存在遗憾，也许与夏志清后来的观念出发点完全不同，路径也有所差异，但认识方面的局限性与低估方面，被后来的欧美汉学中国现代文学学者置疑与辩正，两位开路先锋似的著名学者倒似"殊途同归"。他们一方面激发了后学，一方面也不免成为后学的靶子。这也是学问深入研究、"后浪推前浪"的正常现象，毕竟"时代不同了"，"一个时代有一个时代的文学"，学科的细化与认识的系统化也更具时代选择。

以下分几个不同的方面论述，管窥近三十年欧美（以英语世界为主）冰心研究的主要成果与重点，并略加整理评析[③]——

一、主题坚固、经久意义与新声迭发的再认识

冰心的作品从她出名以来就引发不少的争议，当年茅盾、成

[①] ［捷克］亚罗斯拉夫·普实克：《中国——我的姐妹》，陈平陵、李梅译，北京：外语教学与研究出版社，2005年版，第268~279页。

[②] ［斯洛伐克］马利安·高利克：《冰心创作在波希米亚和斯洛伐克》，载《捷克和斯洛伐克汉学研究》，李玲译，倪辉莉校，北京：学苑出版社，2009年版，第80~90页。

[③] 下文所引英文汉译均为笔者试译。

仿吾、西滢、阿英、梁实秋①都对其主题（主要指抽象的、"以自我为中心"的所谓"超现实的爱"）有所遗憾与不满，却又不得不承认冰心的知名度与其作品的独特风范、影响。如说："冰心女士是一位伟大的讴歌'爱'的作家。她的本身好像一只蜘蛛，她的哲理是她吐的丝，以'自然'之爱为经，母亲和婴孩之爱为纬，织成一个团团的光网，将她自己的生命悬在中间，这是她一切作品的基础，——描写'爱'的文字，再没有比她写得再圣洁而圆满了！"②当时的评论以感发式的随笔体例为主，除了茅盾的长评较为理性化、专业化外，多不免夹缠有认识上的局限性与时代痕迹。欧美世界汉学对冰心的再认识，因为有了距离感与更多的缜密的学术性，侧重于学理的系统探析与研究，呈现多为长篇论文（包括学位论文），思路更显邃密周章、客观清晰，对前人定论有置疑，有辩难，不偏不倚的学问追求与学术方法，体现了欧美学坛的现代胸襟器识与学术化，以及异域他者的思辨特色。这在高利克《冰心创作在波希米亚和斯洛伐克》一文中，介绍尤细，与其老师普实克还有同门达娜·什托维科娃、马塞拉·鲍什科娃以及另外的汉学家如娅米拉·黑林高娃等人，对冰心文学都有用心梳理分析与总体好评，主要体现在冰心创作的自然观、女性意识以及文体成就方面。高利克于"文化大革命"后对冰心还有专访记载，后文涉及。

美国纽约州立大学 Wei Yanmei 在她的博士论文《20 世纪中国文学中的女性气质与母女关系》中将冰心作为列举的首例加以论述，着重探讨与比较 20 世纪中国女性作家的主体意识，揭示母女关系、家庭亲情的文学主题。对以前学者对冰心的指责、批

---

① 有趣的是在全面抗战中他成了冰心夫妇的好友，堪称冰心的"男闺蜜"。
② 黄人影：《当代中国女作家论》，上海：光华书局，1933 年版，第 187 页。

评,直言不讳地写道:

> 我认为所有这些对冰心的抱怨就在于她不断的、充满激情地书写女性主题,如母爱、孩童的纯真、大自然的美,这些主题听起来就是值得怀疑的乌托邦和逃避现实,她的作品在风格上尽管很美,很精巧,但无法负担时代杰作的严谨和重量。值得一提的是,五四文学论争中炮轰冰心的几乎所有都是男性作家,或许丁玲是个例外,她的作品处理的妇女群或题材与冰心明显不同。然而,这些批评对于一个有着强烈的社会良知、怀着真诚的渴望改变社会为大众带来幸福而参与五四运动的作家来说,是不公平的。他们不是在公平地评价冰心的作品,更重要的是他们在对文学作品的文化评估中体现出一种性别上的偏见。[1]

对于主题意义,论者进一步地分析道:

> 鲁迅曾说:爱与真诚是两个中国文化中正在消失的东西。冰心很敏锐地意识到五四知识分子所面临的问题,想把母爱作为一种更有人性的社会和文化的蓝本。……冰心所尝试的就是把母爱作为疗救社会异化和邪恶的良药,她热切地希望她作品中倡导的新家庭模式能在全国范围内采用,补救这一病态的国家。她不赞同漠视社会的超人哲学。在她的作品中,母亲的力量保护了儿女,它被歌颂为激发和养育人类的力量。冰心因写爱与童年而遭受批评,因为这些主题在社会、政治激荡的时代被认为是远离现实。我想说的是,与主张远离人类、逃避现实的仇恨哲学相比,冰心通过宣扬母爱

---

[1] Wei, Yanmei, *Femininity and mother—daughter relationships in twentieth—century Chinese literature* (*Bing Xin, Zhang Jie, Chen Ran, Maxine Hong Kingston, Gish Jen*). State University of New York at Stony Brook. 1999. p34.

附录九 欧美汉学家的冰心研究述略

的美德与模范家庭而立足现实。①

文中强调冰心爱的模式与家庭责任担当意义的重要性，指出这是冰心对旧中国改善的一种蓝图构想与精彩创意。这与专注或侧重于破坏性的"超人哲学"明显对立，不属于同一审美范畴（"道不同不相为谋"）。这些见地与评论，在国内冰心研究中似还不多见，显然更代表另一种话语体系。上举东欧的汉学家也有类似的表述。

美国亚利桑那大学 Wang Bo 的博士论文《一种新生的话语抗衡：二十世纪初期的中国女性修辞》也有深入的抉发，如：

> 冰心认为母爱是普爱的一种象征，而后者是宇宙的基础。她对母爱的赞歌，在本质上是反映女性的痛苦经历和导致她们悲惨遭遇的原因的另一种切入方式。冰心没有提出对社会的细致的政治批评，而是更多地使用道德哲学作为解决社会问题的一种方法。虽然她的方法听起来不那么激进，但是在每一个文化活动都为男性设计的男权社会中，冰心从女性角度代表妇女和儿童本身就是一个反封建行动。在中国文化背景下，通过赞美大自然，冰心表达了她自己作为一个个体的个性和情绪，强化了赞颂个性和自由的新文化价值观。②

对"爱的哲学"所体现出来的时代精神与女权思想深入体认阐发，这不仅是五四以后中国文坛那些评论家所不及认识到的，

---

① *Femininity and mother – daughter relationships in twentieth – century Chinese literature*（Bing Xin, Zhang Jie, Chen Ran, Maxine Hong Kingston, Gish Jen）. pp. 43—44.

② Wang, Bo *Inventing a discourse of resistance：Rhetorical women in early twentieth –century China*. The University of Arizon，2005. p142.

就是夏志清在史论中,如上文所援引,还认为冰心如果生活在古代会更有成就(这显然是一个伪命题)。普实克也认为冰心文学是"古老的艺术",未脱离狭小的自我圈子云云,显然是一种泛社会学的局限性的认识。比较而言,近年欧美的学术平台,无疑更加宽阔高远,也更加自如,对原作文本发掘得更细、更深刻,事实上代表了"结构主义""新批评"等文学流派兴起后的新成果,以及西方女权主义思潮的影响。投映到冰心文学研究领域,学术意识更加清晰、宏观,也更加前卫、敏锐,阐幽发微的新知新义,往往让人耳目一新,深受启迪,不得不冷静重新认识冰心的文学成就价值。再例如:

> 冰心的散文反映了她的文学理论。在她的抒情散文中,她完全表达了她作为一个女性作家的个性,树立了个性化新文学的楷模。沈从文——杰出的现代小说作家曾指出:当我们读冰心的作品时,"很容易找到作者的个性和她美丽的女性心灵"。冰心的散文也反映了她爱的哲学,集中在母爱、童真和自然之美。通过描绘妇女和孩子的生活,她的散文传播了女权主义思想,提倡妇女和儿童的权利。在五四时期,中国新修辞旨在批判儒家封建伦理和帮助人们实现"独立的人格"。新文学,作为重要的话语策略,被用来传播强调个性、自由和男女平等的新思想。[①]

茅盾等人曾认为冰心的爱的哲学主题脱离现实社会,如同"穿着橡皮衣",与人间颇有隔膜,行不通。在西方的多篇冰心研究论文中,对此都予以不同程度的置疑与反驳,例如以下论旨——

---

① *Inventing a discourse of resistance:Rhetorical women in early twentieth-century China*.p137.

附录九 欧美汉学家的冰心研究述略

  冰心意图提倡一种爱的哲学——一种集中国传统哲学、基督教思想和泛神论的世界观。冰心的爱的哲学本质是一种道德哲学或对理想人格的追求。她的散文探讨了人际关系的积极方面，并试图用爱来影响读者，使其可以用行动改变社会的黑暗与腐败。①

弗吉尼亚大学出版社所出版的 Sally 的《母亲与现代中国的叙事政治》一书中也有如下论述：

  冰心是先锋之一，她探索妇女问题中理想母亲的某些难题的社会实践—写作—例证等崭新的、可能的形式，她以写作回应了培育女性美德的普遍呼声，冰心立即声名鹊起，但随着新文化运动本身从早期主观主义和感伤中分化，她很快就遭到反对。……但叶圣陶、鲁迅等男性在五四时期对母爱的颂扬长期被忽略，历史记录保存了对长期被质疑的"爱的哲学"的有价值的记忆，这要归功于冰心。②

这也是很有见地和胆识的判断。对冰心文学社会主题与女性（女权）视角的再认识、评估是海外冰心研究认知方面的一个亮点、创新点，不禁使人联想到捷克汉学家高利克20世纪80年代的感叹，他曾引冰心诗"冷静的心，/在任何环境里，/都能建立了更深微的世界"（《繁星》第57首），说明事隔多年回顾反思，冰心果然比不少她的同时代人甚至包括时代风云大人物都更加明智，更有恒心与预见。她不为时代潮流所左右的风范，有了时间的充分的证明。由高利克的感受推论，这兴许也是夏志清在《中

---

  ① *Inventing a discourse of resistance: Rhetorical women in early twentieth-century China*. p139.
  ② Sally Taylor Lieberman, *The Mother and Narrative Politics in Modern China*, University of Virginia Press, 1998. pp. 49—50.

国现代小说史》中也不由得不佩服冰心独立不羁、不受时流左右的品格。文学需要时间的证明。茅盾早年论述，曾引用法郎士名言阐述冰心文学的主旨："嘲讽和怜悯是两位好顾问，前者有了微笑使得人生温馨可爱，而后者的眼泪却使得生活神圣庄严。"对此茅盾曾自问"冰心女士的'微笑'和'眼泪'除了字面的意义外，是否含有更深湛的——象征意义呢？"①

欧美现代学者的回答是肯定的。他们将冰心作品主题与其象征意义淋漓尽致、不吝篇幅地加以探讨揭示，不吝余墨。我们所看到的冰心早年（1922）有诗表达她自己那种特有的"严冷的微笑"：

> 假如我是个作家，
> 我只愿我的作品
> 入到他人脑中的时候，
> 平常的，不在意的，没有一句话说：
> 流水般过去了，
> 不值得赞扬，
> 更不屑得评驳；
> 然而在他的生活中，
> 痛苦，或快乐临到时，
> 他便模糊的想起
> 好像这光景在谁的文字里描写过！
> 这时我便要流下快乐之泪了！
> ——《假如我是个作家》②

---

① 茅盾：《论冰心》，载茅盾等：《作家论》，上海：生活书店，1936年版，第180～181页。
② 茅盾：《论冰心》，载茅盾等：《作家论》，上海：生活书店，1936年版，第202～203页。

冰心对自己的评估相当有信心有预见并有分寸。冰心文学主题意义不因时光迁流而褪色、遗忘，反能迭发新意，影响一代又一代的读者，在欧美汉学领域也受到重视与深入阐发，无疑是基于作品的存在与价值，以及人生信念认知与不断刷新的审美判断。

这种对主题重新认识、重视的行文，尚见于克莱蒙研究大学安德森·科莱纳1954年博士学位论文《两位中国现代女性——冰心、丁玲研究》、美国莱斯大学历史系教授白露（Tani E. Barlow）著的《现代中国的性别政治：写作与女性主义》[1]、美国蒙大拿大学、曼斯菲尔德中心中国语言文学菲利普·威廉姆斯（Philip F. Williams）教授主编的《亚洲文学的声音：从边缘到主流》[2]、文棣（Wendy Larson）的《现代中国女性与写作》[3]等英文专著、论文中，其互文性与应合意义都较为突出。

二、履新实践所展示的修辞学先进意义

对冰心文学新文体意识与口语化尝试艺术成就的高度肯定，在早年的评论家中虽然也曾涉及，例如："她的文字，的确是'中文西文化''今文古文化'的文字，另有一种丰韵和气息，永远是清丽和条畅，没有一毫生拗牵强，却又绝对不是《红楼》《水浒》的笔法，因为她已将中国的白话文欧化了！"[4]等等。比起英文世界论文探讨来，以前国内的学者所论只能算兴之所至、

---

[1] Tani E. Barlow, *Gender Politics in Modern China: Writing and Feminism*, Duke University Press, 1993.

[2] Philip F. Williams, *Asian Literary Voices: From Marginal to Mainstream*, Amsterdam University Press, 2010.

[3] Wendy Larson, *Women and Writing in Modern China*, Stanford University Press, 1988.

[4] 黄人影：《当代中国女作家论》，上海：光华书局，1933年版，第186页。

"吉光片羽",未如欧美学者论文以"宏大叙事"的篇幅与专业层面的理论给予冰心文学此方面成就的详尽分析。如 Wang Bo 的论文中说:

> 作为一个提倡汉语白话文的先锋,冰心写就了大量的典雅和诗意的散文,缓解了人们对白话文的偏见。自20世纪二十年代冰心的许多抒情散文入选中小学教科书,显示了她对发展新的书面语的影响。
>
> 跟庐隐一样,冰心采用新的文学体裁,包括散文、小说和诗歌来探索各种社会问题,尤其是与妇女、儿童有关的问题。她的作品通过扩大现代文学题材范围,打开了妇女儿童文学的一个全新的领域。虽然历史上有很多女性作者,但她们不能发表作品,而且基本上不写小说和散文。历史上几乎没有专门为少年儿童写作的文献。在五四时期,妇女和儿童的问题受到越来越多的社会关注;因此,反映妇女和儿童生活的文学作品逐渐形成。冰心的小品文(抒情散文)如《寄小读者》《往事》不仅表达了一个女人的情感和生活,而且还专门为孩子们写的。冰心描绘了男权社会里的妇女和孩子们,并从她们的角度表达了她们的感情和愿望,这是一个对传统的男权文化的勇敢挑战。与庐隐相比,冰心在她的作品中没有明确的条款主张如女权主义思想。然而,她的作品中女性教育和解放的主题以及孩子的独立人格,都反映了她的女权主义取向。此外,冰心的白话文中展示的独特的女性风格影响了许多后代作家,这本身就是对根深蒂固的男性价值观文化的抗议。我认为,这些话语实践打乱了占统治地位的男权话语,传播了一种新的文化。因此,冰心的文学作品对

中国新修辞作出了重大贡献。①

当冰心倾向于以隐晦方式表达女权主义思想的同时，她在小说和散文中的白话文实验使她成为语言改革方面的勇敢先锋——这种改革将在后来以许多不同的方式影响汉语文化。如第二章中讨论的一样，中国新修辞学的一个重要方面是强调白话文的使用；冰心创造性地使用白话，并形成了她自己独特的风格，这本身就是一种传播新意识、改变旧传统的话语方式。事实上，冰心典雅的女性散文风格可以被视为通过文学的影响书写女性力量的一个有效策略；因此，作为一个文体家和作家，冰心帮助创建了一种反抗统治意识形态的新话语。②

在我的研究背景中，她的重要性还有另一个原因：她展现了许多中国修辞学家很难完成的——创新一种新修辞方式，在跨文化修辞碰撞中复兴了民族文化。③

像这样着重阐述冰心文学修辞学方面的开拓性创造，以及影响时代认知与风气的"宏大叙事"、话语意义的探讨，在以往中国内地汉语论文中，尚不多见。从上述英文专著中三段节译我们可以看出，冰心作品九十多年来的流传，教育作用与意义，语文范示，都是不可否认的事实。英文著述对此方面的探讨，可称剥茧抽丝、成就体系。

对长久以来"冰心体"文体意识与风范的影响，多篇论文都

---

① *Inventing a discourse of resistance：Rhetorical women in early twentieth - century China．* pp．123－124．
② *Inventing a discourse of resistance：Rhetorical women in early twentieth - century China．* p．130．
③ *Inventing a discourse of resistance：Rhetorical women in early twentieth - century China．* p．149．

给予了充分认识与讨论。尤其对冰心文学新语体积极建设的要素意义发详揭橥,对国内冰心语文研究不啻是一种互补、互动,更是一种丰富与"外延"。李欧梵有感:"我认为新文学是一个质变,作家的写作在语言上,视野上有着极大的变动。从这个角度讲,我个人觉得自己所做的还是不够的。"① 有这样的意识,即有不落窠臼的发现与研究。"冰心体"所代表的中国文学的"质变",在语言方面"极大的变动",都绝非"生活在古代会更好",也绝非只局限于"个人狭小的圈子""古老的艺术",其要义现代性非常突出。如欧美学者所论——

> 为此首先我将冰心定位为二十世纪初中国的一位女权主义修辞学家。然后我从她关于写作的散文推断她的修辞理论,并探索她的文学文本怎样视为将一种现代性的新修辞理论化并作为建模策略。我查看了她的问题小说,带出了她的小说的修辞维度。②

> 中国新修辞学的一个重要方面是强调白话文的使用;冰心创造性地使用白话,并形成了自己独特的风格,这本身就是一种传播新意识、改变旧传统的话语方式。……因此,作为一个文体家和作家,冰心帮助创建了一种反抗统治意识形态的新话语。③

使用非汉语撰写的论文,同时频繁地翻译冰心原作原文,用以证明文学理论观点,这实际上也起到了译介、宣传与再创作的

---

① [美]李欧梵:《李欧梵论中国现代文学》,季进等编译,上海:上海三联书店,2009年版,第115页。
② *Inventing a discourse of resistance: Rhetorical women in early twentieth-century China*. p. 124.
③ *Inventing a discourse of resistance: Rhetorical women in early twentieth-century China*. p. 149.

作用，让非汉语领域的学者、读者能更直观地认识了解与走近冰心。这些译文往往出于专业人士，译笔雅驯清新，如严复早年有关翻译的名论"信、达、雅"，可圈可点，如对冰心表述自己走上文学道路缘由与文学创作观念的行文章节译介①，都能证明"冰心体"的中国现代意义与世界属性、公共关系。

> 因此，冰心写作观有一个深刻的社会、道德和精神倾向。如其所述，她将修辞视为包括人们用来说服、沟通和告知的所有言语行为。冰心认可语言的交际、说服和信息功能，也思索这些功能如何用来促进现代社会的公共利益。在这种意义层面上，冰心的文学理论可以视为修辞学的。②

通过世界学者类似阐述，冰心文学的修辞意义可说"大白于天下"。

三、对冰心创作与翻译方面突破区域意识走世界路线的论述

南卡罗来纳大学 LiuXiaoqing 的博士论文《作为翻译的写作：二十世纪初的现代中国女性写作》开章明义即指出：

> 我的论文审查了二十世纪早期中国现代女作家的四部作品，即冰心的《繁星》《春水》，庐隐的《海滨故人》和凌淑华的《古韵》，认为现代中国女作家的作品有着明显的翻译特征，也就是说她们打上了翻译的印记。这些特征不一定是指传统意义上的翻译，而是更为隐喻意义上的翻译，即各种形式的模仿、挪用、转录、转化、转移、传输。这些写作展

---

① *Inventing a discourse of resistance: Rhetorical women in early twentieth-century China*. p. 126, 131.
② *Inventing a discourse of resistance: Rhetorical women in early twentieth-century China*. p. 136.

现了中国现代女性与世界的相互交流。

对中国现代文学的学术研究集中在女作家的独立性和主体性，自传体的写作特征，以及她们共同的私人事件主题，如母爱和浪漫的爱情。然而，很少有研究者直接把中国女作家与外界特别是西方相联系作为研究的焦点，我的论文从翻译的角度致力于这一领域，高度关注中国现代女作家的文学、政治与中国传统、同时代的现代化进程、国外特别是西方国家的相互影响关系。

本章集中关注冰心《繁星》《春水》两本诗集，以及与泰戈尔《飞鸟集》的关系，我认为《繁星》《春水》是对《飞鸟集》的"翻译"，她在自己的诗歌创作中模仿和调适《飞鸟集》。通过模仿，冰心学习了泰戈尔的诗歌形式，但更重要的是，她通过调适展示了自己的创造性，抵制了《飞鸟集》中明显的父权和殖民化倾向。《繁星》《春水》不仅帮助建构了现代小诗，而且有助于中国早期的女权运动。[1]

冰心以她鲜明的环境特征重塑了泰戈尔的影响。将《飞鸟集》中先验的、抽象的、乌托邦式的、神秘的、非历史的氛围转变为《繁星》《春水》特定的、具体的、实际的氛围。……冰心通过把泰戈尔的特色移植到她自身所处的环境中，打破了泰戈尔诗歌的超凡脱俗的平静。[2]

国内论坛历来一般定论为冰心早年受到泰戈尔《飞鸟集》

---

[1] Liu, Xiaoqing, *Writing as translating: Modern Chinese women's writing in the early twentieth century*. University of South Carolina Comparative Literature, 2009. pp. 1-2.

[2] Liu, Xiaoqing, *Writing as translating: Modern Chinese women's writing in the early twentieth century*. University of South Carolina Comparative Literature, 2009. pp. 50-51.

《新月集》等作品影响,甚至认为冰心是从摹仿泰戈尔入手的。海外世界论文则用"调适"(appropriation)来形容冰心对泰戈尔的学习与借鉴,指出她不是简单的摹仿,在她的借鉴中,贯穿了自己的独立意识,是对泰戈尔"东方"殖民色彩、父权社会、乌托邦式话语模式的解构与突围,从泰戈尔的语体诗文中涅槃,升华为一种先进的、现实的世界主义,即对爱、平等、自由、富足等现代价值观的认同,以及主题方面的女性意识,这也是泰戈尔文学中所不完全具备的。在冰心的学习与借鉴中,独出机杼,表现了她不受权威拘束的创造性、探索性。还例如她对大海、远航的充分描写、渲染与时常作为背景的"话语策略",也都是世界主义、现代性特征的具体、深刻、自然的体现。

这样的观点在欧美其他学者研究中也颇有发扬,例如高利克,他在20世纪80年代初亲自访问冰心的记录中得到冰心回答,原来她最喜欢的泰戈尔诗集不是《新月集》,而是《吉檀迦利》,对这样的回答高利克当时"很惊奇",他进而得出冰心是"对人类世界的描述""是所有基督徒感受中最深的精髓"这样的认知与结论:"爱的宇宙并非是来自于她的心境、情感的一个疑问,而来自于她的精神、理智与意识。"①

突破泰戈尔殖民化背景的东方神秘趣味以及男性父权社会"长老"式的话语方式,实现一种世界理想的关爱、平等对话以及童心世界的美好期待,这是冰心文学所呈现出的一种鲜明特征,表现了真实动人的人文主义关怀。这在海外多篇论文中,皆得到一致的共鸣、应合。

---

① [斯洛伐克]马利安·高利克:《冰心创作在波希米亚和斯洛伐克》,载《捷克和斯洛伐克汉学研究》,李玲译,倪辉莉校,北京:学苑出版社,2009年版,第85页。

近年在欧美侨居讲学的李泽厚与刘再复也注意到这样的意识。李泽厚说："在冰心的单纯里,恰恰关联着埋藏在人类心灵深处的最重要、最不可缺少的东西。在这个非常限定的意义上,她也是深刻的。……中国人的心灵里,包括整个民族心灵每个个体的心灵里,经过数十年各种斗争的洗礼,现在缺乏的正是冰心的这种单纯。……鲁迅和冰心对人生都有一种真诚的关切,只是关切的形态不同。"① 刘再复于2012年秋重庆冰心国际学术研讨会上的书面发言《天天向冰心靠近》一文中提出冰心"孩子救救我"②的主题昭示,对冰心文学主题的世界性、人文意义,做了较深刻的阐发。

欧美论文中,有的将冰心明确定位为"反东方主义",并分析说:

> 泰戈尔明显是采用东方主义的角度在写作或把他的诗歌译介到英语世界。……冰心通过写作和重写,用她中国式的诗歌,即五四写作和中国古典写作纠正了泰戈尔。③

泰戈尔《飞鸟集》影响,促成了《繁星》《春水》,冰心在形式和内容上都模仿《飞鸟集》,并在写作中加以调适,结果,她正式建立了一种新的诗歌风格,即中国现代文学中不押韵的、自由体式的、白话文的小诗。这两本诗集出版后深受好评,胡愈之、赵景深等给予评论,对冰心的生活、新鲜、写作灵感的认同,使得这些诗歌在青年中很快流行、模

---

① 刘再复:《李泽厚美学概论》,北京:生活·读书·新知三联书店,2009年版,第169~170页。
② 刘再复:《天天向冰心靠近》,载《华文文学评论》(第一辑),成都:巴蜀书社,2013年版,第170页。
③ Liu, Xiaoqing, *Writing as translating: Modern Chinese women's writing in the early twentieth century*. University of South Carolina Comparative Literature, 2009. pp. 82—84.

仿，巴金、宗白华、苏雪林等……作为小诗中最具代表性的诗歌，冰心在中国现代诗歌发展中确立了她的地位。

《繁星》《春水》是模仿与调适的结果，模仿与调适是两种形式的翻译，翻译的视角为阅读《繁星》《春水》提供了有利的视点，有助于重新定位这两本诗集在世界文学中的位置，《繁星》《春水》的创作是与世界其他文学相连，而不仅仅局限于本国文学。冰心的诗不像公认的那样是孤立的"原创"。泰戈尔《飞鸟集》是其主要资源，模仿是冰心创作《繁星》《春水》的基础。同时，翻译的视角让我们更近距离地审视冰心的创作行为，创作突出了她作为一个翻译者和作者的权力。作为译者，冰心借鉴了泰戈尔写作的方式，但她不是生搬硬套地借鉴，而是在选择与调适中展现了她的主体性。把借鉴到的重新写进她的作品中。写作揭示了她与泰戈尔的差异，展示了她的权力，抵制殖民主义和女性楷模的权力。

冰心在与世界的连接中证明了她自己是一个五四时期的优秀的女作家和翻译者。[1]

类似论述，独挡一面，新见迭出。对于冰心文学的深入研究，欧美研究者秉持勇气、真知与智慧，开辟更多的话语空间，如同打开了更多的"芝麻门"。

另外，对于冰心文学创作中母亲形象的塑造是否消解了母亲的个性与权利，冰心文学是现实主义、浪漫主义还是神秘主义，以及冰心文学宗教趣味的归类定性，她究竟是基督教还是佛教以及20世纪初更为时兴的泛爱论者等，都在欧美世界学者论文中，

---

[1] Liu, Xiaoqing, *Writing as translating: Modern Chinese women's writing in the early twentieth century*. University of South Carolina Comparative Literature, 2009. pp. 88—91.

反应突出,屡有争论,颇能旁征博引、自圆其说。

总体说来,冰心文学研究不是欧美汉学中国现代文学研究领域的一门显学,据笔者不完全统计,英语方面专业论文与文学史专著、类书等涉及的专章、篇章,总计不会超过百篇,其中大约有博士学位论文四部,涉及冰心并占有较大篇幅的论著约有十部,另如瑞典名家马悦然、捷克学者高利克、冯铁等,部分以英文涉及的评论等。虽然不算一门"显学",但冰心文学的话题,绵远悠长,一脉相承,薪火相传,贯穿于世界汉学中国现代文学研究领域,特别象征了岁月的历练以及作品价值的话语力量。叔本华论文学有一段名言:"相比之下,真正的作品,亦即全凭作品本身获得名声、并因此在各个不同的时候都能重新引发人们赞叹的创作,却像特别轻盈的浮体,依靠自身就能浮上水面,并沿着时间的长河漂浮。"[①] 海外冰心研究带给我们的感受亦正是"隐隐约约的感觉是这种庄严、崇高心绪的基本低音"[②] 并能"沿着时间的长河漂浮"。

本文系"教育部哲学社会科学研究重大课题攻关项目"《英语世界中国文学的译介与研究》资助项目子课题《个案研究》阶段性成果,项目批准号:12JZD016。

A Brief Study of the Researches into BingXin(冰心) in Europe and America
Zhang Fang　Jiang Lin-xin

[①] 韦启昌编译:《叔本华美学随笔》,上海:上海人民出版社,2004年版,第145页。

[②] 韦启昌编译:《叔本华美学随笔》,上海:上海人民出版社,2004年版,第202页。

Abstract: Like the cognition and criticism in the Chinese literary criticism since the May Fourth Movement of 1919, there exist certain ambiguities and hesitations in the studies of Bing Xin (冰心) literature in European and American sinology. Between comments opposed against the early views by Hsia Chih-tsing and Prusek and the deep exploration or studies by scholars in the past decades, a research trajectory has been roughly formed from underestimation to valuing and to rethinking of Bing Xin literature. And the women-awareness and cosmopolitism (containing "Anti - Orientalism" and "Patriarchal consciousness") from Bing Xin literature as well as the creative conception with relation to literary rhetorics have been carried forward or revealed to certain extent. Though not a noted school, the studies of Bing Xin in European and American sinology will last, which not only brings many new insights to scholars, but creates more discourse space. And this thesis firstly summarizes this kind of knowledge in a systematic way.

Key words: Study on Bing Xin, European and American sinology, Literature

附: 引文中所涉及的部分英文文献原文

正文第3页注释③原文为:"The main complaint about Bing Xin, I think, is that she writes incessantly and passionately about such 'feminine' topics as maternal love, innocence of the child, and beauty of nature—subjects that sound suspiciously utopian and escapist. Her works, though beautiful and exquisite in style, do not come up to the rigor and gravity of the masterpieces of the time. It is worth mentioning that almost all the writers in the May Fourth literary cannon are male, with the exception of perhaps Ding Ling, whose writings dealt with a very different group of women and subject matters than Bing Xin. Such criticisms, however, do not do justice to a writer with a strong social conscience who participated in the May Fourth movement with a genuine desire to change society and bring happiness to the masses. Nor are they a fair critique of Bing Xin's opus. Most importantly, in my opinion, they reflect a certain gender bias in the cultural assessment of literary productions." Wei, Yanmei, *Femininity and mother － daughter relationships in twentieth －century Chinese literature (Bing Xin, Zhang Jie, Chen Ran, Maxine Hong Kingston, Gish Jen)*. State University of New York at Stony Brook, 1999: 34.

正文第 3 页注释④原文为"Lu Xun once remarked that 'love' and 'sincerity' are the two things that are most missing from the Chinese culture. Bing Xin, while keenly aware of the problems facing the young May Fourth intellectuals, wants to use maternal love as a prototype for a more humane society and culture. …What Bing Xin tries to do, is to offer maternal love as the panacea for social alienation and evils. She obviously hopes that the new family model she champions in her writings could be adopted nationwide and provide some remedy to the troubled nation. Bing Xin disapproves of the social indifference expounded by the superman philosophy. In her works the power of the motherly protection extends to both the daughter and the son. It is exalted as the force that inspires and cultivates humanity. Bing Xin has been criticized for her writings about love and childhood, since these subjects, in an era of social and political chaos, were considered as too far removed from the reality. I'd like to argue that compared with the hate philosophy, which approved of the isolation from humanity and escape from reality, Bing Xin engaged reality through propagandizing the virtue of maternal love and the model family." Wei, Yanmei, *Femininity and mother — daughter relationships in twentieth — century Chinese literature (Bing Xin, Zhang Jie, Chen Ran, Maxine Hong Kingston, Gish Jen)*. State University of New York at Stony Brook, 1999: 43—44.

正文第4页注释①原文为:"Bing Xin saw maternal love as a symbol of a universal love she believed to be the foundation of the universe. Her paean of maternal love is in essence a different approach to reflect on women's painful experiences and the causes of their suffering Instead of offering an explicit political critique of society, Bing Xin attended more to using a moral philosophy as a way to solve social problems. Although her approach sounds less radical, in a patriarchal society in which every cultural activity was designed for men, Bing Xin's representation of women and children from a female perspective itself is an anti — feudalist action. In the Chinese cultural context, by extolling the beauty of nature, Bing Xin expresses her own personality and emotions as an individual, which reinforces the new cultural values celebrating individuality and liberty." Wang, Bo, *Inventing a discourse of resistance:*

Rhetorical women in early twentieth–century China. The University of Arizona,2005：142.

正文第 4 页注释②原文为："Bing Xin's essays reflect her literary theory. In her lyrical essays, she fully expresses her individual personality as a female writer and set up a model of the individualized new literature. Shen Congwen, a prominent modern fiction writer, pointed out that when we read Bing Xin's work,'it is easy to find the author's individual personality and her beautiful soul as a female'. Bing Xin's essays also reflect her philosophy of love which was centered on maternal love, childlike innocence and beauty of nature. By depicting women and children's lives, her essays spread feminist ideas and advocated women and children's rights. In the May Fourth period, the Chinese new rhetoric was aimed at critiquing the Confucian feudal ethics and helping the people to achieve an 'independent character'. The new literature, as important discursive strategies, was employed to spread the new ideas that value individuality, freedom, and gender equality." Wang, Bo, *Inventing a discourse of resistance*: *Rhetorical women in early twentieth–century China*. The University of Arizona, 2005：137.

正文第 4 页注释③原文为："In almost all her essays composed in the May Fourth period, Bing Xin intended to advocate a philosophy of love—a view of the world that integrates traditional Chinese Philosophy, Christian ideas, and pantheism. In essence Bing Xin's philosophy of love is a moral philosophy or a pursuit of an ideal human character. In her essays she explored the positive aspects in human relations and attempted to use love to influence the reader so that they could act and change the dark and corrupted society." Wang, Bo, *Inventing a discourse of resistance: Rhetorical women in early twentieth－century China*. The University of Arizona, 2005: 139.

正文第 4 页注释④原文为:"Bing Xin, as a pioneer of these newly available forms of participation－writing－exemplifies some of the difficulties the idealization of the mother posed for women. Having responded through her writing to the general call to cultivate maternal virtues, Bing Xin was momentarily celebrated but soon rejected as the New Literary movement sought to disassociate itself from its early subjective and sentimentality. The trajectory of criticism of Bin Xin's work reverses the plot of 'Chaoren': emotional engagement with an idealized maternal figure is rejected and a masculine model of independence and detachment is (re) asserted. While the contributions that leading male figures like Ye Shengtao and Lu Xun made to the May－Fourth－era celebration of motherhood have been long forgotten, the historical record has preserved a vague memory of the phenomenon in the long-discredited 'philosophy of love' it attributes to Bing Xin." Sally Taylor Lieberman, *The Mother and Narrative Politics in Modern China*, University of Virginia Press, 1998: 49－50.

正文第 4 页注释②原文为: "As a pioneer of vernacular Chinese, Bing Xin composed a large number of elegant and poetic essays that disarmed the prejudice against the vernacular.

That Bing Xin's many lyrical essays have been included in the textbooks of elementary and middle schools since 1920s shows her influence in the development of the new written language. Like Lu Yin, Bing Xin employed new literary genres including essays, fiction, and poetry to explore various societal issues, especially issues related to women and children. Her work opened up a new area of women's and children's literature by broadening the range of subject matter in modern literature. Although there were writing women in history, women could not publish their work and few had written fiction and essays. Historically, there was almost no literature written specially for children. In the May Fourth period, women and children's issues caught more and more attention in the society; consequently, literary works reflecting women and children's life gradually came into being. Bing Xin's xiaopinwen (lyrical essays) such as 'Ji xiao duzhe' (To Children Readers) and 'Wangshi' (Past Events) not only expressed a woman's feeling and life but also were written for children. In a patriarchal society, Bing Xin depicted women and children and expressed their feelings and wishes from their perspectives, which is a courageous challenge against the traditional patriarchal culture. Compared with Lu Yin, Bing Xin was less explicit in her writings in terms of advocating feminist ideas. Yet the themes of women's education and liberation as well as children's independent character in her works reflect her feminist orientation. Furthermore, Bing Xin's unique feminine style in her vernacular prose influenced many writers of the next generation, which is in itself a protest against a culture entrenched with masculine values. These discursive practices, I argue, disrupted the dominant patriarchal discourse and spread the new culture. Thus, Bing Xin's literary work was a significant contribution to the Chinese new rhetoric." Wang, Bo, *Inventing a discourse of resistance: Rhetorical women in early twentieth-century China*. The University of Arizona, 2005: 123—124.

正文第 6 页注释③原文为： "While Bing Xin tended to express feminist ideas in an implicit way, her experiment with the vernacular in her fiction and essays made her a courageous pioneer in the language reform—a reform that would impact the Chinese culture in many different ways in later years. As discussed in Chapter Two, one important aspect of the Chinese new rhetoric is its emphasis on the use of the vernacular; Bing Xin creatively used the vernacular and formed her unique style, which is in itself a discursive mode to spread the new ideologies and transform the traditional culture. In fact, Bing Xin's elegant feminine prose style could be viewed as an effective strategy to inscribe women's power through literary influence; thus, Bing Xin as a stylist and writer helped create a new discourse resistant to the dominant ideology." Wang, Bo, *Inventing a discourse of resistance: Rhetorical women in early twentieth-century China*. The University of Arizona, 2005: 130.

正文第 6 页注释④原文为： "And in the context of my study, she is importer for another reason: she illustrates what many Chinese rhetoricians found difficult to accomplish—the creative innovation of a new rhetorical means that revives the national culture in the cross—cultural rhetorical encounter." Wang, Bo, *Inventing a discourse of resistance: Rhetorical women in early twentieth-century China*. The University of Arizona, 2005: 149.

正文第 7 页注释①原文为："Toward this end first I locate Bing Xin as a feminist rhetorician in the early twentieth century China. Then I extrapolate her rhetorical theory from her essays on writing and explore how her literary texts may be read as theorizing a new rhetoric of modernity and as modeling its strategies. I examine her 'wenti xiaoshuo' (question fiction) and bring out the rhetorical dimension of her fiction." Wang, Bo, *Inventing a discourse of resistance: Rhetorical women in early twentieth-century China*. The University of Arizona, 2005: 124.

正文第 7 页注释④原文为："Thus, there is a deep social, moral, and spiritual orientation in Bing Xin's view of writing. As mentioned in Chapter one, in this study of Chinese women's writing, I consider rhetoric as including all speech acts people use to persuade, communicate, and inform. From the above analysis, we can see that Bing Xin recognizes the communicative, persuasive, and informative functions of language and also speculates how these functions could be used to promote the common good of a modern society. In this sense, her literary theory could be seen as rhetorical." Wang, Bo, *Inventing a discourse of resistance: Rhetorical women in early twentieth—century China*. The University of Arizona,

2005: 136.

正文第 7 页注释⑤原文为: "My dissertation investigates four works of three modern Chinese women writers and writings in the early twentieth century; namely, Bing Xin's 'Fanxing' and 'Chunshui', Lu Yin's 'Haibing guren' (Old Friends by the Sea), and Ling Shuhua's Ancient Melodies. My thesis argues that the writings of modern Chinese women writers have features characteristic of translation. That is, they are characterized by features of translation. These features refer not necessarily to translation in the conventional sense but rather to forms of imitation, appropriation, transcription, transformation, transference and transmission in a more metaphorical meaning of translation. Writing represents a reciprocal communication between modern Chinese women and the world.

Scholarship in modern Chinese literature has concentrated on the autonomy and subjectivity of the women writers, the autobiographical writing characteristics, and their shared subject matter of personal issues, such as maternal love and romantic love. However, not many researchers have made the direct connection of the Chinese women writers with the outside world, especially the West, as the focus of their research. With the perspective of translation, my project contributes to this area with the highlight of modern Chinese women writers' literary andpolitical interactions with Chinese tradition contemporary modern program, and the foreign, especially Western, countries.

Writing plays the role of translating to modern Chinese

women writers in that they absorbed influences from both inside and outside China and from Chinese tradition and modernity, transferred modern ideas, and transcribed themselves and their lives as modern women through writing. In this sense, their roles as writers and translators are blended. The role of translator helped them effectively assimilate and transmit various sources of influences into their lives and writing. The role of writer allowed them to critique their origins and displayed their creativity together with their own voices identities, and power in their writings. Specifically, through writing as translating, Bing Xin introduced a modern-styled Chinese poetic writing, Lu Yin revealed the fracture between modern discourse and women's reality, and Ling Shuhua imported Chinese culture to Britain. The result is that these modern women writers helped found Chinese modern literature and culture and promoted intercultural exchanges between China and the West." Liu, Xiaoqing, *Writing as translating: Modern Chinese women's writing in the early twentieth century*. University of South Carolina Comparative Literature, 2009: 1-2.

正文第 7 页注释⑥原文为: "Bing Xin rewrites Tagore's influence with the distinct characteristics of her own environment. Generally speaking, Bing Xin changes the transcendental, abstract, utopian, mystical, and ahistorical atmosphere in Stray Birds into a specific, concrete, real, and contextualized one in 'Fanxing' and 'Chunshui'. … Bing Xin breaks the unworldly peace of Tagore's poems by transplanting Tagore's characteristics into her own surroundings." Liu,

Xiaoqing, *Writing as translating: Modern Chinese women's writing in the early twentieth century*. University of South Carolina Comparative Literature, 2009: 50—51.

正文第 8 页注释④原文为:"Tagore was seen visibly to adopt Orientalism in writing or translating his poems into English. ⋯ With her rewriting and writing, Bing Xin corrects Tagore's with her Chinese poetics, namely, the May Fourth writing and Chinese classical writing." Liu, Xiaoqing, *Writing as translating: Modern Chinese women's writing in the early twentieth century*. University of South Carolina Comparative Literature, 2009: 82—84.

正文第 9 页注释①原文为:"Tagore's Stray Birds serves as the primary influence that directly informs Fanxing and Chunshui. Bing Xin imitates both the form and content of Stray Birds and appropriates them in her creation of Fanxing and Chunshui. As a result, she formally establishes a new style of poetry; that is, the non-rhymed, free-styled, Chinese vernacular, short poetry of modern Chinese literature. The two poem collections were well received upon publication. ⋯ The short poem writing reached its height in the late 1920s and was overtaken by intellectual poems later. As the most representative poet of the short poetry writing, Bing Xin marked her place in the development of modern Chinese poetry.

Because 'Fanxing' and 'Chunshui' are products of imitation and appropriation, and imitation and appropriation are two forms of translation, the perspective of translation provides a vantage point from which to read 'Fanxing' and 'Chunshui'.

It helps resituate the two works to their place in world literature. Rather than being strictly confined to the sphere of national literature, the creation of Fanxing and Chunshui is connected to other literatures. Bing Xin's poems are not as isolated "originary" as they are commonly claimed to be. That is, they do not stand isolated at the beginning of a creation of modern Chinese literature. Rather, the credibility given to them for opening a new path in modern Chinese poetry should acknowledge their indebtedness to their major source, Tagore's Stray Birds. To put it in another way, imitation serves as the fountainhead of Bing Xin's creation of Fanxing and Chunshui. At the same time, the perspective of translation allows a closer look at Bing Xin's own creative activity. It is creation that gives prominence to her power as a translator and writer. As a translator Bing Xin borrowed Tagore's way of poetic writing. However, she did not borrow it slavishly, but exhibited her subjectivity in selection and adaptation. Furthermore, she rewrote borrowings into her own creation. writing reveals the disparity between her and Tagore and displays her powers, her resistance to colonial power and her demonstration of feminist power.

In all, Bing Xin proved herself to be a distinguished May Fourth woman writer translator in interaction with the world. She absorbed literary elements from foreign literature imported them to China. By imitating Tagore, Bing Xin created a Chinese poetic version that corresponded to Tagore's and made Tagore's poetic writing more accessible and acceptable to Chinese readers.

However, more importantly, Bing Xin appropriated Stray Birds through her translation. Based on Stray Birds, she rewrote Tagore by translating him into her personal, social, poetic, and political contexts. The result is that she created her own work and so helped found modern Chinese poetry, ushering in the prevalence of modern short poetry in mid and late 1920s in China. In writing as her way of translation, Bing Xin displayed her power as a modern Chinese woman writer, correcting the patriarchal and Orientalist tendencies in Tagore's writing as well as participating in the early Chinese feminist movement. Therefore, through writing as translating, Bing Xin not only established herself as a modern woman but also helped build modern Chinese literature and assisted the Chinese feminist movement." Liu, Xiaoqing, *Writing as translating: Modern Chinese women's writing in the early twentieth century.* University of South Carolina Comparative Literature, 2009: 88−91.

此文原载《现代中国文化与文学》2016年第5辑。

后　记

　　这本小书撰述杀青的时间确实拉得太长了些。虽说是编写一册教程讲义，但自己历来不肯甘心当"文抄公"，所以执笔写作起来同撰写学术专著没有什么两样，甚至更要"痛苦"，因为你要把常识写得有道理，而且还有些新意，不是"炒陈饭"，也不是"照本宣科"，你自己就先得要感觉有趣味，要从常识、常规方面突围。但这毕竟不是"自娱自乐"的写作，还得有专业学术对象如目的性和系统性方面的考虑，这就真考验人，学生还没考试，老师却先被"考糊"了。

　　由于种种原因，这项工作一搁再搁，乃至赧颜地向校方申请延期完成。直到这次"冠状病毒"肆虐需要"闭关"，"万籁俱寂"，自己才横下心来，"撸起袖子加油干"，把抽屉中半成的稿子又拿出来，大刀阔斧，删繁就简，不惮琐细，补充修改完成。

　　"20世纪中国文学与西方文艺思潮"是四川大学为中国现当代文学专业硕士研究生开设的一门选修课程，本来由我教研室的一位同事创立，不知何故，担子落到我肩上，顶着压力在学校讲授了十多二十年，中间有反复编写的讲义与做成不同版本的PPT，每一届研究生使用我都再作增删修订，已经如一件百衲衣，兹事体大，似乎永远不尽人意，难免挂一漏万。有时感觉自己像是推大石上山的"西西弗斯"，不断地前功尽弃，而又不断地"从头再来"。如同法国加缪所形容："西西弗斯无声的全部快乐就在于:他的命运是属于他的。他的岩石是他的事情。同样,当荒谬的人深思他的痛苦时,他就使一切偶像哑然失声。荒谬的人知道,他是自己生活的主人……他爬上山顶所要进行的斗争本身就足以使一个人心里感到充实。"[①] 也许情况是这样吧。

孔子说:"工欲善其事,必先利其器。"我即使放下这项撰编工作,也一直在"利器",心想"善其事",老惦记着。工程终于没有"烂尾",没有成为"断翅膀蜻蜓",这首先要感谢先后参与选修课的同学们,他们怀着求知的渴望与追求真理的热情,听我海论漫谈,与我探讨切磋甚至发生争论,每个单元后边,我们都要展开讨论,同学们踊跃发言,其间包括来自美国、加拿大、意大利、奥地利、法国、俄罗斯、日本、韩国、越南等多个国家的留学生同学,还有好几位兄弟院校来进修的老师。收录在书里的发言纪录限于篇幅,只是新近一个年级班同学的思想轨迹。更多同学的真知灼见、联想妙论,或已封存于成绩档案袋里,或已留存于我的印象记忆中。

本书结成还感谢曹顺庆教授、李怡教授、王德威教授、黄维樑教授、赵毅衡教授、古远清教授、陈思广教授等多位师友同人的热情鼓励与倾力支持,特别是王德威先生经李怡先生代为说项,欣然允诺我无偿录用他莅临本校的学术讲座纪要。附录文件主要是我自己先后与讲义内容相关联的论文,曾经印发给同学们参考或作为讨论专题的引子。附录于后,也仅作参考。

最后不得不加以说明的是,书中所载其实只是"20 世纪中国文学与西方文艺思潮"课程环节比较重要的部分章节内容,因为题目太大,涉及内容范围太广,要全写出来刊在书里实不可

---

① 见百度 baike. baidu. com/item/西西弗斯/6690210? fr = aladdin,加缪,《西西弗斯的神话》。

能。构成这门课程教学内容环节的，书中列有的不计外，还有如下篇章纲目都曾于课堂讲授过，大致写于这里，以供参考，以窥全豹：

＊"三千年未有之变局"——清季以来求新求变的思想资源与文学动态研究

＊悲剧观念的树立以及对"和乐文化"解构的悲剧作品

＊心理分析、潜意识等理论与现当代"心理小说"

＊东西混血的早期都市（metropolis bigalopolis）文学

＊古月与新月——唯美、浪漫、象征的文学比较

＊受到西方文学思潮影响的现实主义（Realism）文学道路

＊左翼文学的兴起与抗战文学的世界关系

＊受英、法、美、日等国散文影响的新体散文随笔的流行

＊由"少年老成"到天真烂漫——儿童文学的兴起和意义

＊新文学中的四川文学人文地理内容

以上关涉的内容太多，不可能书写完全，但凡涉及的领域提纲，多进行过比较深入细致的研讨，也因之成型了不少的课堂论文与学术论文，包括好些同学的硕、博士论文。

书中内容、文章有的公开发表过，有的则仅仅作为研究学习内部使用过。不论如何，课堂上师生间平等对话、如切如磋、如琢如磨的热烈温馨场景以及课后的交流、通讯，都成为这本小书行文内外的美好记忆。我想她也不仅仅存录于我一个人的心怀。

2020 年 2 月 8 日于四川大学新南村太守居